군림천하 31

1판 1쇄 발행 2016년 2월 4일
1판 4쇄 발행 2020년 1월 6일

지은이 | 용대운
발행인 | 신현호
편집장 | 이환진
편집부 | 이호준 송영규 최종건 정재웅 박건순 양동훈 곽원호
편집디자인 | 한방울
영업 · 관리 | 김민원 조은걸 조인희

펴낸곳 | ㈜ 디앤씨미디어
등록 | 2002년 4월 25일 제20-260호
주소 | 서울시 구로구 디지털로 26길 111 JnK디지털타워 503호
전화 | 02-333-2513(대표)
팩시밀리 | 02-333-2514
E-mail | papy_dnc@dncmedia.co.kr
홈페이지 | www.ipapyrus.co.kr

값 9,000원

ISBN 979-11-5856-610-4 04810
ISBN 978-89-267-1535-2 (SET)

용대운 대하소설

군림천하

4부 천하의 문[天下之門]

君臨天下

31

악산대전(嶽山大戰) 편

PAPYRUS
파피루스

目次

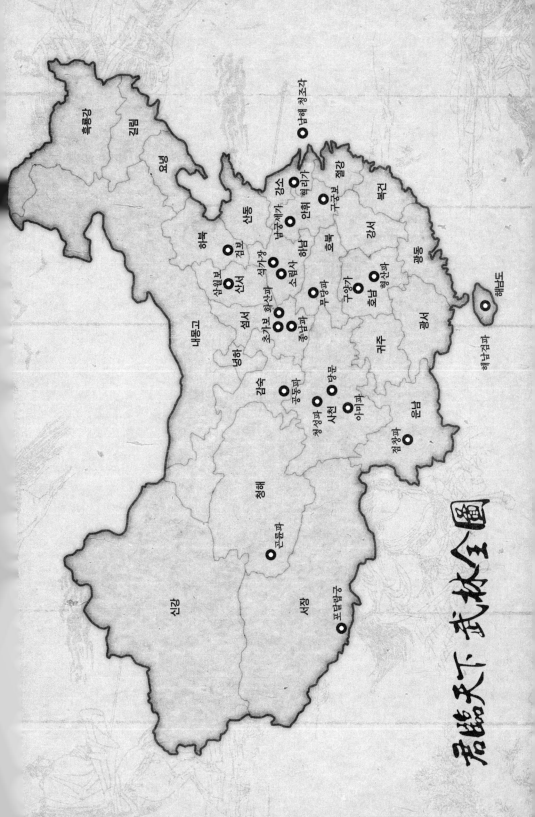

제 313 장
언중유골(言中有骨)

제313장 언중유골(言中有骨)

깊어 가는 초여름 밤에 어두운 밤길을 걷는 것은 나름대로 운
치 있는 일이다. 하나 그 옆에 시끄럽고 수다스러운 중년 남자가
있다면 운치는커녕 오히려 짜증만 날 것이다.

진산월의 심정이 지금 그러했다.

"진 장문인께서 눈에 보이지도 않는 속도로 검을 거두는 순간,
제 앞에 앉아 있는 분광검객의 얼굴이 정말 볼만하게 변하더군요.
캬아! 진 장문인도 그 표정을 보셨어야 했는데……."

석성은 침까지 튀어 가며 열심히 떠들어 댔다.

"분광검객은 평소에도 쾌검으로 겨루면 모용 공자에게도 뒤지
지 않는다고 할 만큼 절대적인 자신을 가지고 있었는데, 이번에
진 장문인의 솜씨를 보고는 하늘 밖에 하늘이 있음을 알았을 겁니
다. 그 오만한 얼굴이 새파랗게 질리는 모습은 정말 통쾌하기 이

를 데 없더군요. 흐흐……."

그의 수다에 질린 낙일방은 아예 고개를 절레절레 흔들며 조금 떨어져 걷고 있었다. 석성이 다시 무어라고 떠들려 할 때, 진산월의 조용한 음성이 들려왔다.

"대단하군."

"예, 정말 대단한 솜씨였습니다."

"내 말은 당신의 눈썰미가 대단하다는 뜻이오."

"예?"

석성이 어리둥절한 표정으로 되묻자 진산월은 담담한 눈으로 그를 돌아보았다.

"내가 검을 거두는 그 짧은 순간에 주위 사람들의 표정이 어떻게 변하는지 살펴볼 수 있었다니, 당신의 그 예리한 안목과 빠른 눈썰미에 감탄하지 않을 수 없구려."

"아니 그건……."

"그게 아니라면, 설마 많은 사람들 중에서 분광검객만을 유심히 살펴보고 있었단 말이오?"

가뜩이나 땀을 많이 흘리는 석성의 얼굴이 온통 땀으로 흠뻑 젖어 들었다. 석성은 조그만 손수건으로 열심히 흐르는 땀을 닦으면서도 연신 웃음을 지어 보였다.

"그럴 리가 있습니까? 다만 제가 앉아 있는 자리에서 고개만 쳐들면 분광검객의 얼굴이 보이는 바람에 어쩔 수 없이……. 헤헤. 솔직히 말씀드리면 분광검객이 저 같은 상인들을 홀대해 왔기에 밉살스러운 마음에 좀 더 유심히 지켜본 것뿐입니다."

무림의 고수들 중에 상인이나 장사꾼을 혐오하는 자들은 적지 않았다. 분광검객이 그런 성격의 소유자라고 해도 이상할 것은 하나도 없었다. 다만 진산월은 단지 그런 이유만으로 자신이 연무하는 동안 계속 분광검객을 주시하고 있었다는 석성의 말이 그다지 믿어지지 않았을 뿐이다.

'무언가 다른 이유가 있겠지.'

굳이 그 이유를 알고 싶지는 않았기에 진산월은 더 이상 석성을 추궁하지 않고 슬쩍 화제를 돌렸다.

"모용 공자가 무서워 피해 다녔다면서 그의 초대에 응한 것은 무엇 때문이오?"

석성은 물이 줄줄 흐르는 손수건을 쥐어짠 다음 다시 목덜미에 흥건히 고여 있는 땀을 닦기 시작했다. 무심코 주위를 둘러보다 그 모습을 목격한 낙일방이 준수한 얼굴을 찌푸린 채 다른 곳으로 시선을 돌렸으나, 석성은 전혀 부끄러워하거나 거리끼는 기색 없이 이를 드러내며 웃어 보였다.

"언제까지 도망만 다닐 수는 없고 기회를 봐서 납작 엎드려야지 하고 있었는데, 모용 공자께서 불러 주시니 이를 두고 '불감청고소원(不敢請固所願)'이라고 하는 게 아니겠습니까? 더구나 진 장문인까지 뵐 기회이니 저로서는 그야말로 황금 줄을 잡은 셈이지요. 하하."

석성이 얼굴이 일그러지도록 미소를 짓자 가뜩이나 작은 그의 눈이 실처럼 겹쳐져 제대로 보이지도 않았다.

"당신이 나를 그토록 보고 싶어 했다니 의외구려."

"진 장문인을 뵙고 싶은 것도 있었지만, 진 장문인이 옆에 계시면 모용 공자가 저를 못마땅해 해도 함부로 대하지 않을 게 아닙니까?"

"모용 공자가 왜 당신을 못마땅해 한단 말이오? 예전에 듣기로는 모든 빚을 깨끗이 정리했다고 했던 것 같은데, 그때 내가 잘못 들었던 거요?"

진산월이 당시의 일을 거론한 것은 그 일에 대한 내막을 보다 자세히 알고 싶었기 때문이다. 그런 진산월의 속마음을 아는지, 모르는지 석성은 재빨리 그의 말을 받았다.

"아닙니다. 분명히 저는 그때 말씀드린 대로 나름대로 깔끔하게 징리를 했습니다. 그린데 그 후의 상횡이 요상하게 변해서, 혹시나 모용 공자께서 아직 제게 받을 빚이 남아 있다고 생각하는 게 아닐까 지레짐작으로 걱정했던 거지요."

"상황이 요상하게 변하다니?"

석성은 잠시 머뭇거리더니 한 차례 주위를 둘러보고는 한층 더 목소리를 낮추었다.

"사실은…… 제가 예전에 천축의 고문(古文)으로 쓰인 아주 오래된 서적 하나를 입수하였는데, 그 번역 문제로 시비가 붙는 바람에 모용 공자께 빚을 지게 되었지 않습니까? 기억하시는지요?"

진산월은 담담하게 고개를 끄덕였다.

"그렇게 들은 기억이 나는군."

"그때 저는 빚을 갚는 방법으로 그 서적의 번역본을 모용 공자께 드렸습니다."

보다 정확히 말하자면, 모용봉에게 맡긴 고서의 번역본을 목숨 빚의 대가로 돌려받지 않은 것이다. 하나 진산월은 굳이 그 점을 지적하지 않고 묵묵히 그의 말에 귀를 기울이고 있었다.

석성의 음성이 한층 더 낮게 가라앉았다.

"그 서적은 '환우지이록'이라는 것인데, 저는 우연히 그 서적에 한 가지 비밀이 있음을 알게 되었습니다. 그것은 바로 그 책자가 고대(古代)에 만들어진 것이 아니라 몇십 년 전에 서장의 어느 고인(古人)이 작성한 것으로, 그 고인은 책자 안에 한 가지 무공에 대한 이론을 자기만의 독특한 방식으로 숨겨 놓았다는 겁니다."

목소리가 낮아짐에 따라 석성의 두 눈이 그 어느 때보다 영활하게 반짝거리고 있었다.

"그 무공은 가히 하늘도 놀라고 땅도 꺼질 만한 엄청난 절학이어서, 만약 그 책자 안에 담긴 무공을 익힐 수만 있다면 능히 천하를 오시할 수 있는 절세의 고수가 될 수 있다고 하더군요."

"그 고인이 누구요?"

"그것까지는 모르겠습니다. 불가(佛家)의 고승(高僧)이라는 말도 있고, 정체를 숨긴 일대기인(一代奇人)이라는 말도 있고……. 아무튼 그 말을 듣고 저는 그 번역본을 가지지 않는 게 좋다고 판단했습니다. 예부터 보물은 죄가 없지만 사람은 죄가 있다는 말도 있지 않습니까? 무림인도 아닌 제가 굳이 그런 절학이 담긴 보물을 가지고 있어 봤자 하등 도움도 안 될뿐더러 자칫 피를 부르기 십상이니 제게는 무용지물인 셈이지요."

"그래서 모용 공자에게 빚을 갚는다는 핑계로 그 번역본을 돌려받지 않았던 거요?"

"헤헤. 지금 와서 하는 이야기지만, 사실 그렇습니다. 제게 필요 없는 물건을 주고 무거운 빚을 정리할 수 있을 뿐만 아니라 모용 공자 같은 분과 연을 맺을 수 있으니 저로서는 일거삼득이라고 생각했지요."

"그런데 생각대로 일이 진행되지 않았던 거로군."

갑자기 석성의 얼굴이 살짝 일그러졌다.

"그때는 모용 공자가 서장 야율척과의 일전을 앞둔 시기라 저로서는 그 비급이 있으면 야율척과의 일전에 큰 도움이 되리라고 판단했었습니다. 그런데 모용 공자가 그 대결에서 오히려 손해를 보았으니, 혹시라도 그 비급 때문에 그런 결과를 초래한 긴 아닌지 걱정이 되지 않을 수 없었지요."

"그렇게 궁금했으면 모용 공자에게 직접 물어보면 되었을 게 아니오?"

석성은 펄쩍 뛰며 손사래를 쳤다.

"제가 어찌 모용 공자에게 그런 걸 대놓고 물을 수 있겠습니까? 게다가 모용 공자는 그 뒤로 구궁보에 칩거하여 좀처럼 강호에 나타나지 않는 바람에 저 혼자만 전전긍긍할 수밖에 없었던 겁니다."

진산월은 잠깐 생각해 보았으나 석성의 말이 어디까지 사실인지, 그리고 그의 말이 사실이라면 모용봉이 과연 그 환우지이록의 번역본에 숨어 있는 그 무공을 익혔는지 확신할 수 없었다.

다만 석성이 아주 없는 말을 지어내지는 않았으리라는 건 짐작할 수 있었다. 또한 모용봉이 그 번역본을 석성에게 돌려주지 않은 것으로 볼 때, 그 안에 중요한 비밀이 숨어 있음을 모용봉도 알고 있을 가능성이 높았다.

그렇다면 과연 그 환우지이록을 작성한 괴인은 누구일까? 그리고 그는 왜 천축의 고문으로 환우지이록 내에 무공구결을 숨겨 놓은 것일까? 그가 숨겨 놓은 그 무공구결은 석성의 말대로 천하를 놀라게 할 만한 광세절학이 분명한 것일까?

짧은 순간에 여러 가지 의문이 머리를 스치고 갔지만, 지금 당장 진산월이 궁금한 것은 한 가지뿐이었다.

왜 하필이면 석성은 이 이야기를 자신에게 한 것일까?

우연히 과거사를 거론하다가 튀어나온 것처럼 보였지만, 석성은 어떠한 의도를 가지고 이 이야기를 꺼낸 것이 분명했다. 뚱뚱한 체구에 항상 땀을 흘리고 있어 우습게 보이지만, 진산월은 석성이 누구보다 날카롭고 예리한 인물이라는 것을 잘 알고 있었다.

그의 모든 행동과 말속에는 치밀한 의도와 복잡한 계산이 숨어 있었다. 그것을 무시했다가는 자칫 그가 의도한 대로 끌려가거나 의외의 낭패를 당할지도 몰랐다.

지금 진산월은 조용한 눈으로 석성을 가만히 응시하고 있었다. 그의 시선 속에는 보통 사람은 감당 못할 기운이 담겨 있었다.

석성은 그 시선을 제대로 받지 못하고 연신 땀을 흘리면서도 여전히 입가에는 미소를 매달고 있었다.

"진 장문인께서 그런 눈으로 저를 보시니 갑자기 마음이 불안해지는군요. 제 이야기가 마음에 들지 않으셨나 봅니다."

"아니, 재미있는 이야기였소. 모용 공자가 당신에게 한 말을 보니 그 번역본이 확실히 효과가 있었던 모양이오."

"그것까지는 제가 잘 모르겠습니다."

진산월은 고개를 저었다.

"아니. 당신은 정확히 알고 있었을 거요. 그러니 모용 공자의 초대에 응해서 오늘 연회에 당당하게 참석한 것이고."

석성은 어이없다는 듯 입을 반쯤 벌렸다.

"아니, 그 책자가 모용 공자에게 도움이 되었는지 아닌지를 제가 어떻게 알겠습니까?"

"내가 아는 당신이라면 어떤 식으로든 모용 공자가 그 번역본의 무공을 익혔다는 걸 알아냈을 거요. 그런 확신이 없었다면 당신은 오늘 이곳에 오지 않았겠지."

석성은 아니라는 듯 계속 도리질을 했으나, 진산월은 전혀 표정의 변화가 없는 얼굴로 그를 빤히 쳐다보았다.

"당신은 겉으로는 아닌 척해도 사실은 누구보다 신중하고 치밀한 사람이오. 그러지 않았다면 지금의 위치에 있지도 못했겠지. 그러니 내 앞에서 굳이 그런 억울하다는 표정을 지어 보일 필요가 없소."

석성은 시무룩한 얼굴로 고개를 흔들다가 이내 땅이 꺼질 듯 무거운 한숨을 토해 냈다.

"휴우. 제가 이렇게까지 진 장문인에게 신용 없는 놈으로 보일 줄은 몰랐습니다. 이제껏 신용 하나만 믿고 여기까지 버티고 왔는데…… 그래도 한 가지는 믿어 주십시오. 전 진 장문인을 좋아합니다. 제가 지금까지 드린 말씀은 모두 진 장문인에게 호감을 가지고 있기에 했던 겁니다."

남자의 입에서 나오기에는 낯 뜨거운 말이었으나 말하는 석성도, 듣는 진산월도 별로 거북해 하는 것 같지 않았다.

"정말입니다. 믿어 주십시오, 진 장문인."

석성이 무릎이라도 꿇을 것처럼 애타는 음성으로 말하자 진산월은 짤막하게 대꾸했다.

"당신이 믿는 만큼 믿고 있소. 그러니 그 점에 대해서는 걱정하지 마시오."

석성의 얼굴에 한 줄기 쓴웃음이 떠올랐다. 하나 이내 마음의 부담을 털어 버린 듯 평상시의 모습으로 돌아갔다.

"하하. 그렇게 말씀하시니 안심입니다. 저는 진 장문인을 절대적으로 믿고 있으니 말입니다."

"당신은 도선출재로 화산파를 선택하여 지금까지 그들과 줄곧 거래를 해 온 것으로 알고 있소. 그런데 종남파의 장문인인 나를 그렇게 믿고 있다니, 만에 하나라도 화산파에서 이 일을 알면 그들이 무어라고 하겠소?"

진산월의 정곡을 찌르는 말에도 석성은 여전히 미소를 잃지 않았다.

"제가 비록 화산파와 오랜 거래 관계이기는 하나 거래는 거래일 뿐, 제가 누구를 좋아하고 싫어하고는 철저한 저의 소관이니 그들이 왈가왈부할 수는 없는 일입니다. 그 점에 대해서는 마음을 놓으십시오, 진 장문인."

옆에서 조용히 그들의 대화를 듣고 있던 낙일방은 마치 절세의 미녀에게 구애하는 것처럼 진산월에게 달라붙어 있는 석성의 모습이 한심스럽기도 하고 어이가 없기도 해서 고개만 절레절레 흔들고 있었다.

'왜 장문 사형은 저런 자를 딱 부러지게 내치지 않고 계속 상대해 주고 있는 것일까?'

낙일방은 석성같이 말 많고 믿을 수 없는 자를 진산월이 계속 상대해 주는 것이 탐탁지 않았다. 다만 진산월 나름대로의 생각이 있을 거라는 믿음 때문에 아무런 내색을 하지 않고 있을 뿐이었다.

이를 아는지, 모르는지 석성은 잠시도 쉬지 않고 열심히 입을 놀리고 있었다.

"솔직히 화산파와는 제법 오랫동안 이런저런 일로 자주 왕래를 해 왔습니다만, 신기하게도 특별히 지내거나 친분을 쌓아 둔 사람이 없습니다. 제가 사람 사귀는 게 서투르지도 않은데 정말 이상한 일이지요."

그렇게 말하며 웃고 있는 석성의 얼굴에는 한 줄기 묘한 빛이 감돌고 있었다.

"유 소협과 동행한 것을 보면 그렇지도 않은 것 같소."

진산월이 슬쩍 유장령과 나란히 연회에 참석한 것을 찔러 보았으나, 석성은 오히려 쓴웃음을 지어 보였다.

"유 소협 말입니까? 모용 공자가 부른다는 말에 허겁지겁 달려오다 마주치는 바람에 자리를 함께하긴 했지만, 제대로 된 말 한

마디 나눠 보지 못했습니다. 유 소협과는 이번이 세 번째 만남인데, 그동안 서로 주고받은 말이 열 마디도 안 될 겁니다.”

“신목령의 신목일호와도 안면이 있는 것 같은데, 그는 어떻게 알게 되었던 거요?”

다소 예민할 수 있는 질문에도 석성은 순순히 대답해 주었다.

“백 공자와는 신목령의 다른 고수들을 통해 소개받았습니다. 남들은 사파(邪派)라고 흉볼지 몰라도 사실 장사를 하는 입장에서 신목령의 고수들은 의외로 좋은 거래 상대입니다. 맺고 끊음이 분명할 뿐 아니라 쓸데없이 잔머리를 굴리지 않아 골치를 썩일 일이 거의 없거든요. 가끔 무리한 요구를 하기는 하지만, 그건 그거대로 이용 가치가 있습니다.”

“어떻게 말이오?”

“그런 요구의 저면에는 아직 무림에 알려지지 않은 은밀한 비밀들이 숨어 있을 때가 많습니다. 그러니 그들의 요구를 수행하다 보면……”

진산월은 알겠다는 듯 고개를 끄덕였다.

“남들이 모르는 비밀을 먼저 알 수 있게 된다는 말이로군.”

“그렇습니다. 그걸로 인해 큰 이득을 본 경우도 몇 번 있어서, 오히려 그런 무리한 요구가 들어오면 가슴이 설레기도 합니다. 헤헤.”

“최근에도 그런 요구가 있었소?”

진산월의 물음에 석성의 눈이 슬그머니 진산월을 향했다. 진산월은 피하지 않고 그 시선을 마주 보았다.

"말하기 곤란하오?"

석성의 얼굴에 다시 의미를 알기 어려운 미소가 떠올랐다.

"민감한 질문이긴 하지만, 진 장문인께서 물으시니 솔직히 말씀드리지요. 사실 최근에 조금 특이한 주문을 받은 적이 있습니다."

"어떤 주문인지 알 수 있겠소?"

"몇 가지 기물들을 급히 찾아 달라더군요. 그런데 하나같이 구하기 힘든 것들이어서 무척 애를 먹었습니다."

"어떤 기물들이오?"

"취수정(翠水精)과 녹옥룡(綠玉龍), 그리고 칠채보원신주(七彩寶元神珠)입니다."

"흐음."

진산월은 그런 기물들의 이름만 얼핏 들어 보았을 뿐, 정확히 어떤 효능이 있는 것들인지는 알지 못했다. 진산월이 자신의 말을 듣고도 관심을 기울이거나 별다른 표정의 변화가 없자 석성이 재빨리 말을 덧붙였다.

"세 가지 기물 모두 사람의 정신을 맑게 하고 심신을 안정시키는 데 효과가 뛰어난 보물들입니다. 이 세 가지와 혈옥수(血玉樹)의 진액을 합쳐 대정사보(大靜四寶)라고 부르는 사람들도 있지요."

"혈옥수라면, 남해 청조각의 그 혈옥수 말이오?"

"정확히 말하자면 보타산 불영곡에서만 자라는 나무입니다. 불영곡이 청조각 영내에 있어서 청조각의 고수들이 아니면 혈옥수의 수액을 구하기가 불가능하다고 알려져 있기도 하지요."

석성이 이렇게까지 말하니 진산월도 장단을 맞춰 줄 수밖에 없었다.

"혈옥수와 비견되는 물건들이라니 그 효능이 어떠한지 짐작이 가는구려."

"진 장문인께서는 혈옥수를 잘 알고 계신 모양입니다."

"일전에 잠시 어려움에 처한 적이 있었는데, 다행히 혈옥수를 지니고 있던 청조각 전인의 도움으로 위기를 넘겼소."

"오, 청조각의 당대 전인이라면 소검후 이동심 소저를 말씀하시는 거로군요."

"그렇소."

진산월은 무심히 고개를 끄덕이면서도 머릿속 한편으로는 석성이 대체 무슨 의도로 이런 이야기를 꺼내는지 알고자 했다. 석성이 은근히 자기의 호기심을 유도하여 이 일을 거론한 것은 달리 목적하는 바가 있기 때문일 것이다. 하나 지금으로서는 그의 목적이 무엇인지 전혀 짐작할 수가 없었다.

"그래서 그 기물들을 모두 구했소?"

"아랫사람들을 달달 들볶아서 고생한 끝에 취수정과 녹옥룡은 간신히 입수할 수 있었습니다만, 아직 칠채보원신주는 구하지 못했습니다."

"당신의 솜씨라면 그 신주도 머지않아 구할 수 있을 거요."

진산월의 칭찬에 석성은 히죽 웃었다.

"다른 사람의 말이라면 그저 입에 발린 소리라고 생각했겠지만, 진 장문인께서 그렇게 말씀하시니 꼭 실현될 것 같은 기분이 듭니다. 헤헤."

"신목령에서는 그런 기물들을 무엇 때문에 찾고 있는 거요?"

"엄밀히 말하면 신목령이 아니라 백 공자입니다. 이번 일의 의뢰부터 기물을 받는 사람까지 모두 백 공자이니 말입니다."

"흠. 그럼 백 공자는 왜 그 기물들을 구하려는 거요?"

"그야 당연히 쓸 일이 있기 때문이 아니겠습니까?"

"그게 무엇이오?"

진산월의 거듭된 물음에 석성은 아무렇지도 않은 듯 태연자약하게 대답했다.

"그것까지는 제가 알 수 없습니다. 다만 그 기물들이 정신을 보호하고 신지(神智)를 되찾는 데 탁월한 효과가 있는 것으로 보아, 백 공자의 가까운 지인 중에 정신을 잃은 사람이 있는 게 아닌가 하고 생각하고 있습니다."

진산월은 아직 석성의 의도를 파악하지 못했기에 재차 질문을 던졌다.

"그 기물들을 찾아 주기로 한 대가는 만만치 않은 것이었겠구려?"

진산월이 은근한 눈으로 쳐다보자 석성의 얼굴에 모처럼 씁쓸한 빛이 떠올랐다.

"분명히 어려운 일인 만큼 만족스런 대가이긴 했습니다만, 오늘 보니 보수를 전부 받기는 힘들 것 같습니다."

"왜 그렇소?"

"아무래도 칠채보원신주는 저보다도 백 공자가 먼저 찾아낸 것 같습니다. 그러니 처음 약정했던 보수를 제대로 받기는 물 건너간 셈이지요."

그 말에 진산월은 문득 생각나는 것이 있었다.

"그렇다면 연회장에서 백 공자가 당신에게 했던 말이?"

석성은 쓴웃음을 지으며 무거운 목살이 출렁거리도록 고개를 끄덕였다.

"그렇습니다. 제게 제대로 일을 하지 않았다고 추궁하는 건 아직 칠채보원신주를 찾지 못했다는 것에 대한 질책이고, 그 일을 대신하느라 늦었다는 건 결국 자기가 해결했다는 의미 아니겠습니까? 처음의 약속을 지키지 못했으니 저도 제대로 된 보수를 요구할 수 없어서 손해가 막심하게 생겼습니다."

석성은 울상을 해 보였으나, 진산월의 눈에는 그것이 먹이를 앞둔 돼지의 탐욕스런 웃음처럼 보였다.

"그런데 내가 보기에는 당신이 별로 억울해 하는 것 같지 않구려. 혹시 손해를 벌충할 방법이 있는 게 아니오?"

석성은 다시 한 차례 땀을 닦았다. 그때 그의 눈은 여느 때보다 영활하게 빛나고 있었다.

"역시 진 장문인의 눈은 속일 수가 없군요. 확실히 저는 이번 일에 입은 피해를 최소화할 방법을 알아냈습니다."

"그게 무엇이오?"

"백 공자에게 도움이 될 이야기 하나를 알려 주는 겁니다."

"그 이야기가 칠채보원신주와 비교할 만한 가치가 있다는 말이오?"

석성은 자신 있는 표정으로 고개를 끄덕였다.

"그럴 겁니다. 어쩌면 백 공자는 더욱 가치가 있다고 생각할지도 모르지요."

"그게 무엇인지는 말할 수 없겠구려."

"하하. 제가 아무리 진 장문인을 좋아한다고 해도 그걸 밝힐 수는 없습니다. 더구나 백 공자 본인에게 승낙도 받지 않은 상태에서는 말입니다. 진 장문인도 아시다시피 비밀이란 아무도 몰라야만 비로소 그 가치가 온전한 법이 아니겠습니까?"

"옳은 말이오."

"다만 진 장문인과 아주 관련이 없다고는 할 수 없으니 한 가지만 살짝 말씀드리도록 하지요."

진산월의 눈빛이 날카로워졌다.

"나와 관련이 있는 일이라?"

"신목령의 고수 한 사람에 관한 일입니다."

"신목령의 고수?"

진산월의 표정이 살짝 변했다.

자신과 관련이 있는 신목령의 고수는 오직 한 사람뿐이다. 그리고 그때 석성은 눈도 깜박이지 않은 채 진산월의 얼굴을 빤히 쳐다보며 낮고 정확한 음성으로 말했다.

"진 장문인도 사 년 전에 만난 적이 있을 겁니다. 기억나시지요? 신목오호, 그자에 관한 일입니다. 백 공자는 틀림없이 그 이야기를 칠채보원신주보다 높게 평가해 줄 겁니다."

석성과 헤어진 후 진산월은 낙일방을 숙소로 보내고 혼자 악자
화와 만나기로 한 장소를 찾아갔다. 낮에 전흠을 통해 전해진 서
신에는 자정 무렵에 만나자는 악자화의 글이 적혀 있었다.

　자정이 되기를 기다리는 동안 진산월은 내내 초조한 심정이 되
었다. 그 서신을 받았을 때는 단순히 악자화가 모처럼 자신을 보
고 싶어 한 줄로만 알았는데, 석성의 말을 듣고 보니 악자화의 신
상에 무언가 심상치 않은 일이 일어난 것이 아닌가 하는 걱정이
들었던 것이다.

　자정이 되어도 악자화는 나타나지 않았다. 진산월은 석성과 헤
어질 때 그를 좀 더 추궁하지 못한 자신을 책망하며 계속 악자화
를 기다렸다.

　새벽 동이 조금씩 틀 무렵이 되어서야 비로소 진산월은 그 장
소를 벗어났다. 여명에 비친 그의 얼굴은 여느 때보다 무겁게 굳
어져 있었다.

제 314 장
심야혈전(深夜血戰)

제314장 심야혈전(深夜血戰)

짙은 어둠이 사방을 무겁게 짓누르는 밤이었다.

마안거(馬安居) 또한 밤의 정적에 깊게 잠겨 있었다.

마안거는 장안성에서 북쪽으로 이십 리 밖에 있는 오래된 마장(馬場)으로, 세워진 지는 백 년이 훨씬 넘었다. 한때는 서안에서 다섯 손가락 안에 꼽힐 정도로 번창했으나, 지금은 쇠락하여 간신히 명맥만 유지하고 있는 형편이었다. 상주하는 식솔들도 그다지 많지 않았고, 거래를 위해 찾아오는 상인들도 별로 없어서 장안성 사람들의 뇌리에서 점차로 잊혀 가는 곳이었다. 다만 어둠 속에 우뚝 서 있는 십여 채의 크고 작은 건물들이 한때 마안거의 성세가 제법 대단했음을 조용히 말해 주고 있을 뿐이었다.

주위가 제대로 보이지도 않는 칠흑 같은 어둠 속에서 마안거를 바라보는 일단의 무리들이 있었다. 그들이 서 있는 곳은 마안거가 한눈에 내려다보이는 얕은 언덕 위였다.

갑자기 마안거의 한쪽 건물에서 작은 불길이 일어났다. 그 불길은 이내 때마침 불어오는 밤바람을 타고 무섭게 번지기 시작했다. 그와 함께 마안거의 여기저기에서 크고 작은 불이 피어올랐다.

"불이야!"

누군가의 외침과 함께 마안거의 건물에서 사람들이 뛰어나와 불길을 잡으려 했다. 하나 그 수는 그리 많지 않았다. 게다가 밤바람이 생각보다 거세어서인지 불길은 좀처럼 쉽게 잡히지 않았다. 오히려 시간이 흐를수록 더욱 거세게 타올라서 이대로 가다가는 마안거 전체가 화염에 휩싸여 한 줌의 재로 변할 것이 분명해 보였다.

마침내 불길이 마안거의 중앙에 있는 세 채의 커다란 건물 주변까지 번질 때였다. 갑자기 세 건물 중 한 곳에서 십여 개의 인영이 빠른 속도로 튀어나왔다. 그들의 몸놀림이 어찌나 빠르고 민첩한지 주위를 환히 비추는 불길 속에서도 제대로 모습을 확인할 수 없을 정도였다.

눈부신 동작만큼이나 그들의 행동도 신속해서 그 십여 개의 신형이 이리저리 움직이자 그토록 세차게 타오르던 불길이 조금씩 잦아들기 시작했다.

그 순간, 언덕 위에서 그 광경을 지켜보던 무리들 중 가장 키가 작고 체구가 왜소한 인물이 하얀 이를 드러내고 웃었다. 어둠 속에 내비치는 그의 두 눈에서는 보기만 해도 섬뜩한 안광이 살벌하게 이글거리고 있었다.

"드디어 꽁꽁 숨어 있던 쥐새끼들이 꼬리를 드러냈구나. 시작하게."

"예, 대형."

그의 뒤에 서 있던 비쩍 마른 체구에 얼굴이 유난히 길쭉한 사내가 한쪽으로 신호를 보냈다.

그러자 어둠 속에서 수십 개의 검은 그림자가 불쑥불쑥 일어났다. 그들은 순식간에 마안거의 주위를 철통같이 에워싸고는 마안거의 중앙에서 튀어나온 십여 개의 인영들을 공격하기 시작했다.

삽시간에 마안거 주위는 타오르는 불길과 거친 고함 소리, 병장기 부딪치는 소리가 뒤엉켜 난장판으로 변해 버렸다. 처절한 비명과 피 분수가 사방을 수놓는 가운데, 순식간에 시신이 되어 쓰러지는 자들이 속출했다.

전쟁터처럼 변한 장내를 유심히 바라보던 왜소한 체구의 인물은 이내 그들 중 한 사람에게 시선을 고정시켰다.

유난히 우람한 체구를 지닌 흑의인 하나가 무시무시한 솜씨로 마안거를 공격하는 장한들을 도륙하고 있었다. 그의 주먹이 휘둘러질 때마다 한두 명의 장한들이 비명을 내지르며 나가떨어졌다.

그들이 모두 자신의 수족과도 같은 수하들임을 뻔히 알고 있으면서도 왜소한 체구의 인물은 화를 내기는커녕 오히려 얼굴 가득 진득한 미소를 머금었다.

"흐흐. 최동, 결국 네가 숨은 곳이 여기였구나. 명년 오늘이 네 제삿날이 될 것이다."

그의 음성에는 숨길 수 없는 득의만면함이 담겨 있었다.

그도 그럴 것이 그는 바로 적류문의 문주인 혈음도 마강이었고, 무서운 주먹을 휘두르고 있는 흑의인은 흑선방의 방주인 최동이었다.

최동과 함께 나타난 인물들 또한 흑선방의 수뇌들임이 분명했다. 종적을 몰라 그토록 애를 태우던 최동을 마침내 발견했으니 마강으로서는 하늘을 나는 것처럼 기분이 붕 뜰 수밖에 없었다.

하나 마강은 흥분되려는 마음을 억지로 가라앉히며 냉정한 눈으로 주위를 둘러보았다.

"흑선방의 우두머리들이 이곳에 있음을 안 이상, 오늘 모든 일을 완벽하게 마무리 지어야 하네. 무슨 희생이 따르더라도 저들 중 단 한 놈도 놓쳐서는 안 되네. 모두 각오는 되어 있겠지?"

마강을 둘러싸고 있는 장한들은 그의 의형제들이었다. 외부에 나가 있는 한 명을 제외한 일곱 명의 형제들은 모두 결연한 표정으로 묵묵히 고개를 끄덕였다.

검단현이 그들에게 준 시간은 그리 많지 않았다. 오늘 흑선방을 없애지 못한다면 자칫 그 시간을 넘길지 몰랐다. 그렇게 되면 검단현은 결코 그들을 용서하지 않을 것이다.

"이 지겨운 싸움을 끝내러 가세."

마강은 먼저 몸을 돌렸고, 이내 형제들도 그를 따라 신형을 움직였다. 막 장내를 떠나기 직전 마강은 슬쩍 한곳을 바라보았는데, 그들에게서 멀지 않은 짙은 어둠 속에 한 사람이 유령처럼 서 있는 모습이 흐릿하게 보였다.

그 사람과 시선이 마주친 마강은 거의 알아차릴 수 없을 만큼 살짝 고개를 끄덕이고는 이내 형제들과 함께 마안거를 향해 몸을 날렸다.

빠른 속도로 언덕을 내려간 마강은 막 자신의 수하 하나를 격살하고 있던 최동을 향해 정면으로 돌진해 들어갔다. 언제 뽑아 들었는지 그의 손에는 작은 체구에 어울리지 않은 커다란 도가 쥐어져 있었다.

파파파팍!

도에서 뿜어지는 빗발 같은 도기들이 순식간에 최동의 몸을 그대로 갈라 버릴 듯했다. 하나 최동은 커다란 덩치로는 상상도 할 수 없을 만큼 유연한 동작으로 슬쩍 옆으로 몸을 움직여 너무도 수월하게 도기의 공세에서 벗어나 버렸다.

마강은 숨 쉴 사이도 없이 재차 최동을 향해 달려들며 연거푸 수중의 칼을 무시무시하게 휘둘렀다. 그가 펼치는 도법은 혈음십이도(血飲十二刀)라는 것으로, 그가 험한 뒷골목 생활을 거치며 여기저기서 짜깁기한 초식들로 만든 것이었다. 그래서인지 웅장하거나 정교한 맛은 부족하지만, 그만큼 살기등등하고 잔혹하며 상식을 초월하는 기괴한 수법들로 이루어져 있었다.

아마 여타의 무림인들이었다면 자신의 몸을 돌보지 않고 반드시 상대의 숨통을 끊어 놓고야 말겠다는 마강의 살벌한 수법에 크게 당황하거나 기가 질렸을 것이다. 하나 아쉽게도 그의 상대는 다름 아닌 최동이었다.

최동은 평생을 아수라장같이 거친 흑도의 칼바람 속에서 살아온 사람이었다. 제아무리 무섭고 악랄한 무공이라도 그의 마음에 두려움을 주지는 못했다.

최동은 얼굴 표정 하나 변하지 않은 채 마강의 도법을 응시하고 있다가 솥뚜껑만 한 주먹을 불끈 쥐고는 세차게 휘두르기 시작했다.

그의 주먹은 다른 사람의 주먹보다 두 배는 더 큰 데다 온갖 흉터로 뒤덮여 있어서 보기만 해도 모골이 송연할 지경이었다. 그 큰 주먹이 일단 움직이자 마치 거대한 철퇴가 휘둘러지는 듯한 엄청난 위력이 느껴졌다.

도기에 스친 최동의 팔뚝에서 핏물이 뿜어져 나왔으나, 최동은 조금도 아랑곳하지 않고 마강의 콧등을 향해 주먹을 내뻗었다.

마강 또한 싸움이라면 질리도록 경험한 인물답게 최동의 무시무시한 주먹에도 전혀 물러서지 않고 계속 혈음십이도의 초식들을 펼치며 정면으로 맞서 갔다. 덕분에 그의 콧등이 최동의 권경(拳勁)에 스치며 시뻘건 코피가 주르르 흘러내렸다.

그럼에도 마강은 오히려 얼굴 가득 징그러운 미소를 지은 채 계속 혈음도를 휘둘렀다. 최동 또한 두 팔이 피로 물들어 있음에도 불구하고 무표정한 얼굴로 두 주먹을 풍차처럼 휘두르고 있었다.

격돌한 지 얼마 되지도 않았는데 두 사람의 몸은 그야말로 유혈이 낭자했다. 수비는 거의 도외시한 채 오직 상대의 숨통을 끊어 놓기 위해 벌이는 두 사람의 싸움이 어찌나 살벌했던지 그들의 주위에는 누구도 제대로 접근하지 못했다.

그들에게서 조금 떨어진 곳에서도 치열한 격전이 벌어지고 있었으나, 대부분의 사람들은 싸우는 와중에도 연신 최동과 마강의 무시무시한 혈전을 힐끔거리고 있었다.

처음 마주쳤을 때부터 지금까지 말 한마디 하지 않고 서로를 죽이기 위해 맹렬한 공격을 가하는 두 사람의 모습은 그야말로 처절하기 이를 데 없었다. 하나 시간이 흐를수록 조금씩 우열이 판가름 나기 시작했다.

최동의 주먹은 여전히 위력적으로 마강을 위협하고 있었으나, 마강의 칼은 속도가 확연히 떨어져 당초의 매서움을 조금씩 잃어버리고 있었다. 아무래도 내공과 체력 면에서 모두 최동이 마강을 앞서고 있는 게 분명했다.

마강의 동생들 중 가장 무공이 고강한 셋째 은일엽(殷一燁)은 흑선방의 조일당 당주인 흑서 추풍과 싸우고 있었는데, 추풍의 무공 또한 그에 못지않아서 승패를 전혀 짐작할 수 없는 팽팽한 흐름을 유지하고 있었다.

추풍과 서로 정신없이 공방(攻防)을 주고받으면서도 틈나는 대로 최동과 마강의 싸움을 주시하던 은일엽은 시간이 흐를수록 마강이 열세를 보이자 절로 초조한 심정이 되었다.

'제길. 마 대형의 실력으로도 최동을 당해 내지 못하는 건가? 그나저나 그 작자는 왜 아직까지 코빼기도 안 보이는 거야? 우리가 몽땅 죽어야 나설 참인가?'

그의 생각이 채 끝나기도 전에 갑자기 누군가가 장내로 뛰어들었다. 그 인영의 움직이는 속도는 그야말로 섬전과도 같아서, 장내의 누구도 그의 움직임이 어떠한지 정확히 알아본 사람이 없었다.

파파파팍!

그와 동시에 시퍼런 섬광이 피어올라 곧장 최동의 몸을 덮어 갔다.

최동은 갑자기 전신이 빙굴(氷窟) 속에 빠져든 듯 싸늘해지며 사방이 온통 섬광에 휩싸이자 안색이 굳어지며 전력을 다해 두 주먹을 풍차처럼 휘둘렀다.

"크압!"

기합인지, 비명인지 모를 거센 음성이 그의 입에서 터져 나왔다.

쾅!

주먹과 섬광이 마주친 소리라고는 믿기지 않는 엄청난 굉음이 장내를 뒤흔들었다. 그와 함께 최동의 커다란 몸이 술 취한 사람처럼 휘청거리며 뒤로 정신없이 물러났다.

중인들이 놀라 보니 최동의 상반신 옷자락이 수십 군데나 갈라져 웃통을 벗은 것과 차이가 없을 정도로 변해 있었다. 그 찢긴 틈 사이로 수십 가닥의 핏물이 흘러내리고 있어 그야말로 혈인(血人)을 방불케 했다.

그런 상태에서도 최동은 인상 하나 찡그리지 않고 오히려 날카로운 눈으로 자신 앞의 인영을 쏘아보고 있었다.

언제 나타났는지 그의 앞에는 얼굴이 유난히 새하얀 백의인 한 사람이 우뚝 서 있었다. 백의인은 제법 준수한 용모를 지니고 있었으나, 입술이 얇팍하고 눈빛이 차가워서 한 마리 독사를 보는 듯 섬뜩한 느낌을 불러일으켰다.

최동은 갈가리 찢겨 넝마처럼 변한 웃옷을 벗어 버리고 자신의 몸에 나 있는 크고 작은 상처들을 슬쩍 내려다보았다. 상처들은 검도 아니고 도나 륜(輪)에 베인 것도 아닌, 다소 기이한 형태를 띠고 있었다.

최동은 평생을 수라장 속에서 살아온 인물답게 단번에 자신의 몸을 누더기처럼 만들어 버린 상처가 무엇으로 인한 것인지를 알아보았다.

'조(爪)인가? 당대에 내 흑살진기(黑煞眞氣)를 뚫고 이런 상처를 남길 수 있는 무공이라면……?'

그는 문득 고개를 들어 눈앞의 백의인을 바라보았다.

그의 시선을 받자 백의인은 천천히 자신의 오른손을 들어 올렸다. 그의 오른손 손톱은 유난히 길었는데, 자세히 보면 그 끝에 핏물이 아롱거리고 있었다. 백의인은 무심히 그 손을 자신의 입가로 가져가더니 손톱 끝에 묻은 핏물을 혀로 핥기 시작했다.

뱀의 그것처럼 기다란 혓바닥으로 피를 핥고 있는 그의 모습은 괴이하면서도 사람들의 마음에 은은한 공포심을 불러일으키는 것이었다.

손톱 끝의 피를 모두 핥은 백의인이 입맛을 다셨다.

"장안의 흑도를 석권한 자라고 해서 무언가 특별한 맛을 기대했는데, 별로 다를 게 없군."

그의 음성은 새하얀 얼굴만큼이나 가늘고 뾰족해서 흡사 여인의 고성처럼 들렸다. 그래서 사람들을 더욱 두렵게 만들기도 했다.

최동은 묵묵히 백의인을 응시하고 있다가 돌연 무거운 음성으로 입을 열었다.

"그게 탈명조(奪命爪)인가?"

백의인은 무심한 얼굴로 고개를 끄덕였다.

"그래. 살짝 맛만 보여 줬는데, 어떻던가?"

"소문보다는 못하군. 듣기로는 한 번 움직이면 살을 가르고 뼈를 부순다고 하던데, 내 뼈는 아직 멀쩡한 것 같으니 말이야."

백의인의 하얀 얼굴에 희미한 실선이 그려졌다. 얼음장처럼 차갑고 서늘한 미소였다.

"듣던 대로 배짱도 좋고 뼈마디도 제법 단단한 것 같군. 장안 흑도의 우두머리다워. 하지만 내 앞에서 그런 게 통하지 않는다는 건 너도 알거다."

최동은 물론 알고 있었다.

아무리 최동이 흑선방의 방주로 장안의 흑도를 지배해 왔다고 해도 눈앞의 백의인에 비하면 달빛에 비친 촛불과도 같은 신세일 뿐이었다.

최동이 아닌 누구라 해도 마찬가지일 것이다. 악살 장병기 앞에 서면 고양이를 만난 쥐처럼 한없이 나약하고 비루한 존재가 되고 말 것이다.

악살 장병기.

소문삼살의 막내로, 나이는 이제 갓 서른을 넘었을 뿐이었다. 하나 그가 강호에 명성을 떨치기 시작한 것은 십여 년 전인 그의 나이 열아홉 살 때부터였다.

약관도 되지 않은 어린 나이에 강호에 출도한 장병기는 불과

삼 년 만에 강호인들이라면 이름만 들어도 치를 떠는 무시무시한 살명(殺名)을 떨치게 되었다. 심성이 잔인하고 냉정할 뿐 아니라 일단 손을 쓰면 상대를 거의 갈가리 찢어 놓다시피 하는 악독한 무공 때문에 더욱 유명해졌다. 더구나 그는 천하제일살성이라 불리며 무림인들을 두려움에 떨게 하는 우내사마 중의 소마 신지림이 아끼는 제자여서 명성이 자자한 강호의 명숙들도 직접 상대하기를 꺼려했다.

흑도 무리들 간의 싸움에 장병기 같은 거물이 끼어드는 경우는 결코 흔치 않았다. 더구나 장병기는 오만하고 잔혹한 성품 때문에 마도(魔道)는 물론 흑도에도 친분이 있는 사람이 거의 없다고 알려져 있었다.

최동은 장병기가 어떻게 적류문의 편을 들게 되었는지 궁금했으나 아무것도 묻지 않았다. 일단 장병기가 자신을 공격한 이상, 그가 무슨 연유로 적류문에 가세했는지는 그다지 중요한 게 아니었다.

당한 만큼 갚아 주는 것이 흑도의 법칙이었다. 설사 그 대상이 강호인들이 두려워하는 희대의 살성이라고 해도 말이다.

장병기 또한 최동에게 구구절절한 이야기를 늘어놓고 싶은 마음은 전혀 없어 보였다. 그는 분을 바른 것처럼 새하얀 얼굴에 진득한 살기를 머금은 미소를 지으며 느릿느릿 최동을 향해 다가왔다.

"귀찮은 건 딱 질색이니 이제 그만 끝내도록 하자."

양손을 늘어뜨린 채 방만한 자세로 다가오는 장병기의 모습은 거들먹거리며 뒷골목을 어슬렁거리는 무뢰배를 연상케 했다.

최동은 얼음장처럼 차갑고 냉정한 눈으로 그를 보고 있더니 짤막한 한마디를 툭 던지듯 입 밖으로 내뱉었다.

"네 상대는 내가 아니다."

장병기의 눈썹이 꿈틀거렸다.

막 최동을 향해 무어라고 입을 열려던 장병기가 갑자기 어느 한쪽으로 시선을 돌렸다.

화광(火光)이 일렁이는 건물의 짙은 그늘 속에서 한 사람이 천천히 걸어 나오고 있었다. 훤칠한 체구에 칙칙한 흑의를 입은 삼십 대 초반의 인물이었다. 그의 손에 들린 고색창연한 검의 손잡이에 매달린 붉은 수실이 불빛에 비쳐 유난히 시선을 끌었다.

장내에는 제법 많은 사람들이 뒤엉켜 있었지만, 누구도 그 흑의인이 언제부터 그곳에 서 있었는지를 알지 못했다.

장병기는 우두커니 그 흑의인을 바라보더니 이내 입꼬리를 말며 웃었다. 독사의 그것처럼 보는 이를 섬뜩하게 만드는 냉혹한 웃음이었다.

"이거 재미있군. 이런 한 수를 준비해 두고 있었다니 말이야. 과연 장안을 주름잡던 흑도라 이건가?"

흑의인은 묵묵히 그의 앞으로 걸어오더니 이 장의 거리를 두고 우뚝 섰다. 그 모습을 본 장병기의 눈빛이 여느 때보다 차가워졌다.

이 장은 장병기같이 맨손의 박투(搏鬪)를 즐기는 사람이 직접 공격하기에는 약간 먼 거리였다. 반면에 흑의인처럼 검을 쓰는 자라면 발을 움직이지 않고도 상대를 검세 속에 가둘 수 있는 아주 예민한 거리였다.

간격을 잡는 것만 보아도 흑의인이 상당한 실력을 지닌 검객이라는 것을 알 수 있었다.

"무명소졸은 아닌 것 같고. 누구냐, 넌?"

흑의인은 말없이 수중의 검을 뽑아 들었다.

스릉!

미약한 음향과 함께 그의 손에는 차가운 한광을 뿌리는 검이 쥐어졌다. 타오르는 화광이 검에 비치니 기이한 광망이 흘러나왔다.

장병기의 눈이 화광만큼이나 강하게 번뜩거렸다.

"굳이 말하지 않아도 아는 방법이 있지."

말이 끝나기도 전에 그의 신형이 그 자리에서 꺼져 버렸다. 최소한 중인들의 눈에는 그렇게 보였다.

그 순간, 눈부신 검광이 주위를 어지럽혔다.

검광은 이내 씻은 듯이 사라졌다. 중인들은 영문을 몰라 눈을 크게 뜨고 앞을 바라보았다.

흑의인은 여전히 장검을 든 채로 그 자리에 우뚝 서 있었고, 장병기 또한 원래의 자리에 모습을 드러냈다. 어찌 보면 두 사람 모두 전혀 움직이지 않고 중인들만 엉뚱한 상상을 한 듯한 착각이 들었다.

하나 가만히 살펴보면, 흑의인의 왼쪽 옆구리 옷자락이 찢어져 속살이 훤히 들여다보이는 것을 알 수 있었다. 장병기의 손가락에 찢어진 흑의가 쥐어져 있는 것을 보고 나서야 중인들은 어찌 된 영문인지 알 수 있었다.

휘잉!

한차례 바람이 불자 이번에는 장병기의 우측 소맷자락이 너풀거리더니 장병기의 팔뚝이 그대로 드러났다. 그 팔뚝에는 붉은색 실선이 종횡으로 그려져 있었는데, 그 실선 사이로 한두 방울씩 선혈이 맺히고 있었다.

장병기는 붉게 물들어 가는 자신의 팔뚝을 슬쩍 내려다보더니 이내 괴이한 웃음을 흘렸다.

"흐흐. 갑자기 '검이 일단 움직이면 눈앞에 염왕(閻王)이 나타난다'는 강호의 오래된 속담이 떠오르는군. 네가 펼친 게 혹시 그 염왕검법(閻王劍法)이 아니냐?"

흑의인은 묵묵히 고개를 끄덕였다.

염왕검법이라는 말에 그들을 지켜보던 대부분의 사람들이 크게 놀라 안색이 굳어졌다. 그도 그럴 것이 염왕검법은 마도의 최고 검객이라 불리는 우내사마 중의 검마 금옥기의 성명절학(聲名絕學)이었던 것이다.

얼마나 많은 강호의 검객들이 금옥기의 염왕검법에 전신이 난자당한 채 피를 뿌리며 쓰러졌는지 모른다. 한 번 펼쳐지면 도저히 피할 여지도 주지 않고 상대를 절망의 구렁텅이에 빠뜨리는 가공할 위력 때문에 마치 염왕의 현신(現身)을 보는 것 같다고 하여 붙여진 이름이 염왕검법이었다.

흑의인의 나이로 보아 검마 본인은 아님이 분명했다.

장병기는 이글거리는 눈으로 흑의인을 응시하며 물었다.

"검마 금 선배에게 두 명의 아들이 있다는 말은 들었지. 너는 둘 중 누구냐?"

굳게 다물어져 있던 흑의인의 입술이 처음으로 살짝 열리며 표정만큼이나 무심한 음성이 흘러나왔다.

"둘이 아니라 셋이다. 그리고 나는 둘째인 금조명이라 하지."

장병기는 피식 웃었다.

"셋이라? 그새 또 하나가 늘었군. 대체 금 선배는 무슨 생각으로 허접한 놈들을 자꾸 거두어들이는지 모르겠단 말이야."

"나도 소마 선배에게 세 명의 망나니 같은 제자들이 있는데, 그 중에서도 셋째가 가장 졸렬하다는 말을 들은 것 같군."

"흐흐. 입담이 제법 대단하군. 부디 칼 솜씨도 그 입담만큼 날카롭기를 기대하겠다."

장병기가 슬쩍 어깨를 흔들며 앞으로 움직이려 할 때, 금조명이 다시 입을 열었다.

"저들에게서 무얼 받기로 했나?"

장병기의 몸이 아주 자연스럽게 멈추었다. 기운의 수발이 너무 매끄러워서 모르는 사람이 보았다면 그냥 장병기가 그 자리에 가만히 서 있는 것으로 착각했을 것이다.

하나 무공을 보는 안력이 뛰어난 인물들은 장병기의 내공이 이미 마음이 움직이는 대로 몸을 움직이는 의형수형(意形隨形)의 경지에 올라 있음을 깨닫고 새삼 놀라지 않을 수 없었다. 그것은 강호를 주름잡는 절정의 고수들에게서나 가끔 볼 수 있는 상승(上乘)의 경지였던 것이다.

장병기가 강호 전역에 악명을 자자하게 떨치고 있다고 해도 내공이 높은 경지에 올라 있다는 건 전혀 다른 문제였다. 잔인한 손속과

악랄한 무공의 소유자로만 알려져 있던 장병기가 절정의 경지에 오른 내공의 고수라는 건 누구도 쉽게 예상하기 힘든 일이었다.

장병기는 기광이 일렁이는 눈으로 금조명을 응시하다가 차가운 음성을 내뱉었다.

"마침 내가 필요한 게 있어서 말이지. 그런 너는?"

금조명의 대답은 짤막했다.

"형제의 부탁이라고 해 두지."

얼핏 장병기의 얼굴에 냉소가 떠올랐다.

"그놈의 형제. 검마가 따로 고아원이라도 차렸나? 저런 흑도의 조무래기들도 검마의 자식이 되는 건가?"

장병기에 비아냥거림에도 금조명의 무심한 표정은 전혀 변화가 없었다.

"최소한 돈 받고 움직이는 누구보다는 낫지."

장병기의 얼굴에 떠올라 있는 미소가 한층 더 짙어지며 말로 형용키 어려운 지독한 살기가 꿈틀거렸다.

"돈 따위로 내가 움직일 거라고 생각했단 말이지? 나를 너무 우습게 봤군."

"아니면 기물(奇物)인가? 그러고 보니 소마 선배가 오랫동안 찾고 있던 물건이 하나 있다고 들었는데……."

금조명의 말은 채 이어지지 않았다.

그때 갑자기 장병기의 손이 빛살 같은 속도로 그를 향해 날아왔기 때문이다.

"함부로 나불거리는 입을 찢어 주지."

장병기의 손은 정말 빨랐다. 장내의 누구도 그의 손이 정확히 금조명의 어디를 노리고 날아드는지 알지 못했다. 심지어는 아직도 두 사람이 마주 보고 선 채 대화를 나누고 있는 것으로 알고 있는 자들도 있었다. 그만큼 장병기의 공격은 갑작스러웠고, 상상도 못할 만큼 빠르고 매서웠다.

금조명의 오른손이 까닥거렸다. 그와 함께 한 줄기 날카로운 검광이 밑에서 위로 솟구치듯 피어올랐다. 막 갈고리처럼 오므린 손으로 금조명의 목덜미를 움켜잡으려던 장병기가 재빨리 손을 거두어들였다.

팟!

검광이 아슬아슬하게 그의 손등을 스치며 핏물이 뿜어져 나왔다. 하나 장병기는 조금도 물러서지 않고 거두었던 손을 재차 내뻗었다. 그 동작이 어찌나 빨랐던지 처음부터 손을 움직인 것과 별반 차이가 없어 보였다.

금조명은 목을 옆으로 이동시키며 수중의 장검을 위아래로 흔들었다.

파파팍!

눈부신 검광이 폭죽처럼 피어오르며 장병기의 전신을 위협했으나, 장병기는 조금도 아랑곳하지 않았다. 두 사람 사이의 거리가 워낙 가까워서 검법 본연의 위력이 충분히 발휘되지 못한다는 걸 알고 있기 때문이었다. 선공(先攻)의 이점이 충분히 살아 있는 상황이었다.

삽시간에 두 사람은 벼락같은 몇 초를 주고받았다. 그리고 그

때 처음으로 금조명의 몸이 뒤로 두 걸음 물러났다.

단순한 두 걸음에 불과했으나, 그것이 상징하는 바는 적지 않았다. 적어도 지금과 같은 가까운 거리에서의 접근전에서는 아무리 검마의 후예인 금조명이라도 장병기의 박투를 감당하지 못한다는 걸 증명하는 것이었다.

장병기는 틈을 주지 않고 더욱 가까이 다가가며 금조명의 목덜미를 집중적으로 공략했다.

그가 사용하는 탈명조는 일단 걸리기만 하면 사람의 몸을 종잇장처럼 찢고 근육과 뼈를 절단 내 버리는 무시무시한 위력을 지니고 있었다. 더구나 장병기는 탈명조를 사용하는 와중에도 틈틈이 팔꿈치를 휘둘러 금조명의 턱을 공격했는데, 그때마다 금조명은 간신히 그 공격을 피해 내고 있었다.

그 팔꿈치 공격은 전륜겁백(轉輪劫魄)이라는 것으로, 팔꿈치를 사용하는 공격 중에서 가장 잔인하고 무서운 위력을 지닌 무공 중하나로 알려져 있었다.

금조명은 몇 차례의 살인적인 공격을 피했으나, 그 바람에 자세가 흐트러지고 옷의 여기저기가 찢겨 낭패한 모습이었다. 찢어진 옷자락 사이로 드러난 그의 피부는 시커먼 멍이 들어 있어서, 스치듯 지나간 장병기의 공세가 얼마나 강력한지를 여실히 나타내 주고 있었다.

휘잉!

다시 한 차례 장병기의 팔꿈치가 아슬아슬하게 금조명의 콧등을 스치듯 지나가자 금조명의 코에서 시뻘건 핏물이 폭포수처럼 흘러내렸다.

금조명은 코피를 지혈하려는 듯 오른손을 옆으로 움직였는데, 장병기는 조금도 방심하지 않고 왼쪽으로 몸을 이동시켰다.

아니나 다를까? 소리도 없는 검광 한 줄기가 조금 전만 해도 장병기가 서 있던 공간을 휩쓸고 지나갔다.

장병기는 검광이 지나감과 동시에 다시 앞으로 다가서려 했다. 그때, 무언가 시뻘건 것이 그의 눈앞으로 다가들었다.

천하의 장병기도 그때는 흠칫 놀라지 않을 수 없었다.

'이게 뭐야?'

장병기는 황급히 보법을 밟으며 뒤로 한 걸음 이동했다. 자신의 눈앞을 지나치는 그 시뻘건 물체의 정체를 알아본 장병기의 눈살이 자신도 모르게 찡그려졌다.

그 물체는 다름 아닌 핏물이었다. 금조명은 검초를 발출하면서 자신의 코에서 흘러나오는 핏물 쪽으로 검기를 움직여 적절한 순간에 장병기를 향해 날려 보냈던 것이다. 장병기조차 상상도 못했던 절묘한 수법이 아닐 수 없었다.

장병기가 한낱 핏물에 놀라 후퇴한 자신의 실책을 깨닫고 안면을 굳히며 앞으로 달려들려 했으나, 이미 때는 늦은 후였다.

그 찰나의 순간에 금조명은 어느새 적절한 거리로 물러난 채 완벽한 자세를 잡고 있었던 것이다.

"이제 제대로 해보자."

냉랭한 음성과 함께 금조명의 검이 가공할 기세를 품고 장병기의 목덜미를 찔러 왔다. 단순한 앞 찌르기 같았는데, 그 순간 장병기는 전신이 빙굴에 빠진 듯한 싸늘함을 느끼고 자신도 모르게 중 얼거리듯 짧은 한마디를 외쳤다. 사부에게서 오랫동안 지겹도록 들어온 검마의 무서운 초식 중 하나가 뇌리에 떠올랐던 것이다.

"염왕초혼(閻王招魂)!"

드디어 금조명이 염왕검법의 절초를 펼치기 시작한 것이다.

제 315 장

절세고수(絕世高手)

제315장 절세고수(絶世高手)

무당산의 아침이 밝았다.

많은 사람들은 떠오르는 양광을 받으며 가슴이 설레는 것을 느꼈다. 또 다른 사람들은 마음속으로 굳게 잡았던 각오를 다시 한 번 되새기고 있었고, 몇몇 사람들은 오늘이 아주 긴 하루가 될 거라고 예상하고 있었다.

진산월이 막 방문을 열고 밖으로 나갔을 때, 그를 맞이한 사람은 동중산이었다.

"세숫물을 준비했습니다."

진산월은 묵묵히 세수를 하고 동중산이 건네준 수건으로 얼굴을 닦았다. 그때까지도 동중산은 한마디도 하지 않고 진산월의 뒤에 조용히 시립해 있었다.

세수를 마친 진산월은 조용한 눈으로 동중산을 바라보았다.

"할 말이 있으면 하도록 해라."

평소에 진산월의 아침 세숫물을 준비하는 것은 막내인 손풍의 몫이었다. 그런데 오늘 아침에는 동중산이 대신했으니, 그것은 필시 진산월에게 무언가 하고 싶은 말이 있기 때문일 것이다.

동중산은 조금은 계면쩍은 웃음을 흘렸다.

"특별한 일이 있는 건 아닙니다. 장문인께서 새벽에 들어오신 듯하여 잠자리가 불편하지는 않으셨는지 궁금했을 뿐입니다."

동중산은 진산월과 함께 연회에 참석했던 낙일방이 혼자 돌아오자 밤새 진산월이 오기만을 기다렸다. 새벽녘이 조금씩 밝아 올 즈음에야 멀리서 숙소로 오는 진산월을 발견했는데, 그때 진산월의 표정이 너무 무거워 보여서 혹시라도 무슨 변고가 생긴 게 아닌가 하는 불길한 생각이 들었던 것이다.

다행히 아침에 조심스레 살펴본 진산월의 표정은 여느 때와 별로 다를 바가 없는 듯했다. 하나 동중산은 진산월이 자신의 마음을 숨기는 데 누구보다 뛰어나다는 것을 알고 있기에 완전히 안심하지는 않았다.

"별일 없으니 걱정하지 않아도 된다."

동중산은 그 대답에 비로소 마음이 놓이는 것을 느끼고 살짝 미소를 지었다.

아침 식사를 마친 진산월은 임영옥을 잠깐 만나 몸 상태를 확인하고는 이내 숙소를 벗어났다. 동중산만이 그를 따랐고, 다른 사람들은 모두 자신의 방에 머무르기로 했다.

형산파와의 비무가 내일로 다가왔기 때문에 모두들 신경이 바짝 곤두서 있는 상황이었다. 비무에 참가하기로 내정된 사람들은 자신의 무공을 가다듬고 마음을 추스르는 데 전력을 기울이고 있었고, 그 외의 사람들은 그들의 심기를 거스르지 않기 위해 매사에 언행을 극도로 조심하고 있었다. 심지어는 남들의 눈치를 보지 않고 제멋대로 행동하기 일쑤였던 손풍조차도 입을 굳게 다문 채 조용히 자신의 방에 처박혀 있을 정도였다.

숙소를 나온 진산월과 동중산을 기다리고 있는 사람은 청운도장이었다. 청운도장은 이번 집회 내내 종남파의 안내를 맡았으며, 특히 진산월을 위해 거의 매일 종남파의 숙소를 방문하고 있었다.

무림에서의 그의 지위와 명성을 생각해 보면 확실히 무당파에서 진산월과 종남파에 쏟고 있는 정성과 예우는 대단한 것이라 하지 않을 수 없었다.

진산월도 그 점에 대해 사의를 표했다.

"번번이 청운도장의 신세를 지게 되는구려. 아래 배분 제자들을 보내셔도 충분한데 말이오."

청운도장은 수려한 외모에 어울리는 차분한 미소를 지어 보였다.

"빈도야말로 진 장문인을 모시게 되어 영광입니다. 천하에 신검무적을 먼발치에서라도 한 번 보기를 갈망하는 무림인들이 얼마나 많은지 아십니까? 남들이 부러워하는 이 자리도 얼마 남지 않았다고 생각하니 벌써부터 아쉬워지는군요."

"그럼 오늘 하루만 더 폐를 끼치겠소."

"별말씀을. 자소전으로 모시겠습니다."

오늘은 집회의 마지막 날이었다. 지난 이틀 동안 열린 집회가 사전 모임의 성격이 강했다면, 오늘 집회야말로 무림맹의 조직을 정비하고 서장 무림과의 본격적인 일전을 선포하는 가장 중요한 자리였다.

그래서인지 집회에 참석하는 무림인들의 상당수는 긴장감과 기대감으로 흥분을 감추지 못하는 모습들이었다. 진산월이 모습을 드러내자 그들의 흥분은 한층 더 고조되어 곳곳에서 웅성거림과 감탄성이 그치지 않고 터져 나왔다.

"신검무적이다!"

갑자기 웅성거림이 더욱 커지더니 이내 주변이 저잣거리처럼 소란스러워졌다. 그도 그럴 것이 공교롭게도 비슷한 시기에 형산파 고수들이 자소전 입구에 모습을 드러냈던 것이다.

형산파에서 오늘의 집회에 참석한 사람은 용선생과 오결검객 중의 칠지신검 좌군풍이었다. 용선생은 멀리서 진산월과 시선이 마주치자 살짝 고개를 끄덕여 아는 체를 해 왔고, 진산월도 가벼운 눈인사를 보냈다. 반면에 좌군풍은 진산월을 한 차례 힐끔거리고는 이내 고개를 돌려 버렸는데, 의미를 알기 어려울 만큼 담담하고 차분한 시선이었다.

진산월은 무심히 그 광경을 넘겼으나, 동중산은 표정이 그다지 밝지 않았다. 그들의 모습을 보니 내일로 닥쳐온 종남파와의 비무에 대해 그다지 걱정하지 않는 듯했던 것이다. 그것은 그만큼 형산파가 종남파와의 비무에서 승리를 자신하기 때문일까? 아니면 무언가 다른 이유가 있는 것일까?

자소전으로 들어가니 이미 적지 않은 무림인들이 자리를 잡고 좌정해 있었다.

자소전이 비록 커다란 건물이지만 무당파에 온 모든 무림인들을 수용할 수는 없기에 자소전 안으로 들어오는 인물들은 각파의 수뇌급들과 무림맹의 주요 인물들, 그리고 특별히 초청된 무림의 명숙들로 정해져 있었다. 비록 그 숫자는 밖에 모여들고 있는 무림인들에 비하면 얼마 되지 않았으나, 그 면면을 보면 가히 중원 무림을 대표한다고 해도 지나치지 않을 만큼 대단한 것이었다.

사시(巳時)가 되자 한 차례 북이 울리며 몇 명의 인물들이 자소전 안으로 들어왔다. 그들은 무당파의 장문인인 현령진인과 무림맹의 맹주인 위지립, 그리고 모용봉이었다.

모용봉이 무림인들 앞에 다시 모습을 드러낸 것은 실로 오랜만이었다. 그래서인지 그가 나타나자 장내의 시선이 온통 그에게로 쏠렸다. 그만큼 아직까지도 무림인들의 머릿속에는 모용봉이라는 그림자가 크게 자리 잡고 있었다.

현령진인이 참석한 사람들에게 감사의 말을 전하고 위지립을 장내에 소개하는 것으로 무당집회의 마지막 행사가 시작되었다.

위지립은 자리에서 일어서 지난 이틀 동안의 집회에서 결정된 사항들을 정리해서 발표했다. 그중에서 가장 중요한 것은 무림맹의 조직을 일신하는 일이었고, 위지립은 오늘 집회에서 그 인선(人選)을 마무리 짓고 중추절까지 중원에 숨어 있는 서장 세력을 일소할 계획을 확정하려는 뜻을 밝혔다.

집회는 순조롭게 진행되었다.

사전에 중요한 안건들이 이미 결정되어서인지 쓸데없이 트집을 잡거나 엉뚱한 의견을 내놓는 자들도 없었고, 인선에 대해 불만을 표시하거나 반대를 하는 사람도 보이지 않았다. 어찌 보면 싱거울 정도로 많은 사안들이 재빠르게 결정되고 있었다.

하나 인선이 막바지에 접어들자 무심한 표정으로 앉아 있던 무림인들도 조금씩 들뜨기 시작했다.

위지립이 밝힌 무림맹의 조직은 맹주 휘하에 정보(情報)와 자금(資金), 무력(武力)을 담당하는 삼단(三團)을 두고, 따로 신속하게 움직이며 적들을 타격할 수 있는 하나의 별동대(別動隊)를 두는 것이었다.

예전과 비교하면 확연히 단순해진 만큼 효율성은 오히려 훨씬 더 높다고 할 수 있었다. 특히 무력을 무단(武團)이라는 조직으로 통괄하여 이전처럼 쓸데없이 방만하게 흩어져 있던 무림의 힘을 하나로 모았다는 것이 가장 중요한 사항이었다.

그중에서도 적지 않은 사람들이 선반(先班)이라고 이름 붙여진 별동대를 주목했다.

먼저 나서서 적을 타격하는 선반은 단순한 이름과는 달리 독자적으로 움직일 수 있을 뿐 아니라 근처의 무림인들을 소집하여 부릴 수 있는 권한이 있기에, 이용하기에 따라 상당히 막강한 힘을 행사할 수 있었다. 게다가 늘 서장 무림에 먼저 공격당했던 피동적인 입장에서 벗어나 능동적으로 공세를 취할 수 있다는 것 때문에 더욱 관심을 기울이는 자들이 많았다.

"선반의 반주(班主)는 그 임무만큼이나 중차대하며 어려운 자리요. 자칫 선반이 소기의 성과를 거두지 못하고 실패했다가는 서장 무림과 제대로 싸워 보지도 못하고 낭패를 당하게 될지도 모르오."

위지립이 굳이 밝히지 않더라도 선반의 자리가 얼마나 무겁고 중대한 것인지는 누구나 알 수 있었다. 그래서 더욱 선반의 주인이 누가 될지가 초미의 관심사였다.

위지립은 잠시 말을 멈추고 주위를 둘러보더니 이내 한곳으로 시선을 돌렸다. 중인들의 눈도 자연스레 그곳으로 옮겨졌다.

그리고 사람들은 모두가 탐내면서도 어려워했던 선반의 반주가 누구인지를 알 수 있었다.

"선반의 반주는 종남파의 장문인이신 신검무적 진산월, 진 장문인께서 맡아 주시기로 하셨소."

때마침 흘러나온 위지립의 말에 순간적으로 주위에 정적이 감돌았으나, 이내 커다란 환호성이 터져 나왔다.

"와아!"

"그렇지. 신검무적이라면 믿을 수 있지."

"아무렴. 신검무적이 아니라면 누가 선뜻 선봉에 나서서 중원 무림을 위해 검을 휘두를 수 있단 말인가?"

진산월은 주위의 환호를 받으며 천천히 자리에서 일어나 포권을 했다.

"불초불민한 제게 너무 커다란 자리가 주어진 것 같습니다. 이 자리를 맡기 원하는 분이 계시면 언제라도 양보할 용의가 있으니 의향이 있으신 분은 나서 주시기 바랍니다."

진산월의 조용한 음성이 환호와 박수 소리로 가득한 장내 구석구석까지 울려 퍼졌다. 중인들은 더욱 커다란 함성을 내질렀다.

"신검무적!"

이런 열광적인 분위기에서 감히 신검무적의 자리를 뺏고자 앞으로 나설 사람은 없었다.

위지립은 흐뭇한 미소로 그 광경을 보고 있었으나, 내심으로는 진산월에 대한 무림인들의 지지와 성원이 자신의 예상보다 훨씬 더 커다란 것에 적지 않은 충격을 느끼고 있었다.

그것은 신검무적 개인에 대한 호감일 수도 있고, 바닥에 떨어졌다가 다시 일어선 종남파에 대한 찬사일 수도 있었다. 어찌 되었건 무림인들이 신검무적과 종남파에 성원을 보낸다는 것은 시사하는 바가 적지 않았다. 더구나 이곳에 모인 무림인들은 하나같이 상당한 영향력을 지닌 이름난 고수들이거나 강호의 명숙들이었다.

물론 위지립은 이러한 관심이나 성원은 모래성 같아서 어느 순간에 너무도 쉽게 허물어질 수도 있다는 것을 알고 있었다. 당장 내일 벌어질 형산파와의 비무에서 종남파가 패하기라도 한다면 그들을 향한 무림인들의 지지와 성원은 급격히 사그라질 것이다. 또한 상승검객(常勝劍客)으로 이름 높은 신검무적이 누구에게라도 패하게 되면 더 이상 이러한 환호는 받을 수 없게 될 것이다.

하나 만에 하나라도 형산파와의 비무에서 종남파가 승리하게 되면 그때는 어떻게 되겠는가?

그것을 상상하는 것만으로도 위지립은 마음 한구석이 무거워지지 않을 수 없었다. 그때의 종남파와 신검무적은 말 그대로 중원을 대표하는 상징적인 존재가 될지도 몰랐다. 그리고 그때의 신검무적을 과연 자신의 뜻대로 움직일 수 있을지도 자신할 수 없었다.

위지립은 중인들의 환호에 답한 후 착석하는 진산월을 묵묵히 바라보고 있다가 무심결에 한쪽으로 시선을 돌렸다. 그리고 칠지신검 좌군풍의 냉정하면서도 여유를 잃지 않은 담담한 표정을 확인하고서야 마음속의 평정을 되찾을 수 있었다.

선반의 반주가 정해지자 사람들의 관심은 자연스레 삼단의 단주가 누구로 임명될지로 이동하기 시작했다. 그중에서도 특히 무단의 단주에 모든 관심이 집중되었다.

사실 권한으로만 놓고 보면 무단의 단주야말로 실질적인 무림맹의 최고 요직이라고 할 수 있었다. 심지어는 맹주보다도 더욱 중요한 자리라고 생각하는 사람들도 적지 않았다.

그도 그럴 것이 무단의 단주는 무림맹의 거의 대부분의 무력을 실질적으로 총괄하는 지위였던 것이다. 그에 비해 맹주가 직접 운용할 수 있는 무력 조직은 거의 없다시피 했다. 그래서 일부 무림인들은 왜 위지립이 스스로의 권한을 양보하면서까지 무단에 그토록 많은 힘을 실어 주는지 의구심을 갖기도 했다.

그렇게 중요한 무단의 단주를 맡을 적임자는 과연 누구일까?

많은 사람들이 서로 이런저런 의견을 교환했으나 뚜렷하게 떠오르는 인물은 없었다.

강호에서의 지위와 그간의 공로를 생각해서 모용 공자가 맡는 게 어떻겠느냐는 의견도 적지 않았으나, 모용 공자는 중추절 결전의 핵심 인물이기에 이리저리 뛰어다니며 무단을 통솔해야 하는 단주의 자리에는 어울리지 않는다는 의견이 많았다.

구파일방의 장문인들 중 몇 사람이 후보군에 오르기도 했으나, 이런저런 이유로 배척되거나 무단을 맡기에는 미흡하다는 중론이 지배적이었다. 무엇보다 무단은 특정 문파의 우두머리에게 맡기기에는 너무 거대하고 강력한 조직이었다. 다른 문파에서 순순히 그것을 용납할 리가 없었다.

구파일방과 다른 방파의 주인들을 제외하면 무림구봉 정도가 남는데 그들은 대부분이 한 문파를 이끌고 있거나 이런저런 사정으로 남들 앞에 설 수 없는 상황이었고, 개중에는 이미 세상을 떠난 자도 있었다.

주위가 점차 소란스러워졌다.

한동안 가만히 그 광경을 보고 있던 위지립은 중인들의 의견이 좀처럼 하나로 모이지 못하고 백가쟁명(百家爭鳴)이 되자 그제야 자리에서 일어나 묵직한 음성을 토해 냈다.

"무단의 단주는 권한만큼이나 중요한 자리이기에 본 맹주는 주변의 명숙들과 오랫동안 진지한 고민을 나누었소. 그래서 마침내 그 자리에 어울리는 분을 선정할 수 있게 되었소."

그 말에 장내가 조용해지며 모든 사람들의 시선이 위지립의 입으로 향했다.

위지립이 슬쩍 몸을 돌려 자소전의 내실 방향을 바라보았다. 한 사람이 천천히 내실 밖으로 걸어 나오고 있었다. 사십 대 후반에서 오십 대 초반으로 보이는 준수한 용모의 중년인이었다.

그를 보자 몇몇 무림인들이 고개를 갸웃거렸다. 그의 모습이 어딘지 모르게 눈에 익었던 것이다.

"앗? 당신은……!"

그들 중 누군가가 놀란 외침을 토해 낼 때, 위지립의 묵직한 음성이 장내를 뒤흔들었다.

"소개해 드리겠소. 십여 년 전에 혜성같이 강호에 나타나 놀라운 무공으로 세상을 경악하게 했던 십방랑자(十方浪子) 사효심(査曉心), 사 대협이시오."

무림인들은 위지립의 말에 놀라고, 중년인의 모습을 보고 더욱 놀랐다.

십방랑자 사효심은 점창파가 배출한 최고의 검객으로, 십여 년 전만 해도 무림제일을 논(論)할 때 빠지지 않고 언급되었던 인물이었다.

하나 언제부터인가 강호에서 그 모습이 사라져 많은 사람들의 의혹을 불러일으켰다. 그의 실종을 두고 숱한 괴소문들이 사람들의 입에 오르내리기도 했다. 혹자는 그가 점창파 최고의 비전(祕傳)을 얻기 위해 폐관에 들어갔을 거라고 했고, 혹자는 사랑하는 여인과의 혼인을 위해 강호를 등졌다고도 했다. 그리고 점창파의 문규를 어겨 면벽수련의 징벌을 받고 있을 거라는 자들도 있었다.

그것은 사효심이 강호에서 행도할 때 명문정파의 제자답지 않게 자유분방하고 때로는 방종해 보이는 행동을 일삼았기 때문이었다. 게다가 방랑벽이 심해서 한곳에 오래 머물러 있지 못하는 성격 탓도 있었다.

그래서 많은 사람들은 사효심이 그러한 성정 때문에 점창파의 징계를 받았거나 마음대로 돌아다닐 수 없는 처지에 놓이게 되었을 거라고 생각했던 것이다.

당시 그의 검술은 정말 뛰어나서 무림구봉 중의 검봉인 육합신검 용진산과 종종 비교되기도 했었는데, 화산파의 장문인인 용진산과 점창파의 일개 제자인 그를 같은 선상에서 저울질한 것만으로도 무림인들이 그를 얼마나 높게 평가했는지를 충분히 짐작할 수 있는 일이었다.

그 사효심이 강호 무림에서 사라진 지 십여 년 만에 돌연 무림집회에 그 모습을 드러냈으니 많은 무림인들이 놀라는 것도 무리는 아니었다.

사효심의 외관은 세간에 퍼져 있는 소문과는 달리 중후하고 기품이 있어 보였다. 십방랑자라는 외호처럼 떠돌기 좋아하고 제멋대로 살아온 사람이라고는 믿기지 않을 정도로 수려한 모습이었다. 담담한 가운데 맑고 힘 있게 빛나는 두 눈과 우뚝 솟은 콧날, 굳게 다물어져 의지견정해 보이는 입술과 약간 각진 턱은 남자다운 매력을 물씬 풍기고 있었다. 인중용(人中龍)이란 바로 그와 같은 사람을 두고 하는 말일 것이다.

사효심은 정광(精光)이 어른거리는 눈으로 군웅들을 둘러보다가 양손을 들어 정중하게 포권을 했다. 한 점의 흐트러짐 없이 절제되면서도 어딘지 모르게 호방한 느낌이 드는 동작이었다.

"강호의 동도들을 다시 뵙게 되어 반갑소. 점창의 십육대 제자인 사효심이라 하오."

사효심에게서는 막 오십 줄에 접어든 중년 특유의 여유와 품격, 그리고 은은한 자신감이 느껴졌다. 그래서인지 그를 보는 군웅들의 눈에 반감보다는 호기심 어린 빛이 감돌고 있었다.

이곳에 모인 군웅들 중 상당수는 십오 년 전의 사효심을 아직도 분명하게 기억하고 있었고, 개중에는 그와 친분을 나누었던 자들도 적지 않았다.

그래서인지 여기저기서 그를 알아보고 반가움을 표하는 소리가 연신 흘러나왔다.

사효심은 자신을 향해 반색하는 사람들을 둘러보며 입가에 조용한 미소를 지었다.

"그리운 얼굴들이 많이 보이는구려. 그동안 연락을 드리지 못한 죄는 나중에 따로 받기로 하겠소. 그보다 먼저 아직 미흡한 구석이 많은 나에게 이런 자리를 마련해 주신 위지 맹주와 현령 장문인에게 감사의 말씀을 드리오."

장내는 침 삼키는 소리도 들릴 정도로 깊은 정적에 잠겨 있었고, 중인들은 숨도 제대로 쉬지 않고 사효심의 말에 귀를 기울이고 있었다. 그만큼 그의 갑작스런 등장은 모두의 가슴에 커다란 충격을 주는 것이었다.

"오랜만의 출도(出道)인지라 한편으로는 설레고 한편으로는 걱정도 들지만, 뒤늦게라도 강호 무림을 위해 작은 힘이나마 보태고자 위지 맹주의 부탁을 수락하게 되었소. 이 점에 대해 강호 동도들의 넓은 이해와 아량을 당부드리겠소."

과거의 그를 기억하고 있던 무림인들은 예전보다 한층 성숙하고 차분해진 그의 모습이 다소 낯선 듯한 표정이었고, 그를 처음 보는 사람들은 정중하면서도 기품이 넘치는 그의 모습에 적지 않은 호감을 느끼고 있는 것 같았다.

사효심의 음성은 그리 크지 않으면서도 말꼬리가 분명하고 울림이 좋아서 듣는 이의 마음까지 시원하게 해주었다.

"무단의 단주는 무림맹의 무력을 실질적으로 통솔하는 아주 중요한 직위라고 생각하오. 내가 과연 그런 중책을 감당할 자격이 있는지는 모르겠지만, 강호 동도들께서 맡겨 주신다면 임무를 수행하는 데 나의 모든 것을 걸고 최선을 다하도록 하겠소."

대부분의 사람들은 그의 매끄러운 말에 무의식적으로 고개를 끄덕였다.

그때 누군가가 큰 소리로 그에게 물었다.

"내가 알고 있는 사 형이라면 무단의 단주를 맡는 데 하등의 부족함이 없다고 생각하오. 그런데 대체 그동안 어디에서 무얼 하고 있었던 거요?"

질문을 던진 사람은 광동(廣東)의 최고 고수라고 알려진 검정신학(劍鼎神鶴) 표성선(表聖宣)이었다.

표성선은 광동의 제일고수일 뿐 아니라 그 일대를 석권하고 있는 백학문의 문주이기에 당금 무림의 누구도 무시하지 못하는 거물 중의 한 사람이었다. 더구나 그는 예전부터 사효심과 친분이 두텁기로도 유명했다.

그래서인지 사효심을 응시하는 그의 두 눈에는 놀라움과 반가움, 그리고 약간의 서운함 등 다양한 감정들이 숨김없이 드러나 있었다.

사효심은 표성선을 향해 살짝 고개를 숙였다.

"표 형께 먼저 인사를 하지 못해 미안하오. 그동안 피치 못할 일 때문에 소식을 전할 수 없었소."

"그 피치 못할 일이란 게 무언지 알 수 있겠소?"

표성선이 아쉬움을 감추지 못하고 재차 그에게 물었으나, 사효심은 고개를 내저으며 짤막하게 대답했다.

"미안하오."

표성선의 얼굴이 살짝 굳어졌다. 자신으로서는 그동안 연락 한 번 하지 않았다가 이 자리에 불쑥 나타난 사효심에 대한 서운한 마음을 억누르고 그간의 일을 설명할 기회를 마련해 주고자 질문을 던졌는데, 중인환시리에 일언지하에 거절당하리라고는 전혀 예상치 못했던 것이다.

그때 다른 사람의 음성이 들려왔다.

"사 사제가 칩거한 이유는 본 파의 기밀에 관한 것이라 공개된 자리에서는 밝힐 수 없으니, 표 문주께서 양해해 주시기 바라오."

표성선은 말을 한 사람이 점창파의 장로인 독검취웅 백리장손임을 알고 딱딱했던 얼굴이 약간 누그러졌다.

"백리 대협의 말씀대로 점창파 내부에 관한 일이라면 당연히 그래야겠지요. 그래도 간단히 한마디라도 언급해 주었으면 좋았을 텐데……."

표성선이 약간의 서운함이 담긴 눈으로 사효심을 쳐다보자 백리장손이 너털웃음을 지었다.

"허허. 사 사제가 워낙 성품이 충후하여 민감한 사안에 대해서는 입을 굳게 다무는 버릇이 있다는 건 표 문주께서도 아시지 않소?"

그제야 표성선도 표정이 풀어지며 수긍의 빛을 떠올렸다.

"확실히 사 형이 그런 면이 있지요."

장내의 분위기가 부드럽게 변하자 위지립이 기회를 놓치지 않고 앞으로 나섰다.

"사 대협의 명성이나 무공으로 보아 무단의 단주를 맡을 사람으로 최고의 적임자라고 생각하여 여러분들께 소개해 드렸소. 혹시라도 사 대협이 무단의 단주가 되는 것에 반대하거나 다른 의견이 있는 분은 기꺼이 말씀해 주시기 바라오."

중인들 틈에서 약간의 웅성거림이 있었으나, 반대의 목소리는 들려오지 않았다.

사효심이 비록 점창파의 인물이라고는 하나 강호에서 행도할 때도 특별히 점창파를 위해서 나선 적은 별로 없었다. 그래서 성격이 자유분방한 만큼 일에 대해서는 어느 한쪽으로 치우치지 않고 공평무사하다는 평가가 지배적이었다.

십여 년간 행적이 끊긴 것도 백리장손의 해명 때문인지 특별히 문제 삼는 사람이 없었다. 문파 내부의 비밀스런 일 때문에 십여 년간 모습을 보이지 않는 경우는 충분히 이해가 갈 뿐 아니라 실제로도 제법 발생하는 일이기 때문이었다.

더구나 구파일방의 장문인들은 물론이고 무단의 단주로 가장 유력시되었던 모용봉도 전혀 반대 의사를 보이지 않는 상황에서 다른 의견을 내기란 쉬운 일이 아니었다.

가장 난항을 겪을 것이라고 예상했던 무단의 단주가 사효심으로 정해지자 나머지 자리에 대한 인선은 아주 순탄하게 진행되었다.

정보와 군사(軍師) 부분을 담당하게 될 신단(訊團)의 책임자는 무림맹의 군사인 취록자 허설로 결정되었고, 자금을 담당하는 금단(金團)의 단주는 소주 혁리가의 대공자이며 천금공자라는 별호로 널리 알려진 혁리의가 맡게 되었다.

혁리의의 발탁은 사실 의외라고 할 수 있는데, 그것은 그가 비록 혁리가의 다음 대 가주로 유력한 인물이라고 해도 불과 서른셋의 젊은 나이였기 때문이었다.

하나 자금을 운영하는 만큼 일반적인 강호인들은 금단의 단주가 되기 힘들었고, 결국 천하의 상권(商圈)을 좌지우지하고 있는 부귀삼대가문으로 그 대상이 좁혀질 수밖에 없었다.

그런데 부귀삼대가문의 주인들은 모두 불참한 상태였기에 그들의 후예들 중 대상자를 선정해야만 했다. 석가장의 대공자인 천서 석성은 화산파와 너무 가까워서 다른 문파에서 거부했고, 장사 구양가의 대공자인 구양표일은 파락호로 유명하여 상재(商才)가 거의 없는 인물이었다. 그에 비해 혁리가의 대공자인 혁리의는 강호에서의 명성도 높았고 주위의 평판도 좋아서 별다른 이의 없이 금단의 단주에 오르게 된 것이다.

중요한 삼단의 단주가 모두 정해지고 나머지 자리에 대한 인선이 마무리되자 집회도 점차 파장되는 분위기였다.

하나 몇몇 사람들은 집회의 끝이 다가오자 오히려 바짝 긴장감을 감추지 못하는 모습들이었다. 그리고 그들 중에는 안탕산의 괴

걸인 팔비신살 곽자령도 있었다.

곽자령은 주위가 소란스러운 틈에 조심스레 진산월에게 다가왔다.

- 진 장문인.

그가 은밀히 전음을 보내자 진산월은 슬쩍 그를 돌아보았다.

- 곽 대협. 무슨 일이십니까?

곽자령은 항상 냉정하고 침착한 인물이었는데, 지금은 어찌 된 일인지 표정에 다급하고 초조한 기색이 역력했다.

- 혹시 오늘 청천을 본 적이 있나?

그의 전음에 진산월은 고개를 저었다.

- 엊그제의 만남 이후 유 대협을 뵌 적은 없었습니다. 왜 그러십니까?

곽자령은 몇 차례나 표정이 변하더니 이윽고 무거운 한숨을 토해 냈다.

- 사실은 청천이 보이지 않네.

진산월은 어리둥절하여 되물었다.

- 그게 무슨 말씀이십니까?

- 진 장문인도 알다시피 청천은 오늘 집회가 끝나기 전에 모용봉의 행적에 대한 의문을 공개적으로 제시하려고 했네. 그런데 오늘 아침부터 그의 모습이 보이지 않아 아까부터 그를 찾아보았지만 찾을 수가 없었네.

"……!"

- 처음에는 그가 마음을 가다듬기 위해 조용한 곳에서 운공이

라도 하고 있는 줄 알았는데, 집회가 거의 끝나 가고 있는데도 나타나지 않고 있으니 점차로 불안한 생각이 드는군.

진산월도 당혹감을 느끼지 않을 수 없었다.

며칠 전에 만난 유중악은 모용봉에 대한 의혹을 공개적으로 제기하여 그의 숨은 의도를 밝혀내고야 말겠다는 결연한 각오를 내비쳤었다. 그런데 지금쯤 모습을 드러내야 할 그의 행적을 찾을 수 없다고 하니 뜻밖의 일이 아닐 수 없었다.

유중악의 무공으로 보아 그의 신상에 변고가 생길 확률이 거의 없다는 것을 알고 있으면서도 진산월 또한 곽자령과 마찬가지로 마음 한구석에 무언가 불길한 생각이 떠올랐다.

곽자령의 음성은 얼굴에 떠올라 있는 표정만큼이나 무겁고 침울하게 가라앉아 있었다.

-후홍지 소협 혼자로는 이번 일을 진행할 수 없네. 강호에서의 지명도가 거의 없는 그의 말을 누가 믿어 주겠나? 더구나 청천의 성격으로 보아 이 일이 두려워 피하거나 움츠릴 사람이 아닌데, 아무런 연락도 없이 모습을 보이지 않으니 행여나 그가 무슨 일을 당하지 않았나 우려하지 않을 수 없네.

진산월은 문득 떠오르는 생각이 있어 황급히 전음을 보냈다.

-전에 유 대협에게서 환우삼성 중의 한 분이신 대엽진인께 도움을 청하겠다는 말을 들었는데, 혹시 그분을 뵙고 있는 건 아니겠습니까?

곽자령의 얼굴은 더욱 어두워졌다.

-나도 그 생각을 안 해 본 건 아니네. 그래서 현수 도장께 부

탁해서 대엽진인의 처소로 가 보았었네.

진산월은 그의 입에서 나올 말이 무언지 짐작할 수 있었다. 그리고 그의 짐작은 틀리지 않았다.

– 대엽진인의 처소에는 아무도 없었네. 청천은커녕 대엽진인의 모습도 찾을 수 없었지. 모용봉의 가면을 벗길 가장 중요한 두 사람이 완벽하게 사라져 버린 것일세.

제 316 장
의심암귀(疑心暗鬼)

제316장 의심암귀(疑心暗鬼)

장내의 분위기는 무거웠다.

집회가 끝난 후 곽자령과 현수 도장, 후홍지 세 사람은 진산월의 처소를 방문했다. 성황리에 끝난 집회와 달리 세 사람의 표정은 침울하기 그지없었다.

원래 곽자령은 종남파의 거처까지 찾아올 생각은 없었다.

종남파와 형산파 사이의 비무가 코앞으로 다가온 상황이었다. 종남파의 문하들이 그 일전을 얼마나 간절히 기다려왔는지를 누구보다 잘 알고 있는 곽자령으로서는 자칫 그들의 행도에 지장을 초래하지 않을까 우려하지 않을 수 없었던 것이다.

그럼에도 그가 진산월을 찾아온 것은 그만큼 절박하고 절실한 심정이었기 때문이다.

유중악은 물론이고 그를 지원하기로 약조했던 대엽진인마저 모습을 감추었다는 것은 실로 심각한 일이 아닐 수 없었다. 문제는 그들의 행적을 공개적으로 조사할 수 없다는 것이었다.

유중악은 아직도 구궁보에서의 일로 적지 않은 무림인들에게 의혹을 사고 있는 입장이었다. 그가 대엽진인에게 도움을 청했다는 것은 극소수의 인물들 외에는 아무도 알지 못하는 기밀이었다. 그러니 그가 대엽진인을 만난 목적이 공개적으로 모용봉을 고발하는 데 도움을 받기 위한 것이라고 떠들 수도 없는 상황이었다.

유중악과 대엽진인은 비단 무공뿐 아니라 신분과 지위 등 모든 면에서 당금 무림의 최정상에 있는 고수들이었다. 그런 인물들이 중요한 순간에 갑작스레 사라졌다는 것은 그 결과 여부에 따라 찻잔 속의 태풍으로 그칠 수도 있고 무림 전체를 뒤흔드는 엄청난 사안이 될 수도 있다. 그 사실을 너무도 잘 알고 있기에 장내에 모여 있는 사람들의 표정은 여느 때보다 무거울 수밖에 없었다.

곽자령이 진산월에게 기대하는 것은 진산월이 날카로운 두뇌를 발휘하여 이번 실종에 대해 자신들이 알아내지 못한 단서를 찾아내는 것이었다. 그것을 위해서 진산월이 무엇을 묻든 자신이 아는 바를 모두 대답해 줄 마음의 준비가 되어 있었다.

진산월은 먼저 곽자령에게 질문을 던졌다.

"오늘 아침에 유 대협을 보신 적이 있습니까?"

"물론이네. 아침에 눈을 뜨자마자 제일 먼저 청천의 방문을 두드렸었지. 그때 청천은 분명히 자신의 방에 있었네."

"그 후의 일을 말씀해 주시겠습니까?"

가뜩이나 무뚝뚝했던 곽자령의 얼굴은 보는 사람이 안타까움을 느낄 정도로 딱딱하게 굳어 있었다.

"같이 아침 식사를 한 후 청천이 잠시 혼자 있겠다고 해서 헤어졌네. 그리고 그것이 청천을 본 마지막 순간이었지."

"그때가 언제였습니까?"

"묘시(卯時)가 조금 넘었을 걸세."

"당시 유 대협에게 특별한 점은 없었습니까?"

곽자령의 짙은 눈썹이 한 차례 꿈틀거렸다.

"특별한 점이라니? 무얼 말하는 건가?"

"평상시와 다른 점이나 무언가 특이한 행동을 하지는 않았는지 알고 싶군요."

곽자령은 곰곰이 생각해 보다가 이내 고개를 흔들었다.

"그런 건 없었네. 평소의 청천과 전혀 다름이 없었지. 오히려 무슨 일이 있어도 오늘 일을 마무리 짓고야 말겠다는 결연한 각오를 내비쳤네."

진산월은 몇 마디를 더 나눈 다음에 곽자령에게서는 더 이상의 새로운 정보를 얻을 수 없다는 걸 알았다. 곽자령 또한 이번 일에 도움이 될 만한 무언가를 말해 주고 싶어도 그럴 만한 것이 전혀 없다는 것에 낙담하는 모습이었다.

진산월은 잠시 생각에 잠겨 있다가 현수 도장에게로 시선을 돌렸다.

"현수 도장께서 대엽진인의 처소에 가 봤다고 하셨는데, 당시의 상황을 좀 더 자세히 듣고 싶소."

현수 도장은 선풍도골의 외모에 높은 지식과 품성을 대변하듯 고아한 분위기를 지니고 있어서 누구라도 절로 존경의 염을 품을 정도로 풍채가 좋은 사람이었다. 하나 항상 붉은빛이 감돌았던 낯빛은 핼쑥하게 변해 있었고, 맑고 청명했던 두 눈도 퀭하게 들어가 있어 반나절 사이에 그가 얼마나 마음고생을 심하게 했는지를 여실히 알 수 있었다.

"휴우. 유 대협의 모습이 보이지 않는다는 곽 대협의 말씀을 듣고 혹시나 하는 마음에 대엽 사숙께서 머물러 계시는 청진각(淸塵閣)을 찾아간 것은 미시(未時) 경이었소."

대엽진인은 무당파의 전대 장문인이었던 목엽진인의 사형으로, 원래는 차기 장문인으로 가장 유력시되던 인물이었다. 하나 명리(名利)보나는 본신의 수양을 더 중시했던 대엽진인은 장문인 자리를 사제인 목엽진인에게 양보하고 무공 수련과 정신 수양에 매진했다. 그 결과 지난 백 년 동안 무당파의 누구도 완성하지 못했던 양의무극신공(兩儀無極神功)을 완벽하게 터득하여 절대적인 명성을 얻게 되었다.

그가 환우삼성의 일인으로 불리며 강호인들의 존경을 받게 된 것도 그런 이유에서였다.

대엽진인은 무당파가 있는 천주봉에서 멀리 떨어진 오로봉(五老峯) 인근에 청진각을 짓고 그곳을 거처로 정했는데, 특별히 친분이 있는 몇몇 지인들 외에는 누구도 찾아오지 못하게 했다. 다행히 현수 도장의 사부인 선엽진인(仙葉眞人)은 대엽진인과 친분이 두터워서 현수 도장도 자연스레 청진각을 출입할 수 있게 되었다.

현수 도장이 청진각을 찾아갔을 때, 청진각은 텅 비어 있었다.

특별한 일이 없는 한 대엽진인이 늘 청진각에 머물러 있다는 것을 잘 알고 있던 현수 도장은 갑자기 불길한 생각이 들어 청진각의 구석구석을 샅샅이 훑어보았다. 하나 대엽진인의 모습은 보이지 않았다.

"조반을 드신 흔적이 남아 있는 것으로 보아 분명히 아침까지는 계셨던 것 같았소. 하지만 그 외의 흔적은 찾을 수 없었소."

현수 도장의 침울한 음성을 듣고 있던 진산월은 조용히 물었다.

"그 외의 흔적이란 무엇을 뜻하는 거요?"

"대엽 사숙께서는 조식과 석식 외에는 식사를 하지 않으시오. 대신 점심 무렵에 꼭 차를 드시는데, 오늘은 어디에도 차를 준비한 흔적이 보이지 않았소."

"대엽진인의 식사를 담당하는 사람에게 물어보지 않았소?"

"사숙께서는 일체의 번잡함을 벗고 청정(淸淨)을 유지하고자 차는 물론이고 식사도 혼자 해결하셨소. 심지어 청진각 내부의 청소도 직접 하시는 것으로 알고 있소."

"시중을 드는 사람도 없었단 말이오?"

"사숙께서는 일 년 내내 외부와의 접견을 거의 하지 않으셨고, 본 파의 제자라도 사전에 승낙을 받지 못한 사람은 누구도 청진각의 경내로 들어오지 못하게 하셨소. 그러니 시중을 드는 사람이 따로 있을 리가 있겠소?"

현수 도장의 말대로라면 대엽진인은 그야말로 스스로 몸을 가두어 폐관에 가까운 생활을 해 온 것이나 마찬가지였다. 아무리 조용한 것을 좋아한다고 해도 조금은 지나치다는 생각이 들지 않을 수 없었다.

"그렇다면 유 대협이 대엽진인을 찾아갔었는지도 확인할 수 없는 일 아니오?"

진산월의 물음에 현수 도장은 고개를 내저었다.

"사숙께서 늘 좌정하고 계시는 자리 앞에 방석 하나가 놓여 있었소. 그래서 빈도는 오늘 유 대협이 사숙을 찾아온 것은 분명하다고 생각하고 있소."

방석이 놓여 있다고 해서 그것이 유중악이 찾아온 증거라고 볼 수는 없었다.

하나 현수 도장은 유중악의 방문을 확신하고 있었다. 그의 확신에는 나름대로의 근거가 있었다.

"사숙께서 방석을 내온다는 것은 찾아온 손님이 사숙의 인정을 받은 사람이라는 것을 뜻하오. 어제 빈도는 유 대협을 모시고 사숙을 찾아뵈었는데, 사숙께서는 유 대협의 인품을 무척이나 마음에 들어 하셔서 언제라도 사전에 통고 없이 찾아와도 좋다고 하셨소. 더구나 오늘은 무림집회의 마지막 날이어서 유 대협이 사숙을 모시고 집회에 참석하기로 약조되어 있었소. 그러니 그 방석이 유 대협을 위한 것이 아니면 누구의 것이겠소?"

진산월도 그 점에 대해서는 일단 수긍을 했다.

그렇다면 대체 유중악과 대엽진인은 어디로 사라진 것일까?

그들의 무공으로 볼 때 누군가의 암습을 받았거나 공격을 당해 강제로 끌려갔을 확률은 거의 없었다. 그런 일을 당했다면 어떤 식으로든 흔적이 남았을 텐데, 청진각 내부에서 싸움이 벌어졌거나 소란이 일어난 흔적은 전혀 없었던 것이다.

그렇다면 스스로 모습을 감추었다는 말인데, 아무리 생각해 보아도 그럴 이유가 당최 떠오르지 않았다. 대엽진인은 몰라도 유중악만큼은 본인의 명예 회복을 위해서라도 반드시 무림집회가 끝나기 전에 모습을 드러냈어야 했다.

자의도 아니고 그렇다고 타의도 아니라면 대체 그들은 왜 집회에 나타나지 않은 것일까? 그리고 지금 그들은 어디에 있는 것일까?

곽자령과 현수 도장은 어디에도 도움을 청할 수 없는 답답한 마음에 진산월을 찾아왔으나, 막상 사건을 다시 되짚어 보자 아무리 영민한 진산월이라도 이런 상태에서는 어떠한 실마리도 찾기 힘들다는 것을 깨달았다.

무엇보다 유중악의 행적부터 대엽진인이 모습을 감추기까지 모든 일이 너무도 막연하고 의혹투성이였던 것이다.

그렇게 되자 유중악이 과연 대엽진인을 찾아갔는지도 갑자기 의심스러워졌다.

과연 유중악은 대엽진인을 찾아간 것일까? 그렇다면 그는 왜 대엽진인과 함께 모습을 감춘 것일까?

만일 유중악이 대엽진인을 찾아간 것이 아니라면 그는 대체 어디로 사라진 것일까? 그리고 대엽진인의 앞에 놓인 방석은 누구를 위한 것이었을까?

유중악을 제외하고 대엽진인이 선뜻 방석을 내줄 만한 사람이 달리 누가 있단 말인가?

그때 문득 진산월은 한 가지 의문점을 찾아냈다.

"대엽진인의 거처에 방석이 놓여 있다는 것은 누군가가 대엽진인을 찾아왔다는 뜻이오. 그리고 그 누군가는 틀림없이 대엽진인이 거부감을 느끼지 않고 기꺼이 방석을 내줄 만한 사람이었을 거요."

진산월의 말에 중인들의 시선이 모두 그에게로 향했다. 현수 도장은 왜 진산월이 조금 전에 자신이 했던 말을 다시 꺼내는지 의아스러운 표정이었다.

"당연한 말씀이오. 빈도는 진 장문인께서 그런 말씀을 하시는 이유가 있을 거라고 생각하오만."

진산월은 조용한 음성으로 말을 이었다.

"방석을 내올 정도로 친분이 있는 사람이라면 당연히 차도 내왔을 거요. 누구보다 차를 즐기는 내엽진인이라면 말이오."

그 말에 현수 도장과 곽자령은 벼락을 맞은 사람처럼 표정이 대변했다.

그렇다. 좀처럼 외인을 만나지 않는 대엽진인이 방석을 내왔다는 것은 상대를 자신의 손님으로 인정했다는 의미였다. 그렇다면 당연히 차를 대접하는 것이 순리였다.

현수 도장이 무언가를 깨달은 듯 평소와는 다른 큰 음성으로 말했다.

"그러고 보니 어제 유 대협과 사숙을 찾아뵈었을 때도 사숙께서는 제일 먼저 유 대협에게 차를 권하셨었소. 그런데 오늘은……."

오늘 대엽진인의 처소에는 차를 내오거나 준비한 흔적이 전혀 없었다. 그것은 상대에게 차를 권하기는커녕 대엽진인 본인도 차를 마시지 않았다는 뜻이었다.

만약 방석의 주인이 유중악이라면 대엽진인이 차를 내오지 않았을 리가 없었다.

그렇다면 방석의 주인은 유중악이 아닌 전혀 다른 사람이란 말인가?

그가 누구이기에 대엽진인은 방석을 내온 것일까? 그리고 왜 그에게는 차를 권하지 않은 것일까?

진산월이 제시한 지적은 날카로웠으나, 그 때문에 의문이 풀리기는커녕 더욱 복잡하게 헝클어진 느낌이었다.

유중악은 과연 대엽진인을 찾아온 것이 아니란 말인가?

만약 그렇다면 유중악은 대체 어디로 사라진 것일까?

그리고 대엽진인을 찾아온 의문의 인물은 과연 누구일까?

대엽진인이 모습을 감춘 이유는 무엇이며, 그것은 유중악의 실종과 관계가 있는 것일까?

숱한 의문이 머리를 어지럽혔으나, 지금 당장은 어느 것 하나 속 시원하게 풀 수 있는 것이 없었다.

무엇보다 그들에게 주어진 단서가 너무도 적었다. 당장 유중악이 대엽진인을 만났는지, 안 만났는지도 확실치 않은 상황에서 더 이상의 추리를 진행하기란 불가능한 일이었다.

장내가 무거운 침묵에 잠겨 있을 때였다.

"장문인. 들어가도 되겠습니까?"

방문 밖에서 동중산의 음성이 들려왔다.

"들어오너라."

동중산이 안으로 들어오더니 이내 진산월에게 다가왔다.

"무슨 일이냐?"

동중산은 한 차례 중인들을 힐끔 쳐다보고는 소리를 죽여 대답했다.

"장문인을 찾아온 사람이 있습니다."

"그가 누구냐?"

"산수재 이정문입니다."

진산월의 눈이 살짝 찌푸려졌다. 이정문의 방문에 좋은 일보다는 무언가 무거운 짐을 떠안을 것 같은 불길한 생각이 들었던 것이다. 가뜩이나 유중악과 대엽진인의 실종 때문에 심란한 상태에서 다른 복잡한 일에 휘말리게 된다면 내일로 다가온 형산파와의 비무에 지상을 초래하게 될지도 몰랐다.

그래서 진산월은 이미 손님이 있다는 핑계를 대고 이정문과의 만남을 내일로 미루려 했다.

하나 그의 그런 심정을 짐작이라도 한 듯 동중산이 재빨리 말을 덧붙였다.

"이 공자가 장문인께 전하라는 말이 있었습니다."

"그게 무엇이냐?"

동중산의 음성은 나직했으나, 진산월의 귀에는 천둥벽력처럼 크게 들렸다.

"대엽진인에 대한 중요한 이야기라고 하더군요."

그 말을 듣자 진산월은 자신도 모르게 한숨을 내쉬었다.

불길한 예측은 항상 틀리지 않는 법이다. 이번에도 역시 그 예측은 정확하게 들어맞는 것 같았다.

진산월은 이내 침착한 표정을 되찾으며 담담한 음성으로 말했다.

"그를 이곳으로 불러라."

이정문은 여느 때처럼 차분한 얼굴에 냉정함을 유지하고 있었다. 적어도 겉으로 드러난 그의 모습은 평상시와 다를 바가 없었다.

하나 진산월은 그의 눈가에 한 줄기 초조한 빛이 어른거리고 있음을 알아차렸다. 그것은 이정문에게서 처음으로 보는 생소한 광경이었다. 그렇기에 진산월의 마음은 더욱 무거워질 수밖에 없었다. 이정문같이 극도로 냉정한 인물이 초조해 할 정도의 일이 어떠한 것인지 짐작조차 되지 않았다.

진산월은 곽자령과 현수 도장에게 양해를 구하고 이정문을 다른 방으로 불렀다.

진산월의 앞에 선 이정문은 먼저 사과부터 했다.

"문파의 중요한 일을 앞둔 진 장문인을 번거롭게 해서 미안하오. 형산파와의 비무가 끝난 다음에 찾아오는 게 순리인 줄은 알고 있지만, 사안이 너무 급해서 어쩔 수 없이 무례를 범하게 되었소."

이정문이 예를 갖추어 남에게 사과하는 것은 좀처럼 보기 힘든 일이었다. 진산월은 그 점에 대해 별로 주의 깊게 생각하지 않았지만, 이정문을 조금이라도 알고 있는 사람이라면 그의 입에서 사과의 말이 나온 것에 경악을 금치 못했을 것이다.

"이 공자가 그토록 급하다고 하는 사안이 뭔지 궁금하구려."

"유 대협의 친우인 곽자령 대협과 무당의 현수 도장이 진 장문인을 찾아온 것을 알고 있소. 진 장문인께서도 지금쯤은 그들에게

서 대엽진인께서 모습을 감추었다는 사실을 전해 들었을 거요."

진산월은 굳이 그 점을 부인하지 않았다. 이정문은 강호제일의 정보 조직인 성숙해의 중요 책임자 중 한 사람이었다. 그러니 곽 자령과 현수 도장이 자신을 방문한 것을 알고 있다는 건 그리 이상한 일이 아니었다.

"현수 도장께 대충 이야기는 들었소. 아무래도 이 공자는 그 일에 대해 내게 무언가 말하고 싶은 게 있는 모양이구려."

"사실은 유 대협 일행이 무당산에 왔을 때부터 그분들을 계속 주시하고 있었소. 그래서 오늘 오전에 곽 대협과 현수 도장의 행동이 왠지 이상하다는 보고를 받자 무언가 심상치 않은 일이 일어났음을 직감할 수 있었소."

이정문의 말은 자신이 유중악 일행을 줄곧 감시해 왔음을 은연중에 암시하는 것이었다.

"그러고 보니 오늘 집회에서 이 공자를 보지 못했던 것 같은데, 그런 이유에서였소?"

"그렇소. 현수 도장이 대엽진인의 처소로 갔다가 잠시 후에 황망한 모습으로 돌아왔다는 수하의 보고를 받고도 한가하게 집회나 구경하고 있을 수는 없었소."

진산월은 이정문의 눈이 예리하고 두뇌가 비상하다는 걸 잘 알고 있기에 은근한 기대감을 갖지 않을 수 없었다.

"그럼 대엽진인의 처소에 가 보았겠구려? 그곳에서 무얼 보았소?"

이정문은 의외로 고개를 내저었다.

"아무것도."

"그게 무슨 뜻이오?"

"말 그대로요. 그곳에서 아무것도 발견하지 못했소."

진산월은 이정문의 의중을 파악하려는 듯 가만히 그의 얼굴을 바라보았으나, 이정문의 표정은 예의 무심한 모습 그대로였다. 심지어는 조금 전에 살짝 비쳤던 초조함마저 보이지 않아 진산월은 자신이 잘못 본 게 아닌가 하는 생각이 들 정도였다.

"현수 도장은 방석이 놓여 있는 것으로 보아 대엽진인께 손님이 왔을 거라고 믿고 있었소. 이 공자의 생각은 어떻소?"

"방석은 방석일 뿐, 그것으로는 어떠한 사실도 증명할 수 없소."

이정문이 방석에 대해서는 별로 중요하게 생각하지 않는 것 같자 진산월은 다소 의아함을 느꼈다.

"그렇다면 이 공자는 그 방석이 왜 놓여 있다고 생각하오?"

"그건 방석을 꺼낸 당사자만이 알고 있지 않겠소? 손님이 와서 대엽진인께서 꺼내어 놓은 것일 수도 있고, 아니면 대엽진인께서 사라진 후 누군가가 와서 꺼낸 것일 수도 있으니 말이오."

그건 진산월도 미처 생각지 못한 것이었다. 진산월은 이정문의 말에 일리가 있음을 알았으나, 방석을 누가 놓은 것인지에 대해서는 아무런 의견도 떠오르지 않았다.

"흠. 그렇다면 이 공자는 대엽진인께서 어떻게 모습을 감추었다고 생각하는 거요?"

"대엽진인의 거처에는 대엽진인의 실종에 대한 어떠한 흔적도 없었소. 이런 경우, 순리대로 본다면 생각할 수 있는 건 오직 한 가지뿐이오."

"그게 무엇이오?"

이정문의 음성은 여느 때보다 낮게 가라앉아 있었다.

"대엽진인께서 제 발로 걸어 나간 것이오."

"대엽진인께서 스스로 종적을 감추었단 말이오?"

"종적을 감추었는지 아닌지는 내가 대엽진인 본인이 아니라서 알 수 없소. 단지 분명한 것은 대엽진인께서는 스스로 걸어서 거처를 벗어났다는 것이오. 그것 외에는 대엽진인 같은 분이 사라졌는데 거처에 아무런 흔적도 남아 있지 않다는 것이 설명되지 않소."

이정문의 말은 핵심을 찌르는 것이었다.

대엽진인은 환우삼성의 일인으로, 배분뿐 아니라 무공에 관해서도 당금 무림 최고의 고수 중 한 사람이었다. 누군가가 강제로 그를 억압하려 했다면 어떤 식으로든 그가 반발했을 것이고, 그 흔적의 여파는 생생하게 남아 있을 수밖에 없었다.

그럼에도 불구하고 대엽진인의 거처에는 어떠한 흔적도 남아 있지 않았다.

그렇다면 결국 대엽진인은 이정문의 말대로 제 발로 걸어서 거처를 벗어난 것일까?

만약 그렇다면 유중악과의 약속이 코앞으로 닥쳐온 상태에서 왜 대엽진인은 스스로 모습을 감춘 것일까?

진산월은 문득 이정문의 말속에서 한 가지 묘한 느낌을 받고 그 점에 대해 물었다.

"이 공자는 혹시 대엽진인께서 스스로 거처를 벗어나긴 했지만 그것이 꼭 종적을 감추기 위해서라고 볼 수는 없다고 생각하는 게 아니오?"

이정문의 눈에 살짝 감탄의 빛이 떠올랐다.

"역시 진 장문인과는 이야기하기가 편하구려. 나는 그렇게 보고 있소."

"왜 그런 생각을 하게 된 거요?"

"대엽진인께서 유 대협을 피하기 위해 일부러 몸을 숨긴 것보다는, 무언가 다른 일이 있어서 거처를 벗어났다고 생각하는 게 더 자연스럽고 당연한 일이기 때문이오."

진산월은 잠시 생각에 잠겨 있다가 수긍의 빛을 띠었다.

"확실히 이 공자의 말대로 단순히 대엽진인께서 다른 일로 출타했을 가능성이 더 높겠구려. 하지만 그렇다면 그분이 아직까지 돌아오지 않는 이유는 무어라고 설명하겠소? 더구나 유 대협과 철석같이 약속까지 한 상태에서 말이오."

문득 이정문의 눈빛이 매서운 안광을 뿌렸다.

"그것이 내가 오늘 무례를 무릅쓰고 진 장문인을 찾아온 이유요."

"좀 더 자세히 말해 보시오."

"대엽진인께서 스스로 출타했다가 돌아오지 않았다면 그 가능성은 세 가지 정도로 예상해 볼 수 있소. 첫째는 그분이 유 대협을 피하기 위해서요. 하지만 그분의 명성이나 성품으로 보아 그런 일은 없다고 보는 게 타당하오."

진산월은 묵묵히 고개를 끄덕였다.

대엽진인이 유중악의 청이 부담스러웠다면 애초에 도움을 주기로 약조하지 않으면 되는 일이었다. 약조를 해 놓고 몸을 피한다는 것은 너무 안일하고 치졸한 대처여서 조금만 생각이 있는 사람이라면 그런 방식으로 일을 처리할 리가 없었다.

이정문은 잠시도 쉬지 않고 재차 입을 놀렸다.

"둘째로는 누군가의 협박을 받았을 경우를 예상해 볼 수 있소. 물론 대엽진인 같은 분을 협박할 수 있는 일이 과연 존재하는지 의문이긴 하지만, 강호란 곳이 워낙 궤계가 난무하는 곳이니 아주 없다고 장담할 수도 없는 일이오. 하지만 그 가능성은 아주 희박하다고 생각하오."

"……."

"셋째로 대엽진인께서 누군가의 부름을 받았을 경우요. 그 부름이란 도움을 청하는 것일 수도 있고, 부탁일 수도 있소. 아무튼 대엽진인으로서는 피하기 힘든 누군가의 부탁이나 요청으로 잠시 자리를 비웠을 가능성이 있소. 그리고 나는 이 가능성이 셋 중에서 가장 크다고 보고 있소."

"대엽진인께서 누군가의 부름을 받고 나가서 돌아오지 않았다는 말이오?"

"못했다고 해야 좀 더 정확한 말이 아니겠소?"

"천하의 누가 감히 대엽진인의 의사와 상관없이 그분의 발을 묶어 둘 수 있겠소?"

진산월은 다소 납득하기 힘들다는 표정으로 되물었으나, 이정문의 표정은 조금도 달라지지 않았다.

"강제로 억압하기는 힘들겠지. 하지만 나는 말 한마디로 대엽 진인을 제어할 수 있는 사람을 적어도 세 명은 알고 있소."

진산월도 이때만큼은 흠칫하지 않을 수 없었다.

"그들이 누구요?"

이정문의 대답은 막힘이 없었다.

"첫째는 같은 환우삼성의 일인이신 범범대사요. 두 분은 평소에도 누구보다 우애가 돈독하셨고 친밀한 사이여서 범범대사의 말씀이라면 대엽진인께서도 잠시 자신의 뜻을 숙이셨을 거요."

확실히 범범대사라면 그럴 가능성이 있었다. 범범대사는 환우삼성 중에서도 제일인자로 손꼽히는 절세의 고수였고, 대엽진인과는 수십 년간을 가장 친한 벗으로 지내 온 인물이었다.

"하지만 범범대사께서는 이번 집회에 참가하지 않으셨소."

진산월의 반론에 이정문은 순순히 머리를 끄덕였다.

"물론 그렇소. 하지만 서신을 보내는 정도는 그분이 이곳에 직접 오지 않으시더라도 충분히 가능한 일이오."

"……"

"둘째로는 모용 대협을 들 수 있소. 대엽진인께서는 평상시에도 모용 대협을 가장 존경한다고 종종 말씀하셨으니, 모용 대협의 부탁이라면 기꺼이 거처를 나와 스스로 모습을 감추셨을 거요."

진산월도 이번에는 굳이 반론을 제기하지 않았다. 모용 대협이라면 충분히 가능한 일이었고, 그럴 가능성도 아주 배제할 수는 없었던 것이다.

유중악이 대엽진인에게 도움을 청한 이유는 다름 아닌 모용 대협의 손자인 모용봉에 대한 의혹을 제기하기 위해서였다. 그러니 이를 안 모용 대협이 대엽진인에게 직접 사람을 보내거나 찾아와서 자제를 부탁할 가능성은 충분히 있다고 할 수 있었다.

하나 과연 구궁보에 칩거하고 있는 모용 대협이 수천 리 밖에서 벌어지는 일을 파악하고 대엽진인에게 전언(傳言)을 했는지는 여전히 의문이었다.

"세 번째 인물은……."

왠지 이정문은 선뜻 말을 잇지 않고 잠시 진산월을 바라보았다.

그의 얼굴에 떠올라 있는 표정은 무어라 형용하기 힘든 오묘한 것이었다. 그 표정을 보고 진산월은 이내 한 가지 사실을 알아차렸다.

이정문이 자신을 찾아온 이유는 바로 이 세 번째 인물 때문일 것이다. 그리고 그 인물은 틀림없이 자신으로서는 미처 예상치 못했던 전혀 뜻밖의 인물일 것이다.

마침내 이정문은 느릿느릿 입을 열었다. 그리고 그의 입에서 흘러나온 음성은 진산월의 짐작이 틀리지 않았음을 여실히 나타냈다.

"백 년 전의 천하제일미인인 경성홍안 백모란이오."

이정문은 짤막하게 한마디를 덧붙였다.

"그녀는 바로 대엽진인의 어머니요."

진산월은 차를 한 잔 따랐다. 흔들리는 마음을 추스르는 데는 따뜻한 차를 마시는 것도 상당히 좋은 방법이었다.

진산월은 천천히 차를 마시며 생각에 잠겼다.

경성홍안 백모란.

실로 오랜만에 들어 보는 이름이었다. 그녀의 이름을 이런 자리에서 듣게 되리라고는 전혀 예상치 못한 일이었다.

봉황인이라고 했던가? 석동과 철혈홍안 부부는 천룡객과 단심자로 불렸고, 백모란은 봉황인이란 이름으로 불린다는 말을 들은 적이 있었다.

그들 세 사람 사이에 얽힌 치정(癡情)은 백 년 전의 아득히 먼 과거의 일로만 생각했던 적도 있었다. 하나 그 여파는 오랜 세월을 지나 당대에까지도 적지 않은 영향을 끼치고 있었다. 당장 종남파와 자신만 해도 그들의 신물인 봉황금시와 천룡궤로 인해 적지 않은 고초를 겪지 않았던가?

무엇보다 중요한 것은 백모란이 천봉궁의 창시자라는 점이었다.

천봉궁을 세운 그녀가 환우삼성 중의 한 사람이며 많은 무림인들의 존경을 받고 있는 무당파 대엽진인의 생모라는 것은 시사하는 바가 적지 않았다. 오히려 너무나 많은 상념들이 꼬리를 물고 일어나서 머리가 어지러울 정도였다.

철혈홍안이 아직도 생생하게 살아 있는 이상 그녀의 연적(戀敵)인 백모란이 생존해 있다고 해도 전혀 이상한 일이 아니었다.

그렇다면 그녀는 과연 이번 대엽진인의 실종과 관련이 있는 것일까?

만약 그렇다면 그녀의 의도는 무엇일까?

그리고 천봉궁과 단봉공주는 이번 일에 대해 어디까지 알고 있는 것일까?

이정문은 대체 이런 사실을 어떻게 알게 되었을까? 무림에는 자신이 모르는 이러한 비밀들이 얼마나 많이 존재하고 있으며, 그런 사실들을 외부로 알리지 않고 자신들만 알고 있는 사람들은 과연 어떤 자들일까? 그리고 그들의 진정한 목적은 과연 무엇일까?

숱한 의문이 계속 떠올랐지만 지금으로서는 어느 것 하나 분명하게 알 수 있는 것이 없었다.

'아니, 한 가지는 확실히 알 수 있겠군.'

이정문은 이번 대엽진인의 실종에 어떤 식으로든 백모란이 관련되어 있을 거라 추측하고 있다는 것이었다. 그렇지 않고서는 굳이 그녀의 이름을 제일 마지막에 거론했을 리가 없었다.

진산월이 이런저런 생각에 잠겨 있는 모습을 이정문은 묵묵히 바라보고만 있었다.

백모란이 대엽진인의 생모라는 사실을 밝힌 후, 진산월은 차 한 잔을 따라 놓고 깊은 상념에 잠긴 모습이었고, 이정문 또한 더 이상의 입을 열지 않았다.

진산월의 머릿속으로 무슨 생각이 떠오르고 있는지는 모르지만 지금 그가 무척이나 심란하고 마음이 복잡하리라는 건 이정문도 쉽게 짐작할 수 있었다. 기분 같아서는 그의 머릿속이 정리될 때까지 언제까지라도 기다려 주고 싶었다. 하나 지금은 그럴 수 없었다.

그래서 진산월이 찻잔을 내려놓고 자신을 바라보았을 때, 이정문은 내색하지 않았으나 속으로는 안도의 한숨을 몰래 내쉬었다. 하마터면 더 이상 참지 못하고 자신이 먼저 입을 열 뻔했던 것이다.

이번 일에 자신의 역할은 어디까지나 조언자에 그쳐야 한다. 절대로 자신이 앞에 나서서 이끌어 가거나 유도하는 모양새를 취해서는 안 된다.

진산월은 이정문의 그런 심정을 아는지, 모르는지 여느 때처럼 담담한 음성으로 입을 열었다.

"백모란이 대엽진인의 생모라는 건 확실히 뜻밖의 일이오. 그런데 이 공자가 그녀를 거론했다는 건 그녀가 아직까지도 생존해 있다는 뜻이오?"

"그렇다고 알고 있소."

"그렇다면 이 공자는 그들 세 사람 중 누가 가장 가능성이 많다고 생각하고 있소?"

"친우나 존경하는 사람이 부탁한다고 해서 대엽진인 같은 분이 그동안 닦아 온 청정(淸淨)을 더럽힐 것 같지는 않소."

이정문은 에둘러 말했으나 진산월은 쉽게 알아듣고 수긍의 빛을 떠올렸다.

"생모의 부탁이라면 아무리 대엽진인의 심지가 곧다고 해도 자신의 뜻을 굽힐 수밖에 없겠지. 하지만 단순히 그런 점 때문에 이미 강호에 오랫동안 나타나지 않은 그녀를 이번 일의 배후로 지목하는 건 무리가 있다고 생각하오. 혹시 그녀를 의심하는 다른 이유라도 있소?"

"진 장문인이 알지는 모르겠지만, 당금의 천봉궁주는 그녀의 제자요. 그녀에게는 몇 명의 수족과도 같은 시비(侍婢)들이 있는데, 그녀는 그들을 통해 천봉궁주에게 영향력을 행사해 왔다고 하오.”

“……!”

“조금 전에 그 시비들 중 한 명을 무당파의 경내에서 보았소.”

“좀 더 자세히 말해 보시오.”

“대엽진인의 거처가 빈 것을 확인하고 돌아오는 길에 무심코 천봉궁의 고수들이 머무르고 있는 남암궁(南岩宮) 부근을 지나게 되었소. 그때 한 사람이 재빨리 남암궁 안으로 들어가는 모습을 보았는데, 그녀는 바로 백모란의 시비 중 한 사람인 남연옥(南燕玉)이었소.”

진산월은 삼시 의미를 알기 힘든 눈으로 이정문을 가만히 바라보았다.

“운이 좋았구려.”

“확실히 그런 것 같소. 남연옥은 경성홍안의 시비들 중에서도 천봉궁의 인물들과 가장 자주 접하는 사람이라, 나도 용케 얼굴을 기억하고 있었소.”

진산월의 눈빛은 여전히 담담했으나, 이정문은 왠지 모르게 가슴 한편이 무거워짐을 느꼈다.

“내 말은 당신이 정말 여러모로 운이 좋았다는 뜻이오. 현수 도장의 행동이 이상하다는 말에 대뜸 대엽진인의 거처를 찾아간 것이나, 하필이면 대엽진인의 거처에서 멀리 떨어져 있는 남암궁까지 삥 돌아서 하산한 것이나, 그때 공교롭게도 남암궁 안으로 들어가는 누군가를 발견한 것이나, 그 사람이 용케도 얼굴을 알고 있던 백모란의 시비인 것이냐……. 그중 한 가지도 이루어지지 않았다면 당신은 백모란이 대엽진인의 실종에 관련되었을 거라는 의심을 하지 않았을 테니, 정말 지나치게 운이 좋은 일 아니겠소?"

이정문은 그 말에 아무런 대꾸도 하지 않고 입을 굳게 다물었다.

가뜩이나 냉정하고 퉁명스러워 보였던 이정문이 딱딱한 얼굴로 입술을 악다물고 있자 심통스럽고 고약해 보였다. 진산월은 굳은 표정으로 앉아 있는 이정문을 한동안 조용히 응시하고 있다가 한결 가라앉은 음성으로 입을 열었다.

"이 공자가 이번 일을 백모란이 관여한 것으로 몰아가려는 이유는 굳이 묻지 않겠소. 아마 물어도 제대로 된 대답을 들을 수 없겠지만, 그보다 더 궁금한 게 있기 때문이오. 그건 대답해 줄 수 있겠소?"

이정문은 살짝 찡그린 눈으로 그를 쳐다보았다.

"내 속을 훤히 꿰뚫어 보는 것처럼 말하면서 아직도 내게 묻고 싶은 게 있단 말이오?"

퉁명스럽게 말을 내뱉은 그 모습은 사 년 전에 처음 만났을 때를 연상케 했다.

"그렇소. 한 가지만 대답해 주면 되오."

"그게 무엇이오?"

"육 소저는 어디에 있소?"

진산월의 음성은 나직했으나, 그 말을 듣자 이정문의 얼굴은 창백하게 변했다.

"그게 무슨 말이오?"

진산월은 눈도 깜박이지 않고 이정문의 괴팍하게 굳은 얼굴을 가만히 바라보았다.

"당신은 지금까지 육 소저와 줄곧 동행했었소. 더구나 무당산에 와서는 한시도 떨어져 있지 않았소. 그런데 오늘은 육 소저의 모습이 보이지 않는구려. 그녀가 지금 어디에 있는지 말해 줄 수 있소?"

"……."

"정말 아무 말도 하지 않을 셈이오?"

이정문은 몇 차례나 표정이 변한 다음에야 이윽고 무거운 한숨을 내쉬었다.

"후우. 진 장문인은 역시 상대하기 힘든 사람이오. 그나저나 이렇게 알았소?"

"오늘따라 당신에게서 어딘지 모르게 초조한 기색이 느껴졌소. 그건 평소의 당신답지 않은 모습이었지. 당신 같은 사람이 초조해할 것이 뭐가 있을까 고민하다가 문득 당신이 외로워 보인다고 생각했소. 그리고 이내 당신 옆에 늘 머물러 있던 한 사람의 모습이 보이지 않는다는 걸 깨달았소."

"늘 머물러 있던 사람이라……."

이정문은 혼잣말처럼 중얼거리더니 피식 웃었다. 그답지 않게 허무하고 쓸쓸해 보이는 웃음이었다.

"확실히 옆에 없고 나서야 그녀의 빈자리가 절실해지는군. 옆구리가 허전하다는 것이 어떤 의미인지, 그리고 사람에 따라 얼마나 가혹한 말인지도 이번에 뼈저리게 느꼈소."

진산월은 묵묵히 그의 말을 듣고 있었다.

이정문은 무언가 커다란 상실감을 느낀 사람처럼 텅 빈 눈으로 허공을 응시했다.

"그녀는 내게 약간은 귀찮고 성가신 존재였지. 물론 가끔은 귀엽다는 생각이 들기도 했지만, 그녀가 없다고 허전함을 느끼리라고는 상상도 해 본 적이 없었소."

"……."

"오늘 나는 유 대협이 무언가 큰일을 저지르려 한다는 것을 알았소. 그리고 그 일로 인해 대엽진인에게 도움을 청했다는 것도 알게 되었지. 나는 유 대협을 방해할 생각도 없었고, 그렇다고 나서서 도와주고 싶은 생각도 없었소. 그저 일이 어디까지 진행될지 조용히 지켜보고만 싶었지. 그래서 그녀에게 부탁했던 거요."

"무얼 말이오?"

"오늘 하루 유 대협의 거처를 주의 깊게 지켜보라고 말이오."

"왜 그녀에게 그런 부탁을 했던 거요?"

"나는 만약 일이 벌어진다면 유 대협의 신상에 변(變)이 발생할 가능성이 높다고 보았소. 하지만 내가 거느리고 있는 수하들 중에는 유 대협에게 발각당하지 않고 그를 지켜볼 만한 고수가 없었소. 그래서 그녀에게 부탁할 수밖에 없었던 거요."

"당신은?"

이정문의 입가에 자조적인 미소가 떠올랐다.

"그때 나는 혁리공의 뒤를 쫓아야 했기에 도저히 몸을 뺄 수가 없었소."

"혁리가의 혁리공 말이오?"

"그렇소. 나는 그를 야율척의 둘째 제자로 확신하고 있소."

진산월은 예전에 낙일방을 통해서 성숙해의 대공자인 이정악이 삼공자와 사패천이라는 인물들을 쫓고 있다는 말을 들은 적이 있었다. 삼공자는 야율척의 제자 세 사람이었고 사패천은 야율척의 수하들로, 모두 야율척이 중원에서 거둔 인물들이라고 했다.

그중 셋째 공자가 바로 장안 이씨세가의 만상공자 이존휘였음도 그때 비로소 알게 되었다.

지금 이정문은 삼공자 중의 두 번째가 혁리가의 공자인 혁리공이라고 말하고 있었다.

"혁리공은 무당산 밑에서 마지막으로 모습을 나타낸 후 줄곧 종적을 감췄지만, 나는 그가 이번의 무당집회에 와 있음을 확신하고 그의 뒤를 쫓고 있었소. 그러다 얼마 전에야 겨우 그의 꼬리를 발견하게 되었소. 집회가 오늘로 끝나기 때문에 그 전에 그를 잡기 위해서 나는 그에게서 눈을 뗄 수가 없는 상황이었소."

"그녀는 어찌 되었소?"

"유 대협과 함께 사라졌소. 그리고 나는 조금 전에 누군가에게서 이것을 전해 받았소."

이정문은 품속에서 하나의 물건을 꺼내 들었다.

그것은 금색 수실이 달린 작은 노리개였다. 옥(玉)으로 만든 듯한 그 노리개는 한 쌍의 원앙이 정교한 솜씨로 새겨져 있었다.

그 옥 노리개를 바라보는 이정문의 눈은 왠지 모르게 어두운 빛을 띠고 있었다.

"이것은 원앙패(鴛鴦佩)라는 것인데, 우리가 만난 지 일 년이 된 기념으로 내가 그녀에게 선물한 것이오. 온옥(溫玉)으로 만든 것이어서 몸에 지니고 있으면 따뜻한 온기가 나기 때문에 그녀는 단 한 번도 이것을 몸에서 떼어 본 적이 없었소."

진산월은 그녀가 원앙패를 늘 지니고 다닌 것은 온기 때문이 아니라 아마도 그가 직접 선물한 것이기 때문이라고 생각했으나 아무런 내색도 하지 않았다.

대신 다른 것을 물어보았다.

"그것을 전해 준 사람은 누구요?"

"모르오. 유 대협이 사라지고 그녀 또한 모습을 보이지 않는다는 걸 알고 난 직후 방으로 돌아와 보니 탁자 위에 이것이 놓여 있었소. 한 장의 편지와 함께."

이정문은 원앙패를 뒤집었다. 원앙패 밑에 몇 번이나 접은 종이 하나가 놓여 있었다. 이정문은 그 종이를 진산월에게 내밀었다.

진산월이 펼쳐 보니 문장 하나가 쓰여 있었다.

그녀를 다시 보고 싶으면 신검무적을 오늘 밤 자정까지 비신대 (飛身臺)로 데려오시오.

진산월은 잠시 그 종이를 내려다보다가 물었다.

"비신대는 어디요?"

"남암궁 뒤쪽의 절벽이오."

남암궁은 자소궁의 동쪽에 위치한 도교사원으로, 지금은 천봉궁의 인물들이 머물러 있는 곳이기도 했다.

"그래서 나를 유인하기 위해 백모란의 이름을 꺼냈던 거요?"

의외로 이정문은 굳은 표정으로 고개를 저었다. 그러고는 정색을 하며 말하는 것이었다.

"단순히 그 때문만은 아니오. 확실히 백모란은 이번 대엽진인의 실종과 관련이 있소. 그리고 어차피 진 장문인은 오늘 밤에 그곳으로 가야만 하오."

"무엇 때문에?"

이정문의 말은 냉정을 유지하던 진산월의 얼굴을 처음으로 굳게 만들었다.

"귀 사제의 목숨을 살리기 위해서요."

제 317 장
장장적야(長長的夜)

제317장 장장적야(長長的夜)

성락중은 문득 눈을 떴다.

잠이 들었던 것은 아니었다. 그는 정좌한 채로 운공에 열중하고 있었다. 그의 눈이 뜨인 것은 누군가가 그의 방문 앞을 서성이고 있기 때문이었다.

성락중은 보지 않아도 그가 누구인지 알 수 있었다. 어제부터 계속 위태로운 모습을 보여서 주위 사람들을 불안하게 만들었던 녀석이었다.

"정신없게 하지 말고 들어오거라."

문밖에서 서성이던 자의 신형이 멈추더니 잠시 후 조심스럽게 문이 열리며 한 사람이 안으로 들어왔다.

"아직 안 주무셨습니까?"

전흠의 얼굴은 지난 이틀 사이에 확연히 알아볼 정도로 홀쭉해

져 있었다. 가뜩이나 인상도 험악하고 강퍅한 외모를 지니고 있었
는데, 지금은 눈 주위가 퀭하고 뺨마저 쏙 들어가서 초췌해 보일
정도였다.

성락중은 전흠의 그런 모습을 보고는 절로 한숨이 흘러나왔으
나, 겉으로는 아무런 내색을 하지 않았다.

"너야말로 여태껏 자지 않고 무얼 하고 있었던 게냐?"

"잠이 오지 않아 잠시 초식을 가다듬고 있었습니다."

"앉거라."

전흠이 조심스럽게 그의 앞에 다가와 앉자 성락중은 그의 얼굴
을 한동안 가만히 응시하고 있다가 조용한 음성으로 입을 열었다.

"표정이 좋아 보이지 않는구나. 무슨 걱정이라도 있는 게냐?"

전흠은 아무 대답도 하지 못하고 고개를 숙였다. 그런 모습 또
한 성락중으로서는 처음 보는 광경이었다.

어제 진산월은 형산파와의 비무에 출전할 다섯 사람 중 하나로
전흠을 지목했다. 전흠으로서는 할아버지인 전풍개의 복수를 할
수 있는 절호의 기호를 맞이함과 동시에 문파의 오랜 숙원을 푸는
데 기여할 수 있는 일이기에 크게 기뻐해야 마땅했다.

하나 그때부터 전흠의 표정은 점점 어두워졌고, 신경이 바짝
곤두서서 사소한 일에도 예민하게 반응하곤 했다. 주위 사람들은
아직 이십 대 초반에 불과한 그가 너무도 무거운 책임을 떠맡게
된 것을 잘 알고 있기에 그의 그런 행동을 충분히 이해해 주었다.

다만 어려서부터 전흠을 지켜보아 왔던 성락중만은 전흠이 단
순한 부담감 때문에 저런 모습을 보이는 게 아닐지 모른다는 희미

한 의구심을 갖고 있었다.

전흠은 나이답지 않게 배짱이 좋고 자기 자신에 대한 믿음이 확실했다. 그것은 아마도 아버지와 형을 따라 해남파에 입문하지 않고 할아버지 밑에서 고독하게 무공을 수련해 왔기 때문일 것이다. 주위에 의지할 사람도 없고 같이 어울릴 친구도 거의 없는 상태에서 전흠은 묵묵히 할아버지의 지시에 따라 무공을 익히는 것에만 열중해 왔다.

더구나 그가 익히는 무공은 당시만 해도 완전히 몰락했다고 여겨지던 종남파의 무공이었으니, 전도가 양양한 해남파 장문인의 둘째 아들로 태어난 전흠으로서는 여러 가지 생각이 없지 않았을 것이다. 그럼에도 전흠은 단 한 번도 그 점에 대한 불만을 표현하거나 아쉬운 내색을 하지 않았다.

그런 전흠이 고집스럽고 외골수 같은 성격을 지니게 된 것은 결코 이상한 일이 아니었다. 참을성이 강해서 어지간한 일로는 눈썹 하나 찡그리지 않았고, 매사에 자신감이 넘쳐서 오만하다는 소리까지 들을 정도였다.

그런데 지금 성락중의 앞에 앉아 있는 전흠에게서는 평상시의 자신에 찬 모습을 찾아볼 수 없었다.

성락중은 그런 전흠을 안타까운 눈으로 바라보았다.

'녀석. 그리도 간절히 형산파와의 일전을 원해 왔으면서 막상 앞으로 닥쳐오니 걱정이 되는 게냐? 대체 무엇이 그리도 두려운 게냐?'

하지만 그렇다고 그를 위안하거나 다독거릴 생각은 없었다.

현재 종남파의 사정으로는 전흠을 대체할 만한 사람이 없었다. 다시 말해서 승리하든, 패배하든 전흠의 출전은 불변의 사실이라는 것이었다.

아무리 전흠이 맡겨진 일에 중압감을 느끼고 있다고 해도 혼자 힘으로 견뎌 내야만 했다. 그것은 누구도 대신해 줄 수 없는 일이었다.

성락중은 전흠의 몸을 찬찬히 살펴보았다. 얼굴은 비록 초췌하고 피부가 거칠어졌으나, 전흠의 몸은 여전히 탄탄했고 자세 또한 빈틈이 없어 보였다. 희미하게 땀 냄새가 나는 것으로 보아 조금 전까지 초식을 다듬고 있었다는 그의 말은 거짓이 아님이 분명했다.

"몸에 불편한 곳은 없느냐?"

전흠은 살짝 머리를 조아렸다.

"심려를 끼쳐 드려 죄송합니다. 몸에는 이상이 없습니다."

"그럼 마음이 문제인 게로구나."

"……."

"네가 부담감에 시달리고 있다는 것은 나도 알고 있다. 너뿐만 아니라 이번에 출전하기로 한 모든 사람들이 그런 부담감을 강하게 느끼고 있을 것이다. 그리고 그건 나도 마찬가지다."

전흠은 고개를 숙인 채 묵묵히 성락중의 말을 듣고만 있었다.

"한편으로는 기쁘고 설레면서도 다른 한편으로는 두려운 게 나의 솔직한 심정이다. 너무도 오랫동안 기다려 왔던 일이 마침내 이루어져서 기쁘긴 한데, 만에 하나라도 패했을 때를 상상해 보면 절로 식은땀이 나더구나. 그 상실감과 고통을 어찌 감내해야 할지

막막한 생각이 들었다."

전흠은 숙였던 고개를 쳐들고 성락중을 쳐다보았다. 번뜩이는 그의 눈빛은 마치 '사숙께서도 그러셨습니까?'라고 묻고 있는 듯했다.

성락중은 그의 그런 마음을 잘 알고 있는 듯 차분한 표정으로 말을 이었다.

"그래서 나는 내가 할 수 있는 일만을 하기로 했다. 그것이 무엇인 줄 아느냐?"

"무엇입니까?"

"앞만 바라보고 걷는 것이다. 뒤를 돌아보거나 주위를 둘러볼 여지도 없이 오직 앞으로 닥칠 일에만 모든 신경을 집중하는 것이다."

"……!"

"어차피 형산파와의 비무는 정해져 있고, 나는 반드시 출전해야만 한다. 그렇다면 미리부터 결과를 속단하고 흔들릴 것이 아니라, 다가올 승부에만 전력을 기울이는 것이다. 승부에 집중하는 순간, 두려움이나 중압감 따위는 뇌리에서 먼지처럼 사라져 버릴 것이다."

성락중의 음성은 그리 크지 않았고 어조도 부드러웠으나, 전흠의 귀에는 다른 어떤 호통보다도 큰 것 같았고 그 어떤 꾸짖음보다도 준열하게 들렸다.

"'진인사대천명(盡人事待天命)'이라고 했듯이, 나는 그저 내가할 수 있는 것만 하면 되는 것이다. 진정으로 그 일에 최선을 다했다면 어떠한 결과가 나오든 나는 기꺼이 받아들일 수 있을 것이다."

전흠의 어깨가 한 차례 크게 흔들렸다.

"사숙."

"그렇게 생각하니 마음이 편안해지면서 비로소 눈앞이 훤해지더구나. 너는 어떠하냐?"

전흠은 아무 대답도 하지 못하고 눈자위를 실룩거리고 있었다. 한참 후에야 그는 자리에서 일어나 성락중을 향해 정중하게 절을 했다.

"금과옥조에 감사드립니다. 사숙의 말씀을 듣고 나니 결과에만 급급해서 한 치 앞도 제대로 보지 못했던 제 눈이 조금은 뜨인 것 같습니다."

전흠의 얼굴은 여전히 강퍅했으나, 소금 전과는 달리 그리 초췌하거나 긴장된 모습은 보이지 않았다. 가슴속의 커다란 응어리가 풀려나간 듯 어딘지 모르게 편해 보였다.

성락중은 그의 표정 변화를 감지하고는 한결 부드러운 음성으로 말했다.

"이제 잠이 들 수 있겠느냐?"

전흠의 얼굴에 모처럼 엷은 미소가 떠올랐다. 약간은 계면쩍고 쑥스러운 웃음이었다.

"편안하게 잘 수 있을 듯합니다."

"됐다. 더 늦기 전에 조금이라도 자 두도록 해라."

하나 성락중은 아직 편하게 잘 운명이 아니었다.

"사숙, 일방입니다. 잠시만 뵐 수 있겠습니까?"

밖에서 들려온 소리에 성락중의 표정이 살짝 굳어졌다. 결전을 앞둔 야밤에 낙일방이 자신을 찾아온 것에 심상치 않은 예감이 들었던 것이다.

"들어오게."

낙일방은 혼자가 아니었다. 그의 뒤에는 동중산이 조용히 뒤따르고 있었다.

낙일방은 성락중을 향해 공손하게 인사를 했다.

"쉬고 계시는데 방해를 해서 죄송합니다. 긴히 드릴 말씀이 있어서……. 마침 전 사형도 함께 계셨군요."

"흠아와 잠시 이야기를 나누고 있었네. 무슨 일인가?"

"저보다는 동 사질의 말을 직접 들으시는 게 더 빠를 듯합니다. 동 사질, 말씀드리게."

낙일방의 뒤에 서 있던 동중산이 앞으로 나와서 머리를 조아렸다.

"사숙조를 뵙습니다."

성락중은 손사래를 쳤다.

"급한 일인가 본데, 이런 상황에서 허례는 삼가게. 대체 무슨 일인가?"

항상 침착함을 유지했던 동중산의 얼굴에는 당혹스러운 빛이 떠올라 있었다.

"사실은 장문인께서 조금 전에 외출을 나가셔서 아직까지도 돌아오지 않으십니다."

성락중도 그의 말을 듣고는 표정이 굳어졌다.

"장문인이 안 돌아왔다고?"

"그렇습니다."

"아니, 내일 큰일을 앞둔 장문인이 대체 무슨 일로 밖으로 나갔단 말인가?"

"저도 자세한 사정은 모릅니다. 이정문 공자의 방문을 받고 잠시 이야기를 나누다가 두 분이 함께 나가셨습니다."

"장문인이 자네에게 다른 말은 하지 않았나?"

"조금 늦을지도 모르니 기다리지 말고 먼저 취침하라고 하셨습니다만, 어디로 무슨 일 때문에 가는지는 전혀 언급하지 않으셨습니다."

"허, 이런⋯⋯."

성락중의 입에서 자신도 모르게 탄식이 흘러나왔다.

지금은 이경(二更)을 넘어 자정이 얼마 남지 않은 늦은 밤이었다. 당장 눈을 붙여도 내일 아침까지는 결코 푹 잤다고 할 수 없는데, 장문인이 밖에 나가서 아직까지 돌아오지 않고 있으니 종남파의 문인들로서는 속이 탈 수밖에 없었다.

"장문인의 성격상 정말 중요하거나 위급한 일이 아니면 아직까지 연락도 없이 안 돌아오지는 않을 텐데, 혹시라도 장문인의 신상에 무슨 일이 닥친 게 아닌지 걱정되는군."

"저도 그 때문에 더 기다리지 못하고 저 혼자라도 장문인을 찾아야 하나 고민하고 있었습니다. 때마침 후원에서 수련 중이시던 낙 사숙을 발견하고는 낙 사숙에게 사정을 말씀드리고 사숙조를 뵈러 온 것입니다."

동중산이 그간의 사정을 설명하자 성락중이 낙일방을 돌아보았다.

그러고 보니 낙일방 또한 얼마나 열심히 무공을 연마하고 있었는지 전신에서 김이 모락모락 피어오르고 있었다. 성락중은 임독양맥을 타통한 고수가 이 정도의 열기를 뿜어내려면 얼마나 혹독한 수련을 해야 하는지 알고 있기에 걱정스런 마음부터 들었다.

"내일 힘을 써야 하는데, 오늘 밤에 너무 무리한 게 아닌가?"

낙일방의 표정은 전혀 흐트러짐이 없었다.

"이 정도 해 두지 않으면 몸이 심심해서 오히려 잠자리가 허전해지더군요. 저도 제 몸의 한계를 잘 알고 있으니, 사숙께서 우려하시는 일은 없을 겁니다."

담담한 가운데 자신에 찬 음성으로 말하는 그의 모습은 보는 사람으로 하여금 듬직함을 느끼게 하기에 충분했다.

성락중도 낙일방에게는 신심(信心)을 지니고 있기에 그에 대한 걱정은 접어 두었다. 그보다 지금은 더욱 중요한 일이 그들을 기다리고 있지 않은가?

"그나저나 정말 큰일이군. 그런데 자네는 어디로 장문인을 찾아가려 했나? 혹시라도 짐작 가는 곳이라도 있나?"

성락중이 동중산을 향해 묻자 동중산은 씁쓸한 표정으로 고개를 흔들었다.

"장문인께서 전혀 말씀하지 않으셔서 저도 아는 바가 전혀 없었습니다. 그래서 아쉬운 대로 우선 이정문 공자의 거처라도 찾아가 볼 생각이었습니다."

"그의 거처가 어디인가?"

"저도 정확히는 모릅니다. 다만 일전에 자소궁의 동쪽 방향에서 그가 오는 것을 몇 번 보았기에 그쪽을 뒤져 볼 생각이었습니다."

"그렇게 막연한 추측만으로 말인가?"

"달리 방법이 없다고 생각했습니다."

성락중이 듣고 보니 동중산의 말마따나 진산월을 찾을 다른 방법이 없었다.

그렇다고 무작정 진산월이 돌아오기만을 기다리고 있을 수도 없었다. 진산월을 보기 전까지는 잠을 자고 싶어도 눈이 감기지 않을 게 분명했다.

성락중은 잠시 생각에 잠겨 있다가 동중산을 향해 물었다.

"자소궁의 동쪽 방향에는 어떤 건물들이 있나?"

"비승각(飛昇閣)과 남암궁이 있고, 북쪽으로 조금 더 올라가면 오룡궁(五龍宮)이, 남쪽으로는 조천궁(朝天宮)이 있습니다."

"자네는 그중 어느 쪽이 유력하다고 보나?"

동중산은 이미 생각해 놓은 것이 있는지 주저하지 않고 입을 열었다.

"비승각은 점창파의 고수들이 숙소로 사용하고 있고, 남암궁은 천봉궁의 거처이며, 오룡궁에는 형산파가 머무르고 있습니다. 그리고 조천궁은 어느 파가 있는지 아직 저도 모르고 있습니다."

"일단 오룡궁은 아니겠군."

형산파와의 비무 전날에 종남파 장문인이 형산파 근처로 갈 리는 없었다. 그리고 이정문 또한 종남파와의 대결을 앞둔 형산파의 거처에 숙소를 정하지는 않았을 것이다.

"저도 그렇게 생각합니다. 하지만 다른 세 곳은 모두 가능성이 있습니다. 그래서 직접 찾아가서 확인해 볼 생각이었습니다."

성락중은 더 생각할 것도 없다는 듯 자리에서 일어났다.

"나와 같이 가 보세."

이어 그는 자신을 따라 몸을 일으키는 낙일방과 전흠을 엄격한 눈으로 돌아보았다.

"자네들 두 사람은 이곳에 있게. 언제 장문인이 돌아올지 모르니 말일세."

* * *

비신대의 절벽은 유난히 가팔랐다.

비신대는 험한 지형이 많은 무당산에서도 유독 깎아지른 듯한 낭떠러지와 기암괴석들이 즐비한 곳이었다. 진무대제(眞武大帝)가 신선이 되어 절벽 아래로 몸을 날려 사라졌다는 전설 때문에 비신대라는 이름이 붙었는데, 워낙 지형이 험해서 평상시에는 그다지 사람의 발길이 닿지 않는 곳이었다.

진산월은 잠시 고개를 들어 검은 하늘을 올려다보았다.

칠흑 같은 하늘에 점점이 박혀 있는 별들이 마치 검은 비단 위에 뿌려진 유리 파편 같아 보였다.

평상시라면 그 선명한 색의 대비에 아름다움을 느꼈을 것이다. 하나 지금은 오히려 가슴 섬뜩한 서늘함만이 느껴졌다. 그 파편 하나하나가 당장이라도 떨어져 내려 가슴 한구석에 틀어박힐 것만 같았다.

문득 고개를 떨구어 밑을 내려다보니 아찔한 벼랑이 시야에 가득 들어왔다. 때마침 벼랑의 저 깊은 곳에서 불어온 바람이 몸을 휘감고 지나가자 흡사 지옥의 무저갱에서 유혹해 부르는 악마의 숨결처럼 차갑고 싸늘한 기운이 전신을 감돌았다.

이정문도 그 바람을 느꼈는지 한 차례 몸을 가늘게 떨었다.

"정말 아찔한 벼랑이오. 무당산에 이렇게 깊은 절벽이 있을 줄은 미처 몰랐소."

그의 목소리는 차가운 바람 때문인지 여느 때보다 한결 낮게 가라앉아 있었다.

진산월은 아무런 대꾸도 없이 그 자리에 가만히 선 채로 주위를 찬찬히 둘러보았다.

특별한 것은 눈에 띄지 않았다. 검은 하늘과 점점이 뿌려진 별빛 아래 보이는 세상은 텅 비어 있어 공허함마저 느끼게 했다.

하나 진산월의 눈빛은 한층 더 깊어졌다. 비록 보이지는 않았으나 삼엄한 무언가가 조금씩 주위의 공기를 짓누르고 있음을 알아차렸기 때문이다.

이정문의 표정은 그의 현재 심정을 나타내듯 딱딱하게 굳어 있었다. 늘 독설을 내뱉던 입도 굳게 닫혀 있었고, 냉정하게 빛나던 두 눈도 살짝 찌푸려져 있었다.

그는 자신의 옆에 있는 진산월을 슬쩍 돌아보더니 이내 마음을 굳힌 듯 가볍게 한숨을 내쉬고는 돌연 날카로운 음성을 토해 냈다.

"나는 약속을 지켰소. 이제는 당신 차례요."

누구에게 하는 말인지 모를 외침이 고요한 밤의 정적을 뒤흔들었다.

그 외침의 여운이 채 사라지기도 전에 사람의 귀를 시원하게
하는 듯 낭랑한 웃음소리가 들려왔다.

"하하. 별로 듣기 좋은 목소리도 아닌데 무슨 소리를 그렇게 질
러 대는 거요? 하마터면 귀청이 상할 뻔했구려."

진산월과 이정문이 서 있는 비신대의 절벽에서 십여 장 떨어진
숲 속에서 한 사람이 천천히 걸어 나왔다. 어둠 속에서도 주위가
온통 훤해질 만큼 준수한 그의 얼굴이 선명하게 드러났다. 실로
절세의 옥안(玉顔)이라고 불려도 이상하지 않을 정도로 뛰어난 용
모를 지닌 미남자였다.

진산월과 시선이 마주치자 그 미남자는 빙긋 웃으며 살짝 고개
를 끄덕였다.

"또 만나게 되었구려. 진 장문인의 아름다운 사매는 잘 계시오?"

미남자는 단지 살짝 미소를 짓기만 했는데도 그의 전신에서 광
채가 나는 것 같았다. 세상의 어떤 여자라도 이러한 미소를 보면
마음이 녹아내리지 않을 수 없을 것이다.

다행히 지금 그의 미소를 보고 있는 두 사람은 모두 남자들이
었다.

진산월은 담담한 표정으로 서 있는 반면에 이정문의 얼굴은 더
욱 잔뜩 찌푸려졌다. 무엇이 그리도 못마땅한지 이정문은 연신 투
덜거리고 있었다.

"제길, 불공평하군. 이건 정말 불공평한 일이야."

그의 투덜거림은 그리 크지 않았으나, 미남자는 쉽게 알아듣고

되물었다.

"무엇이 그리도 불공평하단 말이오?"

이정문은 그를 힐끔 흘겨보았는데, 가뜩이나 심통 사납게 생긴 얼굴이 일그러져서 무언가에 몹시 화가 난 사람처럼 보였다.

"목소리가 좋으면 대체로 얼굴은 그보다 떨어지기 마련인데, 당신은 목소리도 좋을 뿐 아니라 얼굴은 그보다 더욱 뛰어나니 그것이 첫째 불공평한 일이오. 목소리가 나쁘면 얼굴이라도 잘생겨야 하는데, 나는 목소리도 안 좋고 얼굴은 그보다 더욱 못하니 이게 두 번째 불공평한 일이오."

"세 번째도 있소?"

이정문은 주저하지 않고 즉시 고개를 끄덕이며 더욱 소리를 높였다.

"물론이오. 목소리도 좋고 얼굴도 잘난 당신은 여자가 끊이지 않고 줄줄 따르겠지만, 목소리도 형편없고 얼굴도 보잘것없는 나에게는 오직 단 한 명의 여자만이 있을 뿐이오. 그런데 그 여자마저 내 곁을 떠나 버렸으니 이 어찌 불공평한 일이 아닐 수 있겠소?"

미남자는 그의 억지스런 말에도 조금도 당황하거나 싫은 표정을 내지 않고 담담한 미소를 지었다.

"당신의 여자가 당신 곁을 떠났다니 심심한 위로의 말을 하지 않을 수 없구려. 그런데 그 여자가 정말 당신 곁을 떠난 게 확실하오?"

이정문은 여전히 퉁명스런 음성을 내뱉었다.

"그러지 않았다면 내가 여기 왔는데 그녀가 왜 아직도 나타나지 않았겠소?"

미남자는 손으로 그의 등 뒤를 가리켰다.

"내 눈에는 그녀가 이미 당신을 찾아 이곳에 와 있는 것 같은데, 설마 내가 잘못 본 거요? 아니면 저 여자가 당신의 그녀가 아니란 말이오?"

그 말에 이정문은 고개를 돌려보았다.

그리고 육난음을 발견했다.

그녀는 그들이 있는 곳에서 십 장쯤 떨어진 절벽가에 위태롭게 서 있었다.

아니, 서 있다는 말은 어울리지 않았다. 단지 그녀는 절벽 끝에 돌출되어 있는 커다란 바위 옆에 비스듬히 기대어 있을 뿐이었다.

뻣뻣하게 굳어 있는 자세로 보아 그녀는 스스로 몸을 움직일 수 없는 상태인 듯했다. 그래서인지 누가 툭 건드리거나 바람이 세차게 불기만 해도 절벽 아래로 떨어질 것처럼 아슬아슬해 보였다.

이정문은 한동안 그녀를 가만히 보더니 돌연 깊은 한숨을 내쉬었다.

"다행히 나는 아직 혼자 될 팔자는 아닌 모양이구나."

이어 그는 육난음을 향해 물었다.

"당신은 괜찮은 거야?"

육난음은 비록 몸은 손가락 하나 까닥할 수 없지만, 듣고 보는 건 이상이 없는지 그를 향해 눈을 깜박거렸다. 단순한 동작이었으나, 이정문은 그녀의 마음을 알아차렸는지 고개를 끄덕이며 중얼거리듯 말했다.

"몸은 이상이 없단 말이지? 그나마 다행이군. 난 당신을 잃은 줄 알고 가슴이 조마조마했어.”

육난음의 눈이 다시 한 차례 감겼다가 뜨였다. 이정문은 이번에도 그녀가 하고 싶은 말이 무언지 쉽게 알아냈다.

“그럴 리가 있느냐고? 나도 지금까지는 그런 줄만 알았지. 하지만 이번 일로 세상에는 종종 뜻대로 되지 않는 일도 일어난다는 걸 깨닫게 되었어. 하늘 높은 줄 모르고 날뛰던 놈이 갑자기 하늘이 무섭다는 걸 알아차린 거지.”

육난음은 세 번째로 눈을 깜박거렸다. 그 전의 두 번보다 한결 느린 속도였다.

“이제 주제를 알았으니 아직도 늦지 않은 거라고? 글쎄. 당신 말대로 되었으면 정말 좋았겠지만 아무래도…….”

그의 말은 채 이어지지 않았다.

묵묵히 그의 넋두리 같은 말을 듣고 있던 미남자가 불쑥 입을 열었기 때문이다.

“그만. 더 다가간다면 당신은 정말 그녀를 영원히 잃게 될지도 모르오.”

주절거리면서 조금씩 그녀에게 다가가던 이정문이 걸음을 멈추고는 미남자를 향해 입을 삐죽거렸다.

“거리가 너무 멀어서 조금 가까이 가서 그녀가 정말 무사한지 확인해 보려고 한 거요. 아무려면 내가 그녀의 안위를 두고 위험한 모험을 할 것 같소?”

“일전에 누군가가 그러더군. 당신은 기름밭 사이에서도 기꺼이 불장난을 할 사람이라고 말이오.”

이정문의 눈에서 한광이 번뜩거렸다.

"누가 그런 쓸데없는 말을 지껄인 거요?"

"그 사람은 자신이 당신을 세상에서 세 번째로 잘 알고 있는 사람일 거라고 했소."

"세 번째?"

"첫째는 당신의 그 대단한 아버님이고, 둘째는 지금 당신 눈앞에 있는 당신의 유일한 연인이오."

이정문은 피식 웃었다. 메마르고 투박하기는 하지만 그의 얼굴에서 정말 모처럼 보이는 웃음이었다.

"그 말을 듣고 나니 그 작자가 누구인지 알 것 같기도 하군. 혹시 그자는 툭하면 자신이 천하에서 가장 똑똑한 인물이라고 자화자찬하는 재수 없는 성격을 지니지 않았소? 세상 사람들이 모두 자신의 손가락 끝에서 움직이는 존재에 불과하다는 망상을 하면서 말이오."

미남자는 허리를 잡고 정말 통쾌한 듯 소리 내어 웃었다.

"하하! 정말 그런 면이 있는 것 같소. 그 때문에 나도 가끔은 그가 재수 없다고 느낄 때도 있었지. 다만 자신이 천하에서 가장 똑똑한 인물이라는 생각은 하지 않는 것 같았소. 대신 자기가 세 번째로 똑똑하다고 말한 적은 있었소."

"이번에도 세 번째란 말이군. 대체 그 오만하고 천하인(天下人)들을 발가락 사이의 때보다 못한 존재로 여기는 자가 자신보다 똑똑하다고 인정한 두 사람이 누구요? 설마 그중 한 사람이 바로 나요?"

미남자는 히죽 웃으며 고개를 저었다.

"그럴 리가 있겠소? 그가 첫 번째로 꼽은 인물은 그의 사부요."

이정문은 생각할 것도 없다는 듯 인정하는 표정을 지었다.

"그자가 내가 생각하는 그 인물이라면 그자의 사부가 확실히 그자보다는 똑똑하겠지. 두 번째 인물은 누구요?"

"바로 내 사형이오."

이정문은 다소 뜻밖인지 되물었다.

"당신의 사형?"

"그렇소."

"그가 누구요?"

이번에는 미남자가 자신의 가슴을 손가락으로 가리키며 물었다.

"내가 누구인지 모르오?"

이정문은 퉁명스럽게 대꾸했다.

"당신이 누구인지 내가 어떻게 알겠소? 얼굴 생긴 것만 보면 천하제일 미남자라는 흑갈방의 화면신사 같기도 하고, 보는 사람의 가슴을 떨리게 할 정도로 멋진 미소를 지닌 걸 보면 영하 강변에서 미소 한 번으로 천봉선자들의 마음을 녹였던 임조몽이란 인물 같기도 하고, 말주변이 좋고 사람을 대하는 태도가 매끄러운 걸 보면 서장 무림에서 자금 조달을 맡았던 백석기란 자 같기도 한데, 당신이 그들 중 누구인지는 당최 모르겠소."

미남자는 이정문의 장황한 말을 듣고는 다시 빙긋 미소 지었다. 보면 볼수록 사람들의 마음을 뒤흔드는 마력이 있는 미소였다.

"역시 산수재다운 답변이군. 나에 대해 그렇게 잘 안다면 내 사형이 누구인지도 알 게 아니오?"

"흑의사신 위태심 말이오? 난 단지 그가 천하에서 두 번째로 똑똑한 인물이라는 것이 믿기지 않을 뿐이오."

"내게 심통 부릴 필요는 없소. 그 말을 한 사람은 내가 아니니까."

이정문은 돌연 정색을 했다.

"그래서 말인데, 그 망할 혁리공은 어디에 있소? 일은 다 저질러 놓고 왜 자기는 뒤로 숨고 당신을 앞에 내세운 거요?"

미남자, 화면신사 백석기는 예의 화려한 미소를 지어 보였다.

"그가 말하길 당신이 비록 자신보다 똑똑하지는 않지만 거의 그에 필적한다고 하더군. 그러니 그 똑똑한 머리로 한번 알아맞혀 보시오. 그가 지금 어디에 있을 것 같소?"

이정문의 눈썹이 잔뜩 찡그려졌다.

"내가 자기보다 못하다고? 혁리공, 그자가 내게 한 방 먹였다고 천방지축으로 노는군. 그러다 된통 당한 사람을 내가 알고 있지."

"바로 당신 말이오?"

"그렇다고 해 둡시다. 아무튼 혁리공의 행방을 추측하는 건 그리 어려운 일이 아니오. 원래 그의 목적은 나를 제거하는 것이었는데, 운이 트이려는지 갑자기 예상치 못한 소득을 거두게 되었소. 그래서 그는 계획을 바꾸어 돌 하나로 두 마리의 새를 한꺼번에 잡으려는 야심 찬 계획을 세우게 되었지."

백석기는 흥미 있는 표정으로 그의 말에 귀를 기울였다.

"상당히 재미있는 추론이오."

"다만 그 두 마리 새 중 한 마리는 자신의 능력으로 감당할 자신이 있지만, 다른 한 마리는 너무 거대한 존재라 혼자서는 잡을 수가 없었소. 그래서 그는 강력한 조력자를 구하려 했겠지."

"계속해 보시오."

"그 새를 감당할 만한 역량을 지닌 인물은 그리 많지 않소. 하지만 혁리공은 제법 재주가 좋은 자이니 어떤 식으로든 합당한 조력자를 구할 수 있었을 거요. 하지만 그는 보다 완벽하게 일을 처리하려 했겠지. 그래서 다시 한 가지 계책을 세워 놓은 거요."

백석기는 궁금한 듯 물었다.

"그게 무엇이오?"

이정문의 눈빛이 여느 때보다 매섭게 반짝였다.

"그 새가 전혀 의심할 수 없는 누군가를 다시 또 포섭하려 한 거요."

말이 끝나기도 전에 이정문은 전력을 다해 옆에 있는 진산월의 옆구리를 손으로 가격했다. 그것은 누구도 예상치 못했던 갑작스런 일격이었다.

팡!

요란한 소리와 함께 진산월의 몸이 휘청거리며 옆으로 주르르 밀려나더니 절벽 밖으로 떨어졌다. 공교롭게도 그가 서 있던 위치가 절벽 끄트머리였기에 중심을 잃은 상태에서 그대로 절벽 바깥으로 밀려나 버린 것이다.

"헛!"

진산월의 입에서 다급한 외침이 흘러나왔으나 그때 이미 그의 몸은 허공에서 아래로 추락하고 있는 상태였다. 마지막 몸부림이 있었는지 진산월이 전력을 다해 오른손을 앞으로 내뻗었다.

꽈릉!

그의 손에서 흘러나온 세찬 장력이 이정문의 몸을 그대로 가격했다. 이정문은 설마 몸이 아래로 떨어지는 상황에서도 진산월이 반격을 해 오리라고는 전혀 예상치 못했는지 우두커니 서 있다가 다급하게 피하려 했으나 이미 때는 늦고 말았다.

"아악!"

장력에 격중당한 이정문은 피를 뿌리며 삼 장 밖으로 나가떨어졌다. 그와 함께 진산월의 몸도 절벽 아래로 완전히 사라져 버렸다.

순식간에 벌어진 일이라 이정문이 갑작스럽게 진산월을 공격하고, 다시 반격당해 쓰러지고, 진산월이 절벽 밑으로 추락할 때까지는 그야말로 눈 한 번 깜짝할 시간밖에 흐르지 않았다.

십 장 밖에 있던 백석기가 장내로 다가온 것은 약간의 시간이 흐른 다음이었다.

"으으……."

이정문은 코와 입으로 검붉은 피를 흘리면서 바닥에 꿈틀거리고 있었다. 피범벅이 된 채 제대로 몸을 펴지도 못하고 웅크리고 있는 그의 모습은 천하인들을 감탄하게 한 절세의 기재라는 그동안의 평가와는 전혀 어울리지 않는 비참한 것이었다.

그를 내려다보는 백석기의 얼굴에도 약간은 어이없어 하는 표정이 떠올라 있었다.

"일이 이렇게 풀리는 경우도 있나? 이걸 기뻐해야 할지 실망해야 할지……."

혼잣말처럼 중얼거리는 그의 음성을 용케도 들었는지 이정문이 간신히 고개를 쳐들고 그를 올려다보았다.

"나…… 나는 약속을 지켰소. 이제 그녀를 풀어 주시오……."

입을 열 때마다 시커먼 핏물이 흘러내리는 것으로 보아 내상
(內傷)이 적지 않음을 쉽게 알아볼 수 있었다.

백석기는 한동안 아무 말 없이 이정문을 내려다보고 있었다.
무언가 생각이 많은 듯한 표정이었다.

그때 한 사람이 그에게 다가왔다.

"남들이 하도 산수재, 산수재 하고 떠들기에 대단한 줄 알았더
니 별거 없는 자였군요."

다가온 사람은 뜻밖에도 조금 전까지만 해도 바위에 기대어 움
직이지 못했던 육난음이었다.

백석기는 그녀를 힐끔 돌아보더니 피식 웃었다.

"그 얼굴이 마음에 드는 모양이군. 아직까지도 그 모습을 하고
있는 걸 보니."

육난음은 날카로운 눈으로 그를 쏘아보더니 얼굴을 슬쩍 매만
졌다. 그러자 매미 껍질처럼 얇은 인피면구가 벗겨지며 그 안에서
전혀 다른 얼굴이 나타났다. 그녀는 다름 아닌 선약연이었다.

이정문이 진산월을 암습해서 절벽으로 밀어 버린 것은 사전에
치밀하게 짜인 각본에 의한 것이었다.

연인인 육난음을 인질로 잡힌 이정문은 진산월에게 도움을 청
했고, 진산월은 자신의 사제 또한 그들에 의해 억류되어 있다는
이정문의 말에 어쩔 수 없이 비신대의 절벽으로 오게 되었다.

일단 육난음으로 분장한 선약연이 모습을 드러냄으로써 육난

음이 정체 모를 자들에게 잡혀 있다는 이정문의 말이 사실임이 증명되었고, 자연히 진산월은 어딘가에 붙잡혀 있을 사제의 행방을 찾는 데 주의를 집중할 수밖에 없었다.

선약연이 아무 말도 하지 않고 눈을 깜박이는 것만으로 의사 표시를 한 것도, 혹시라도 그녀의 목소리를 듣고 그녀가 육난음 본인이 아님을 진산월이 알아차릴까 우려했기 때문이었다. 하나 이정문은 그녀의 눈짓을 그럴듯하게 해석하여 대응했고, 그 때문에 진산월은 그녀가 가짜임을 전혀 알아차리지 못했다.

인질극의 배후에 혁리공이 있음을 밝혀 진산월의 신경을 그쪽으로 돌리게 한 이정문은 전력을 다해 진산월을 절벽 쪽으로 밀어붙였고, 불시에 암습을 당한 진산월은 미처 피하지 못하고 그의 장력에 밀려 절벽 아래로 떨어지고 말았다. 이정문의 무공은 보잘것없는 수준이었지만, 그래도 적시의 암습과 절벽을 지척에 둔 지리적 이점 때문에 절세의 고수인 진산월을 죽음의 함정으로 몰아넣을 수 있었던 것이다.

아마 이정문이 높은 무공을 지닌 뛰어난 고수였다면 진산월도 그에 대해 약간의 경계심을 가지고 있었을지 모른다. 하나 이정문의 내공은 고수라고 부르기에는 민망할 정도로 미약했고, 전력을 기울인 장력으로도 무방비 상태의 진산월에게 치명상을 가할 수 없는 수준에 불과했다. 그럼에도 절벽가에 서 있는 진산월을 절벽 아래로 밀기에는 충분한 것이었다.

이번 일을 배후에서 계획한 사람도 바로 그 점 때문에 이정문을 자신의 놀이말로 사용한 것이다.

지금 그 사람은 의미를 알 수 없는 묘한 얼굴로 진산월이 떨어져 내린 절벽 아래를 내려다보고 있었다.

육난음으로 분장했던 선약연이 그의 옆으로 다가왔다.

"왜 이제야 왔어요?"

그 사람은 여전히 시선을 절벽 아래로 둔 채 무심한 음성으로 대답했다.

"확인할 게 있어서."

선약연은 그를 따라 절벽 밑을 내려다보다가 눈앞에 펼쳐진 아찔한 낭떠러지에 정신이 어지러운지 이내 머리를 쳐들었다.

"뭘 그리 보고 있어요?"

그 사람은 그제야 고개를 들고는 그녀를 향해 싱겁게 웃어 보였다.

"벼랑 끝을 볼 수 있을까 했는데, 너무 높아서인지 보이지 않는군."

선약연은 그 사람의 얼굴을 빤히 바라보았다.

"그런데 표정이 왜 그래요?"

"내 표정이 어떻기에 그러오?"

그녀는 냉랭한 코웃음을 날렸다.

"내가 당신을 안 지가 얼마나 되었는데 당신 속을 모를 줄 알아요? 지금 당신 얼굴은 무언가 일이 뜻대로 되지 않을 때 억지로 짓고 있는 가짜 웃음이 떠올라 있어요."

"당신이 나를 그렇게 잘 파악하고 있는 줄 몰랐는걸."

"말해 봐요. 당신이 계획한 대로 일이 완벽하게 마무리되었는데 왜 그런 표정을 짓고 있는 거죠?"

그 사람은 여전히 웃고 있었지만, 그 웃음은 아무런 감정의 빛도 담겨 있지 않은 공허한 것이어서 오히려 보는 사람의 마음을 불편하게 만들었다.

"일이 너무 잘 풀려서 말이오."

"전에도 그러더니 오늘도 마찬가지군요. 일이 잘 풀리면 좋은 거지, 뭐가 그리 불만이에요?"

그 사람은 머리를 긁적였다.

"계획한 대로 일이 딱딱 이루어지는 건 좋은 일이지. 그런데 내 경험상 정말 일이 처음에 계획한 대로 완벽하게 진행되는 경우란 극히 드물단 말이오. 특히 복잡하고 어려운 일일수록 더욱 그렇소."

"……."

"이정문과 신검무적은 지금까지 내가 상대해 온 인물들 중 가장 어렵고 무서운 사람들이오. 솔직히 둘 중 하나만 쓰러뜨리는 것도 나로서는 정말 큰 성과라고 할 수 있지. 그런데 이번에 나는 그들 두 사람을 모두 무너뜨렸소."

선약연은 아직도 영문을 모르겠는지 고운 눈썹을 살짝 찌푸렸다.

"그건 그만큼 당신이 세운 계획이 완벽했기 때문이 아닌가요?"

"나는 이번에 신검무적을 상대하기 위해 몇 가지의 계책을 준비해 놓았는데, 그중 가장 첫 번째 계책만으로 그를 제거해 버렸소. 애써 준비한 나머지 계책들을 사용해 볼 겨를도 없이 말이오."

"그래서 그 계책들을 사용해 보지 못해서 아쉽단 말인가요?"

"아무래도 무언가 미심쩍어서 말이오."

"뭐가 그렇게 미심쩍은가요?"

그때 어느새 그들 곁으로 다가온 백석기가 그들의 대화 사이에 끼어들었다.

"신검무적은 너무 쉽게 죽었소."

그 사람, 수전공자 혁리공은 고개를 끄덕이며 그의 말에 수긍의 빛을 띠었다.

"그렇소. 신검무적은 절대로 만만한 인물이 아닌데, 오늘은 너무 맥없이 당해 버렸단 말이오. 내 계획이 아무리 치밀하다고 해도 신검무적 같은 사람을 상대로는 완벽하게 통한다는 확신이 없었소. 그래서 나는 만약의 사태에 대비해서 추가로 몇 가지 계책을 더 준비했는데, 그는 내 기대와는 달리 제대로 반항도 해 보지 못하고 설벽 아래로 추락해 버렸소. 마치 일부러 뛰어내리기라도 한 사람처럼 말이오."

선약연은 어처구니가 없다는 표정을 했다.

"그게 말이 되는 소리예요? 아무리 신검무적이 뛰어난 고수라고 해도 저런 낭떠러지 밑으로 떨어지면 절대로 살아날 수 없어요. 그런데 왜 일부러 뛰어내린단 말이에요?"

"그러니 이상한 일 아니오? 아무리 생각해도 그럴 리가 없는데, 나는 꼭 그런 생각이 드니 말이오."

"그건 당신이 늘 비관적인 생각만 하고 다니기 때문이에요. 좀 더 긍정적인 사고관을 가져 봐요."

혁리공은 그녀의 독설에도 전혀 화를 내지 않고 여전히 가면과도 같은 미소를 짓고 있었다.

"비관적인 게 아니라 그만큼 치밀한 거요. 그래서 말인데, 백

형은 절벽 아래로 떨어진 자가 신검무적 본인이 분명하다고 생각하오?"

백석기는 주저하지 않고 고개를 끄덕였다.

"그는 신검무적이 맞소. 예전에 나는 그를 직접 본 적이 있어서 그의 기질과 눈빛을 잘 기억하고 있지."

"확신할 수 있소?"

혁리공이 되묻자 백석기의 두 눈에 날카로운 빛이 번뜩이고 지나갔다.

"내 눈을 의심하는 거요?"

혁리공은 재빨리 고개를 저었다.

"그럴 리가 있소? 서장제일기인이셨던 천애치수께서 신안(神眼)이라고 부르며 애지중지했던 사람의 눈을 믿지 못하면 누구를 믿는단 말이오?"

백석기의 눈빛이 한층 차가워졌다.

"선사의 존함을 함부로 꺼내지 마시오."

혁리공은 즉시 사과했다.

"미안하오. 그만큼 백 형의 실력을 믿는다는 걸 강조하다 보니 그분을 거론하게 되었소. 결코 본의는 아니니 백 형은 마음을 푸시오."

백석기도 그런 일을 가지고 혁리공을 오래 추궁할 생각은 없었다.

"아무튼 이정문과 함께 나타나서 절벽으로 떨어진 사람은 내가 만났던 신검무적이 확실하오. 그건 의심할 여지가 없소."

"그렇다면 이제 한 가지만 확인하면 되겠구려."

"그게 무엇이오?"

"절벽으로 떨어진 신검무적이 진짜로 죽었는지 그의 시신을 직접 찾아보는 것이오."

백석기와 선약연의 시선이 일제히 절벽 밑을 향했다. 괴괴한 어둠에 잠겨 있는 절벽 아래는 잠깐 내려다보는 것만으로도 모골을 송연케 했다.

"어떻게 말이오? 당신이 직접 내려가 보기라도 하겠단 말이오?"

"내가 왜 그런 귀찮은 짓을 하겠소?"

"그럼?"

"마침 나한테는 믿음직한 수하들이 몇 명 있소."

"그들이라고 해도 무슨 수로 이 절벽을 내려갈 수 있겠소?"

"직접 절벽을 타고 내려갈 수는 없지만, 남암궁의 뒤쪽을 돌아가면 비신대의 아래로 접근할 수 있소. 그래서 그들을 그리로 보냈소."

선약연이 무언가를 느낀 듯 짧은 탄성을 토해 냈다.

"아! 그래서 당신이 이곳에 늦게 온 거로군요."

"그렇소. 신검무적의 시신을 확인하지 않고서는 도저히 안심이 되지 않기에 수하들에게 비신대 밑을 뒤져 보라고 지시하느라 조금 늦게 온 거요."

백석기는 무언가 꺼려지는 것이 있는 듯한 표정이었다.

"하지만 남암궁에는……."

혁리공은 그가 무슨 말을 하려는지 알고 있는지 즉시 그의 말을 받았다.

"그녀는 지금 남암궁에 없소."

백석기는 여전히 불안감을 떨치지 못하는 모습이었다.

"그녀가 없는 게 확실하오?"

"그녀는 아들 때문에 잠시 자리를 비울 수밖에 없었소. 우리에게는 참으로 다행한 일이지. 덕분에 남암궁 근처에서 이렇게 활보할 수 있으니 말이오."

백석기는 혁리공의 미소 띤 얼굴을 가만히 바라보았다.

"그건 어떻게 알게 되었소?"

혁리공은 그 말에는 답하지 않고 오히려 되물었다.

"그녀의 아들을 불러낸 사람이 누구일 것 같소?"

"당신이란 말이오?"

"나는 서신만 전했을 뿐이지만, 어쨌든 그로 인해 그가 움직였으니 내가 불러낸 것이나 마찬가지라고 할 수 있지 않겠소?"

백석기는 한동안 물끄러미 그를 쳐다보다가 피식 웃고 말았다.

"결국 이번 일의 핵심은 편지 두 장이로군. 유중악도 편지 한 장으로 유인하더니 천하의 대엽진인마저 편지로 불러내다니. 천하에 당신처럼 편지라는 수단을 잘 사용하는 사람도 없을 거요."

"하지만 그래도 백 형의 도움이 없었으면 어려웠을 거요. 백 형 덕분에 이정문의 목줄을 잡지 않았다면 이번 일은 이루어지지 못했을 거요."

두 사람이 상대방을 치켜세우는 모습을 보고 있던 선약연이 약간은 못마땅한 표정을 지었다.

"서로의 얼굴에 금칠하는 건 그만하고 이제 일을 마무리 짓는 게 어때요? 밤이 늦어서 잠자리에 들 시간이 훨씬 지났단 말이에요.”

혁리공의 얼굴에 떠올라 있는 무심한 미소가 냉랭한 빛을 띠었다.

“그래, 깜박 잊고 있었군. 이제 질긴 인연 하나를 끊을 시기가
되었지.”

그의 시선이 천천히 한쪽에 쓰러져 있는 이정문에게로 향했다.

이정문은 그때까지도 제대로 몸을 가누지 못한 채 엉거주춤한
자세로 바닥에 앉아 있다가 혁리공이 자신에게 시선을 돌리자 이
를 악물고 간신히 자리에서 일어났다. 용케도 쓰러지지는 않았으
나 입가에 검붉은 선혈이 잔뜩 묻어 있고 낯빛이 시체처럼 창백해
서 낭패스럽기 이를 데 없는 처참한 몰골이었다.

그런 이정문을 바라보는 혁리공의 눈빛은 먹이를 눈앞에 둔 사
나운 늑대를 연상케 했다.

혁리공은 느릿느릿한 걸음으로 이정문에게 다가가더니 무슨
생각이 들었는지 돌연 번개 같은 동작으로 그의 맥문을 움켜잡았
다. 그 동작이 어찌나 빨랐던지 설사 이정문이 멀쩡한 상태였더라
도 피할 엄두조차 내지 못했을 것이 분명했다.

혁리공은 재빨리 이정문의 몸 상태를 확인했다.

'진기의 흐름이 가닥가닥 끊어지고 호흡이 일정치 않은 걸 보
니 심각한 내상을 입은 건 확실하군. 그렇다면 신검무적이 이정문
을 공격한 건 거짓이 아닌 게 분명한데…….'

그런데도 마음 한구석에 불안한 생각이 가시지 않는 건 선약연
의 말대로 자신이 너무 비관적인 인물이기 때문일까?

혁리공은 이정문의 두 눈을 한동안 가만히 응시했다. 고통으로

가득 차 있는 이정문의 눈빛은 아무리 봐도 일부러 지어낸 것이
아니었다.

"정식으로 인사를 나누는 건 이번이 처음인 것 같군. 이런 식의
만남이 될 줄은 몰랐는데, 어쨌든 반갑소. 혁리공이라 하오."

혁리공이 붙잡았던 손목을 놓으며 정중하게 인사하자 이정문
의 초췌한 얼굴에 말로 형용하기 어려운 씁쓸한 고소가 떠올랐다.

"나야말로…… 이런 모습으로 당신을 만나게 되리라고는 상상
도 하지 못했소. 내가 바로 이정문이오."

힘겹게 말을 내뱉는 와중에도 이정문의 입에서는 끊이지 않고
피가 흘러내리고 있었다.

혁리공은 그 모습을 뻔히 보고 있으면서도 전혀 내색하지 않고
태연한 표정으로 입을 열었다.

"당신이 나를 무척이나 애타게 찾고 있다는 말을 듣고 나도 만
나기를 기대해 왔소. 이렇게 직접 나를 보게 되니 기분이 어떻소?"

이정문은 허탈한 표정으로 반문했다.

"어떤 기분일 것 같소?"

혁리공은 슬쩍 입꼬리를 말아 올렸다.

"나는 당신이 아니니 당신의 기분을 알 리가 없지 않겠소? 하
지만 그다지 좋은 기분일 것 같지는 않구려."

"확실히 좋은 기분은 아니오. 당신은?"

"솔직히 약간은 아쉬운 생각이 드는구려."

"내가 기대에 못 미쳤다는 말이로군."

혁리공의 입가에 한 줄기 미소가 그려졌다.

"부인하지는 않겠소. 내가 듣기로 산수재는 정말 상대하기 힘든 사람이라서 어떤 순간에도 방심할 수 없다고 했는데, 조금은 맥이 풀렸다고나 할까. 역시 강호의 소문이란 그다지 믿을 게 못 된다는 걸 새삼 깨달았소."

은근히 자신을 조롱하는 말에도 이정문은 화를 내지 않고 오히려 초조한 표정으로 물었다.

"그녀는 어디에 있소?"

혁리공은 이런 상황에서도 자신의 연인만을 찾는 이정문의 모습에 다소 실망감이 들었으나 아무 말 하지 않고 오른손을 가볍게 쳐들었다.

그러자 그들에게시 조금 떨어진 숲 속에서 남녀 한 쌍이 모습을 드러냈다. 건장한 체구의 중년인과 풍만한 몸매의 젊은 여인이었다. 자세히 살펴보면 중년인의 오른손이 여인의 등에 살짝 닿아 있고, 여인이 그 때문에 몸을 제대로 움직이지 못한다는 것을 알수 있을 것이다. 여인의 얼굴은 제법 예쁜 편이었으나 지금은 창백하게 굳어져 있어 미모를 전혀 느낄 수가 없었다.

그녀를 본 이정문은 다급한 음성으로 소리쳤다.

"당신, 괜찮은 거야?"

그녀는 한동안 복잡한 빛이 담긴 눈으로 피에 젖은 이정문의 얼굴을 바라보더니 거의 알아차리기 힘들 만큼 살짝 고개를 끄덕였다.

"난 괜찮아요. 그런데 당신은……."

그녀의 음성은 금시라도 꺼질 듯 미약했으나 용케도 알아들었는지 비로소 이정문의 얼굴에 안도의 표정이 떠올랐다.

"그러면 됐어. 당신이 무사한 걸 확인했으니 나는 이제 어떠한 일이든 감당할 수 있어."

그녀가 다시 무어라고 입을 열려 했으나, 그때 혁리공이 그녀를 제지했다.

"두 사람 사이의 애틋한 이야기는 나중에 나누도록 하시오. 봐서 알겠지만 약속대로 그녀의 털끝 하나 건드리지 않고 잘 모시고 있었소."

이정문이 날카로운 눈으로 그를 돌아보았다.

"그녀를 풀어 주시오. 그게 우리 사이의 약속이지 않소?"

"한 가지만 확인하면 그녀를 무사히 돌려보내겠소."

"그게 무엇이오?"

혁리공은 턱으로 슬쩍 벼랑을 가리켰다.

"내 수하들이 신검무적의 시신을 찾기 위해 비신대 아래로 내려갔소. 그들이 돌아와서 신검무적의 죽음을 확인해 준다면 그녀는 즉시 자유의 몸이 될 수 있을 거요."

이정문은 머리를 흔들며 투덜거렸다.

"꼭 신검무적의 시신까지 확인해야겠소? 정말 치밀하다 못해 귀찮은 성격이군."

"당신이라도 마찬가지였을 거요. 아니, 나보다 훨씬 더 심하게 확인 과정을 거쳤을지도 모르겠군. 내가 들은 산수재에 대한 소문이 절반만 사실이라도 말이오."

"대체 무슨 소문을 들은 거요?"

혁리공은 이정문을 바라보며 빙긋 미소 지었다.

"정말 듣고 싶소?"

이정문은 눈을 찡그리며 그를 노려보다가 이내 고개를 흔들었다.

"아니, 듣고 싶지 않소. 별로 좋은 말일 것 같지 않으니 말이오."

"현명한 생각이오."

혁리공의 말에 이정문의 얼굴이 더욱 찌푸려졌다. 혁리공은 이정문의 그런 모습을 보면서 내심 득의의 웃음을 짓지 않을 수 없었다.

이정문은 사 년 전에 서장 무림의 최고기인이자 제일지자(第一智者)인 천애치수 단목초를 순전히 계략만으로 살해한 인물이었다. 그 때문에 서장 무림에서 그에 대한 평가는 극단적이었다.

누구는 그가 천하에서 가장 머리가 좋은 사람이라고 하기도 했고, 또 다른 이는 계략과 술수에 관한 한 당금 무림에서 첫손가락에 꼽을 만하다고 했다. 두뇌가 비상하고 심성이 악랄할 뿐 아니라 머릿속에 온갖 기괴한 수법들이 가득 담겨 있어 그의 표적이 되는 자는 절대로 살아남지 못할 거라고 떠드는 자들도 있었다.

그들은 천애치수가 죽은 원한보다는 천애치수 같은 뛰어난 인물조차 무너뜨린 그의 심계와 치밀한 머리에 더욱 큰 공포심을 가지고 있었던 것이다.

혁리공 또한 처음 이정문이 자신을 목표로 접근해 온다는 것을 알았을 때는 가슴 섬뜩한 두려움을 느끼지 않을 수 없었다. 하지만 그런 한편으로는 이정문과 당당히 계략으로 승부하여 그를 꺾고자 하는 호승심도 불같이 타올랐다.

그동안 많은 어려움이 있었지만, 이제 자신의 숙적이라고 할 수 있는 이정문이 좌절에 빠진 모습을 두 눈으로 직접 보게 되었으니 아무리 냉정하고 마음이 굳건한 혁리공이라도 짜릿한 기쁨과 흥분을 느끼지 않을 수 없었다. 더구나 강호제일의 검객이며 자신에게 두려움을 주었던 또 다른 존재인 신검무적 또한 함께 무너뜨리지 않았는가?

미심쩍은 상황과는 별개로 오랜 노력과 치밀하고 정교한 계획 끝에 자신의 의도가 정확하게 맞아떨어져 이러한 결과가 나온 것에 대해 혁리공은 스스로에게 찬사를 보내고 싶었다.

지금 그는 승자로서의 기쁨을 충분히 만끽하고 있었으며, 이 즐거움을 좀 더 누리고 싶었다. 그래서 이정문을 바라보며 다시 입을 열었다.

"그런데 당신은 혹시 알고 있소?"

"무얼 말이오?"

"내가 당신에게 한 약속은 오직 그녀의 무사귀환뿐이었소. 다시 말해서 당신 자신의 안전은 그 약속에 포함되어 있지 않다는 거요."

혁리공은 이정문의 잔뜩 구겨진 얼굴을 예상하며 말을 이었다.

"그러니 당신은 그녀의 안위보다는 스스로의 안위를 진지하게 고민해야 할 거요."

그러면서 혁리공은 통쾌한 웃음을 날리려 했다.

한데 막상 이정문의 얼굴을 본 혁리공은 당혹감을 느끼지 않을 수 없었다. 조금 전만 해도 절망과 좌절에 빠져 있던 이정문의 두 눈에 괴이한 빛이 일렁거리고 있음을 발견한 것이다. 그것은 지금까지 혁리공이 봐 온 이징문에게서는 볼 수 없었던 아주 날카롭고도 사람의 마음을 불안하게 만드는 냉정한 눈빛이었다.

그의 입에서 흘러나오는 음성 또한 눈빛만큼이나 차갑고 냉랭했다.

"물론 나는 알고 있소. 당신은 자신의 손에 직접 피를 묻히는 것을 싫어하여 아직 내게 손을 쓰지 않았지만, 그렇다고 나를 제거할 기회를 그냥 보낼 사람도 아니라는 걸 말이오."

혁리공은 절로 떨떠름한 표정이 되었다.

"나에 대해 잘 아는 것처럼 말하는구려?"

이징문의 얼굴에 떠올라 있던 여러 가지 표정들이 점차로 사라지며 가면을 씌운 듯 무심한 얼굴이 되었다. 그것이 산수재 이징문의 본모습임을 혁리공으로서는 알 수가 없었다.

"적어도 한 가지는 분명히 알고 있소."

"그게 무엇이오?"

"당신은 아직 누군가와 제대로 된 머리싸움을 해 본 적이 없다는 거요."

혁리공의 몸이 한 차례 움찔거렸다.

"내가 머리싸움을 해 본 적이 없다고? 지금까지 내가 짜 놓은 계획에 한 줌의 고혼으로 사라진 자들이 그 말을 들으면 어떤 표정을 지을지 궁금하군."

"물론 하잘것없는 자들과 싸워 승리를 취한 적은 있겠지. 하지만 진정한 강호의 머리싸움은 그런 게 아니오."

혁리공의 두 눈이 차가워지며 눈가에 스산한 살기가 어른거리기 시작했다.

"그래서 진정한 강호의 싸움을 많이 겪어 본 당신은 지금 그런 꼴로 내 앞에 있는 거요?"

"내 꼴이 뭐가 어때서? 당신이 만약 진짜 제대로 된 머리싸움을 해 봤다면 중요한 건 과정이 아니라 결과라는 걸 알았을 거요."

"……."

"그래서 일이 완전히 끝날 때까지는 절대로 상대를 경시하거나 조롱해서는 안 된다는 걸 절대로 잊지 않았을 거요."

그 말에 혁리공의 얼굴이 점차로 딱딱하게 굳어졌다.

"그 말은……."

"내 말은 아직 모든 일이 끝나지 않았다는 뜻이오."

이정문의 말이 채 끝나기도 전에 짧막한 비명 소리가 터져 나왔다.

"큭!"

혁리공이 돌아보니 육난음을 사로잡고 있던 중년인이 목을 부여잡은 채 휘청거리며 뒤로 물러나고 있었다. 손가락 사이로 시뻘건 핏물이 새어 나오는 모습이 참혹해 보였다.

쿵!

중년인은 채 두 걸음도 내딛지 못하고 그대로 바닥에 쓰러져 버렸다.

그와 함께 육난음의 몸은 어느새 나타난 푸른색 능라의를 입은 면사 여인의 품에 안겨 있었다.

혁리공은 중년인의 목에 꽂혀 있는 죽엽 모양의 암기와 면사 여인의 허리춤에 걸려 있는 옥대를 보고는 이내 표정이 굳어지며 짤막한 경호성을 터뜨렸다.

"죽엽배와 선녀대(仙女帶)? 신수옥녀로구나."

면사 여인은 자신이 안고 있는 육난음의 몸을 잠시 살펴보더니 이내 고개를 들어 혁리공을 쳐다보았다. 유난히 서늘하고 아름다운 두 눈에 서릿발 같은 안광이 어려 있었다.

"내가 바로 능자하예요. 내 사매에게 산공독(散功毒)을 썼군요."

신수옥녀 능자하는 강호제일의 암기 고수인 천수관음의 첫째 제자로, 육난음의 대사저(大師姐)였다.

혁리공은 돌연 나타난 능자하가 육난음을 구출하자 절로 불안한 생각이 들었다. 그녀가 이곳에 나타날 수 있었던 이유는 오직 하나밖에 없지 않겠는가?

그의 시선이 이내 이정문에게로 향했다.

"이정문. 과연 한 수가 남아 있었구나."

이정문은 여전히 입으로 피를 흘리고 있었지만, 표정과 안색은 눈에 띄게 밝아져 있었다.

"약소한 솜씨요."

"하지만 그녀 한 사람이 더 가세했다고 해서 오늘 일의 결과가 바뀔 수 없다는 건 잘 알고 있을 텐데? 아니면 나를 놀라게 할 절세의 무공이라도 익히고 있단 말인가?"

이정문은 혁리공의 살기 띤 말에도 전혀 표정이 변하지 않고 오히려 절레절레 고개를 흔들었다.

"당신을 놀라게 할 사람은 내가 아니오."

"그럼 누가……."

날카로운 음성으로 묻던 혁리공이 갑자기 입을 다물었다.

그들이 서 있는 절벽가에서 멀지 않은 곳에 위치한 커다란 바위가 흔들리더니 이내 옆으로 움직이며 동혈(洞穴) 하나가 나타났다. 그리고 그 동혈의 짙은 어둠 속에서 한 사람이 천천히 걸어 나오기 시작했다.

훤칠한 키에 무심한 눈빛을 지닌 그를 보자 혁리공의 입에서는 도저히 억누르기 힘든 신음성이 흘러나왔다.

"신검무적……."

제 318 장

심야혈전(深夜血戰)

제318장 심야혈전 (深夜血戰)

진산월을 처음 보는 사람이라면 누구나가 큰 키와 약간은 마른 체구, 그리고 왼쪽 뺨의 칼자국 때문에 차갑고 강인하다는 인상을 받게 된다. 조금 더 그를 만나 본 사람이라면 전신에서 흐르는 절제된 기도와 고적한 눈빛, 낮게 가라앉은 차분한 음성 때문에 무척이나 냉정하고 침착한 인물이라는 느낌을 받게 된다.

혁리공이 진산월을 만난 것은 이번이 세 번째였다. 그리고 이제 그는 진산월의 또 다른 면모를 보게 되었다.

서늘한 위엄이랄까? 무언가 범접하기 어려운 거대한 기세 같은 것이 그의 전신에서 퍼져 나와 주변을 자욱하게 뒤덮는 것 같았다.

마치 심령이 조여드는 듯한 그 섬뜩한 느낌은 혁리공으로서도 좀처럼 경험해 보지 못한 것이었다.

'아니, 예전에 한 번 이와 유사한 감정을 느낀 적이 있었던 것

같은데……'

잠시 상념에 잠겨 있던 혁리공은 어느새 오 장 앞까지 다가온 진산월을 발견하고는 퍼뜩 정신을 차렸다.

"진 장문인. 다시 만나게 되었구려."

어느새 평정을 되찾았는지 혁리공의 음성은 평소와 다름이 없었다.

진산월은 담담한 시선으로 그를 바라보았다.

"일전에 내가 분명히 말한 것으로 기억하는데……. 내 앞을 가로막으려거든 그만한 각오를 해야 한다고. 당신은 각오가 되어 있소?"

참으로 이상한 일이었다. 조용한 음색, 그리 크지 않은 음성이었건만 그것을 듣는 순간 혁리공을 비롯한 일대의 사람들은 차가운 빙굴 속에 들어간 듯한 싸늘함을 맛보아야 했다. 눈빛도 담담하고 음성 또한 차분하거늘 이러한 한기가 어디서 흘러나오는지 도무지 알 수 없는 일이었다.

혁리공은 물론 기억하고 있었다. 모산도의 추한산장에서 진산월은 자신을 똑바로 쳐다보며 지금처럼 담담한 표정으로 경고했었다. 그리고 그 말을 듣고 난 자신은 그를 위해 준비해 두었던 계획들을 모두 파기해야 했다. 그때 짜 두었던 계획들로는 도저히 그를 잡을 수 있다는 확신이 서지 않았기 때문이다.

하지만 지금 혁리공은 그때와는 비교도 할 수 없을 만큼 확실한 대책을 세워 둔 채 그를 맞이하고 있었다. 몇 번의 검토와 치밀한 준비 끝에 절대적인 승산을 가지고 일을 진행했던 것이다. 그럼에도 불구하고 혁리공은 자신이 오늘 밤 그를 쓰러뜨릴 수 있을지 확고한 자신이 서지 않았다.

조금 전만 해도 어떤 일이 벌어지든 그를 제거할 수 있다는 확신이 있었는데, 막상 그를 눈앞에 마주하게 되자 모든 확신이 물거품처럼 사라지고 희미한 불안감만이 가슴 한구석을 조금씩 채워 가고 있었다.

그 불안감을 억누르려는 듯 혁리공은 아무렇지도 않은 표정으로 어깨를 으쓱했다.

"신검무적을 상대하는 데 각오도 없이 덤비는 자가 있겠소? 그나저나 어떻게 된 거요? 절벽 아래로 떨어지는 걸 내 두 눈으로 분명히 보았는데 말이오."

진산월은 순순히 대답해 주었다.

"절벽에서 조금 떨어진 곳에 작은 동굴이 뚫려 있소. 그 동굴로 들어갔더니 저곳으로 나오더군."

혁리공은 혀를 찼다.

"허! 그런 건 미처 몰랐소. 그럼 사전에 이미 그곳에 암도(暗道)가 있다는 걸 알고 있었다는 말인데, 그건 아무래도 산수재의 솜씨 같구려."

혁리공이 돌아보자 이정문이 묵묵히 고개를 끄덕였다. 입에서 흘러나오는 피는 멎었지만 그의 안색은 아직도 핏기가 거의 보이지 않을 만큼 창백했고, 눈가에는 고통의 흔적이 여실히 남아 있었다.

아무래도 진산월에게 장력을 맞아 적지 않은 내상을 입은 건 분명해 보였다. 그랬기에 백석기와 혁리공 같이 눈치가 빠르고 영악한 인물들의 눈을 속일 수 있었던 것이니, 확실히 과감한 계획이라고 하지 않을 수 없었다.

혁리공도 그 점을 알아차렸는지 이정문을 보는 눈길이 조금 전과는 확연히 달라졌다.

이정문은 스스로의 몸을 이용하면서까지 완벽하게 혁리공을 속였고, 육난음의 사저인 능자하까지 끌어들여 육난음을 구출해 갔다. 그 과정의 치밀함과 과단성은 혁리공으로서도 감탄하지 않을 수 없을 정도로 대단한 것이었다.

"대체 비신대 절벽 아래 그런 암도가 있다는 건 어떻게 알았소?"

혁리공이 정말 궁금함을 참지 못하겠다는 듯 눈을 반짝이며 묻자 이정문은 특유의 퉁명스런 음성으로 대꾸했다.

"비신대 위쪽의 비승각은 지금은 점창파의 고수들이 머무르고 있지만 원래는 무당파의 양대 호법진인 중 한 분이신 현성 도장의 숙소였소. 그래서 현성 도장을 찾아가 비신대 일대의 지형에 대해 물어서 알게 되었소."

원래 그 암도는 비신대의 가파른 절벽 끝에 나 있는 작은 동혈이었는데, 우연히 그 동혈을 발견한 현성 도장이 동혈을 좀 더 깊게 파서 한 사람이 충분히 머무를 수 있는 공간을 만들었다. 현성 도장은 가끔 복잡한 일이 있거나 조용히 생각할 시간이 필요할 때 그 동혈을 이용했는데, 동혈 밖으로 보이는 비신대 주변의 절경이 워낙 뛰어나서 아예 절벽 위에서 편하게 출입할 수 있도록 반대쪽에 입구를 만들고 바위로 막아 두었던 것이다.

이정문은 혁리공이 일을 꾸미려는 곳이 비신대임을 알자 비신대 주변의 지형을 가장 잘 알 만한 인물을 물색하다 비승각의 원주인이 현성 도장임을 알아내고 비밀리에 그를 찾아가 절벽 아래에 동혈이 숨어 있음을 전해 듣게 되었다. 그래서 진산월과 상의하여 그 동혈을 이용해 그가 절벽 밑으로 추락한 것처럼 위장하는 계략을 꾸몄던 것이다.

그들의 동작 하나하나는 치밀하게 짜인 계획에 의한 것이었는데, 심지어 이정문이 진짜 부상을 입을 정도로 강하게 손을 쓰도록 한 것도 이정문 자신이 먼저 주장한 일이었다.

당시 진산월은 별로 반대 의견을 제시하지 않았고, 실제 상황이 되자 이정문이 순간적으로 공포에 질릴 정도로 무서운 장력을 날려 그를 당혹케 했는데, 덕분에 이정문은 일부러 연기할 필요도 없이 진짜로 피를 흘리며 고통에 신음하는 모습을 생생하게 보여 줄 수 있었다.

혁리공은 의문이 풀리자 오히려 홀가분한 표정이 되어 입가에 미소를 머금었다. 심지어 그는 이정문과 진산월을 향해 박수를 보내는 여유마저 보여 주었다.

짝짝!

"두 분의 치밀한 계략에 박수를 보내는 바이오. 첫 판은 내가 두 분께 깨끗이 당했다는 것을 확실히 인정하겠소."

말과는 달리 혁리공의 얼굴에는 조금도 낭패스럽거나 당황해하는 빛이 보이지 않았다.

"하지만 아직 밤은 길고, 우리 사이의 일도 이제 겨우 시작일 뿐이오. 사실 진 장문인이 그렇게 허무하게 추락사했다면 오히려 크게 실망했을 거요."

진산월과 이정문은 별다른 대꾸도 없이 혁리공을 바라보고 있었다. 그들 모두 혁리공이 이대로 물러나지 않으리라는 것은 너무도 잘 알고 있었다.

문제는 혁리공이 준비한 다음 수(手)가 과연 무엇이냐 하는 것이었다.

혁리공의 시선이 진산월에게 향했다.

"조금 전에 진 장문인은 내게 각오가 되어 있느냐고 물었는데, 이번에는 내가 묻고 싶소. 진 장문인도 각오는 되어 있소?"

"무슨 각오 말이오?"

혁리공의 입가에 떠올라 있는 미소가 조금 더 짙어졌다.

"저쪽을 한번 보시오."

진산월이 그가 가리킨 곳으로 시선을 돌렸다. 우측으로 십여 장 떨어진 숲 속에 돌연 횃불 하나가 나타나더니, 그 횃불의 불빛 사이로 희끗한 인영이 어른거렸다. 안력을 돋우어 보니 백의를 입은 청년 한 사람이 나무에 대롱대롱 매달려 있는 모습이 시야에 들어왔다.

이내 횃불이 꺼져 백의인의 모습은 짙은 어둠 속으로 사라져 버렸다.

하나 진산월은 백의인이 누구인지 단번에 알 수 있었다.

어찌 잊을 수 있겠는가?

비록 흐트러진 머리에 핼쑥한 낯빛을 하고 있었으나, 그는 다름 아닌 악자화였다. 어젯밤에 진산월에게 만나자고 편지까지 보내고서는 나타나지 않아 가슴을 졸이게 했던 악자화가 뜻밖의 장소에서 뜻밖의 모습으로 출현한 것이다.

혁리공은 횃불이 나타날 때부터 진산월의 얼굴 표정을 유심히 살펴보았으나, 진산월의 얼굴은 별다른 표정의 변화가 없었다.

분명 횃불 사이로 드러난 백의인이 한때 자신의 사제였던 악자화임을 알아보았을 텐데도 아무런 충격도 받지 않은 듯한 모습에 새삼 혁리공은 진산월이 정말 상대하기 까다로운 인물임을 절감하지 않을 수 없었다.

"누군지 알아보시겠소?"

진산월은 묵묵히 고개를 끄덕였다.

혁리공은 진산월의 얼굴에서 눈을 떼지 않은 채 재차 입을 열었다.

"원래 귀 사제를 좀 더 적절히 사용하려 했으나, 그 정도로는 진 장문인을 위태롭게 할 수 없다고 판단하고 잠시 보류해 두었소."

진산월은 불쑥 물었다.

"그를 어쩔 셈이오?"

"쓸모없는 장기 말은 폐기하는 게 당연하니 그가 어떤 운명을 맞이하게 될지 진 장문인도 한번 상상해 보시오."

"……!"

"설사 진 장문인이 내가 준비한 수를 모두 파훼한다고 해도 귀 사제의 운명은 달라지지 않을 거요. 그러니 진 장문인도 오늘 밤 사제 한 사람쯤은 잃어버릴 각오를 해야 할 거요."

혁리공이 진산월의 마음을 흔들 생각으로 이런 말을 했다면 그의 계획은 절반의 성공을 거둔 셈이었다.

진산월의 표정은 여전히 변함이 없었지만, 무심히 늘어져 있던 그의 오른손이 천천히 허리춤에 매달려 있는 용영검을 향해 움직였던 것이다. 그와 함께 모골을 송연하게 하는 싸늘한 기운이 삽시간에 좌중을 뒤덮을 듯 구름처럼 일어났다.

하나 혁리공의 신형은 어느새 뒤로 오 장이나 물러나 있었다.

동시에 진산월의 사방에서 몇 개의 그림자가 빠르게 달려들었다. 그 속도는 눈으로 보고도 믿을 수 없을 정도로 엄청난 것이었다.

파파파파팍!

진산월의 전신을 난도질할 듯한 무시무시한 섬광이 폭포수처럼 퍼부어졌다. 그 섬광 하나하나에 실린 경력은 능히 바위를 두부처럼 갈라 버릴 정도로 막강한 것이었다.

그 순간, 진산월은 출수를 했다.

따따따땅!

마치 쇠구슬이 철판을 가격하는 듯한 음향이 거푸 터져 나오며 그토록 무서운 기세로 날아들던 섬광이 부서진 햇살처럼 사방으로 튕겨져 나갔다. 그리고 안개인지 연기인지 모를 뿌연 검기가 구름처럼 피어올랐다. 전(全) 강호를 두려움과 경이에 떨게 했던 절세무적의 유운검법이 드디어 다시 모습을 드러낸 것이다.

일단 진산월의 손에서 유운검법이 펼쳐지자 장내가 온통 번쩍이는 검광의 소용돌이에 휩싸여 버렸다. 설사 금강동인(金剛銅人)이라 할지라도 그 구름처럼 일렁이는 검광 속에서 단 한순간도 버티지 못할 것 같았다.

그런데 기이한 일이 벌어졌다. 허공으로 튕긴 채 산산이 비산 (飛散)될 줄 알았던 섬광들이 튀어 오른 것보다 더욱 빠른 속도로 떨어져 내리며 재차 진산월의 전신을 에워싸는 것이다. 개중에는 단순히 위에서 아래로 움직이는 게 아니라 곡선을 그리며 날아오는 것도 있었다.

그와 함께 무섭게 퍼져 나가던 검광이 급속도로 축소되며 검광에 가려졌던 장내의 광경이 서서히 드러나기 시작했다.

진산월은 여전히 검을 휘두르고 있지만, 그 속도와 위세는 처음에 비해 확연히 줄어들고 있었다. 그의 주위에는 모두 여덟 명의 흑의인들이 팔방(八方)을 에워싸고 있었는데, 흑의인들의 손에서 뻗어 나온 섬광들이 삼엄한 검기의 소용돌이를 뚫고 그의 전신을 그물망처럼 조여 가고 있는 모습이 무척이나 인상적이었다.

'이게 어찌 된 일이지? 저 섬광들이 대체 무엇이기에 신검무적의 검기로도 끊어 내지 못한단 말인가?'

이정문은 비록 무공 실력은 그리 대단하지 않았지만, 안목에 관한 한은 나름대로 뛰어난 수준을 자랑하고 있었다. 그런 이정문조차도 지금 자신의 눈앞에서 벌어지고 있는 광경이 쉽사리 이해가 되지 않았다.

금석(金石)이라도 종잇장처럼 베어 버리는 가공할 위력을 지닌 진산월의 검기에 격중당하고도 단 한 줄기의 섬광도 맥없이 사그라지지 않았다. 지금도 서릿발 같은 검기에 섬광 한 줄기가 정통으로 맞았음에도 단지 한 차례 허공으로 튕겨 올랐다가 이내 다시 원래의 위치로 빠르게 되돌아오고 있는 모습이 시야에 들어왔다.

이정문은 안력을 잔뜩 돋우고 나서야 그 섬광들이 은빛 비늘로 뒤덮여 있는 특이한 밧줄들임을 알 수 있었다. 밧줄의 굵기는 어른의 새끼손가락 정도에 불과했고 눈에 잘 띄지 않는 작은 비늘로 이루어져 있어, 지금같이 짙은 어둠 속에서는 그저 한 줄기 섬광으로밖에 보이지 않았던 것이다.

'밧줄의 재질이 무엇으로 이루어져 있기에 신검무적의 검기를 감당해 낸단 말인가? 그리고 보니 예전에 저런 특이한 밧줄이 있다는 말을 얼핏 들었던 것 같은데…….'

잠시 생각에 잠겨 있던 이정문의 눈이 여느 때보다 날카롭게 번뜩였다.

'은빛 밧줄……? 그렇구나. 서장 무림의 칠대기물 중 하나라는 은혼삭(銀魂索)이로구나. 그렇다면 저들은…….'

은혼삭은 천하에서 가장 질기다는 은린사(銀鱗蛇)의 껍질을 특이한 방법으로 담금질하고 그 안에 독각응룡(禿角應龍)의 힘줄을 접합하여 만들어 낸 특이한 밧줄이었다. 질기면서도 신축성이 좋아서 아무리 날카로운 병기에도 잘리지 않고 인력(人力)으로는 절대로 끊을 수 없다고 알려져 있는 기물 중의 기물이었다.

이 은혼삭은 그 자체의 위력만으로도 가치가 있지만, 그 효용성을 가장 잘 살리는 방법은 그것으로 사람을 포박하는 것이었다. 일단 묶기만 하면 제아무리 천하에 다시없는 고수라 할지라도 혼자의 힘으로는 절대로 은혼삭을 벗어날 수 없었다.

아마 은혼삭의 제조가 손쉬웠다면 그로 인해 수많은 고수들이 커다란 어려움을 겪었을 것이다.

다행히 은혼삭의 재료인 은린사의 껍질과 독각응룡의 힘줄은 구하기가 너무도 힘들었고, 그것들을 결합하는 방법 또한 비전 중의 비전이어서 서장에서조차 은혼삭을 보기란 쉬운 일이 아니었다.

서장에서 은혼삭의 제작 비법을 유일하게 알고 있는 문파는 은월문(銀月門)이었는데, 그들조차도 대여섯 가닥의 은혼삭밖에는 보유하고 있지 않았고 그 길이조차 일 장 정도에 불과해서 사용상에 제약이 많았다.

그런데 십여 년 전 은월문의 문주가 우연히 독각응룡과 은린사를 모두 구하는 절세의 행운을 얻게 되었고, 그 결과 은월문에서는 오 장 길이의 은혼삭을 무려 여덟 개나 제작할 수 있었다. 그 은혼삭의 품질 또한 지금까지와는 비교도 할 수 없을 만큼 뛰어나서 그들은 커다란 기대를 하게 되었다.

그로부터 몇 년 후에 서장 무림에는 허리춤에 기다란 밧줄을 동여맨 여덟 명의 고수들이 등장했는데, 그들이 펼치는 특이한 합격진에 일단 걸리게 되면 그들의 손에서 줄기줄기 뿜어져 나오는 은혼삭의 거대한 그물망에 갇혀 누구도 벗어나지 못했다.

그들이 바로 서장십이기 중의 서열 삼위이며 은월문의 최대 자랑인 신포팔월(神捕八月)이었다.

눈앞의 흑의인들은 바로 그 신포팔월임이 분명했다.

그들의 등장이 그리 오래되지 않았고 함부로 사람을 죽이지 않아 명성 자체는 널리 알려져 있지 않았지만, 그들에 대해 조금이라도 알고 있는 사람이라면 그들이 서장 무림의 어떤 고수보다도 상대하기 어려운 자들임을 인정하지 않을 수 없을 것이다. 심지어 서장십이기 중의 누구라 해도 그들이 펼치는 팔방마라진(八方魔羅陣) 안에 갇히게 되면 도저히 빠져나오지 못할 거라고 믿는 자들도 적지 않았다.

진산월의 상황도 그리 좋아 보이지는 않았다.

진산월이 펼치는 용영검의 날카로운 검기로도 은혼삭을 잘라 낼 수는 없었다. 진산월이 그 점을 분명히 인식했을 때 이미 그의 사방은 은혼삭에 둘러싸여 빠져나갈 구멍이 보이지 않았다. 어느 사이엔가 수십 가닥으로 불어난 은혼삭은 하늘을 뒤덮는 거대한 그물처럼 그의 전신을 조금씩 조여 오고 있었다.

흑의인들의 양손에 들린 은혼삭은 두 겹, 세 겹으로 마구 불어 났다. 그 은혼삭의 한쪽 가닥은 다른 방향에 위치한 사람의 손에 들어갔다가 손목에 휘감긴 채 이내 또 다른 방향으로 이동했는데, 그 때문에 아무리 눈을 크게 뜨고 보아도 어느 가닥이 어떻게 꼬여 있는지 전혀 알아볼 수 없었다.

휙휙!

진산월이 움직일 수 있는 반경이 좁아질수록 신포팔월의 움직임은 한층 더 민첩해졌다. 수시로 서로의 위치를 바꾸어 이동하는 그들의 동작이 어찌나 빠른지 마치 여덟 개의 허깨비가 이리저리 움직이는 것 같았다. 그리고 그때마다 진산월의 주위를 에워싼 은혼삭의 가닥은 더욱 복잡하게 엉키고 있었다.

그런 상태로 은혼삭이 조여들자 누가 보기에도 진산월의 몸이 곧 은혼삭에 꽁꽁 묶인 고치 신세가 되어 버릴 것만 같았다.

진산월이 휘두르는 용영검의 영역도 급속도로 축소되어 이제
는 검기가 솟구치는 거리가 채 반 장도 되지 않았다. 머리 위를 올
려다보거나 아래를 내려다보아도 이미 은혼삭이 촘촘하게 쳐져
있어 도저히 뚫고 나갈 곳이 보이지 않았다.

옆에서 지켜보고 있던 이정문의 안색이 어두워졌다. 아무리 생
각해 보아도 진산월이 신포팔월의 은혼삭을 벗어날 방법이 떠오
르지 않았던 것이다.

'역시 강호는 넓고 고수는 구름처럼 많구나. 저런 식의 수법으
로 강호제일검객의 검을 막아 낼 수 있다니.'

자신이 진산월이라도 도저히 은혼삭의 공세에서 빠져나올 수
있을 것 같지 않았다.

그렇다고 변변치 않은 자신의 실력으로 저 숨 막히는 전장 속
에 뛰어들어 진산월을 도울 수도 없었다.

이정문이 가슴을 졸이며 지켜보고 있는 와중에도 진산월의 주
위를 에워싼 은혼삭의 그물망이 조금씩 좁혀 들더니 마침내 손만
내밀어도 닿을 만큼 가까워졌다.

그때 갑자기 진산월은 맹렬하게 휘두르던 용영검을 멈추었다.

마치 자포자기한 듯한 그 모습에 이정문의 가슴이 덜컥 내려앉
았다.

은혼삭의 접근을 막던 용영검의 검기가 사라지자 진산월의 몸
을 둘러싼 은혼삭의 반경이 급속도로 좁아졌다.

그리고 막 진산월의 전신이 은혼삭에 꽁꽁 묶이려는 순간, 갑
자기 우두커니 서 있던 진산월의 몸이 빠르게 회전하기 시작했다.

휘이잉!

그와 함께 그의 주위에 있던 은혼삭이 그의 몸을 칭칭 감으며 급속도로 짧아졌다. 그럼에도 진산월의 몸은 회전을 멈추지 않았다. 그것은 마치 사막 한가운데에서 한 줄기 용권풍(龍捲風)이 거세게 소용돌이치는 듯한 광경이었다.

은혼삭을 잡고 있던 여덟 명의 흑의인들이 미처 대비하기도 전에 짧아진 은혼삭을 따라 주르르 끌려오기 시작했다.

"어엇?"

흑의인들은 대경실색하여 사력을 다해 끌려가지 않으려고 발버둥 쳤으나, 진산월의 몸이 회전하는 기세가 워낙 강렬하여 삽시간에 주르르 끌려오고 말았다.

그들이 은혼삭에 칭칭 감긴 채 미친 듯이 회전하고 있는 진산월의 몸에 거의 닿을 즈음, 진산월의 몸이 이번에는 반대 방향으로 돌기 시작했다.

흑의인들 중 몇몇은 어찌 된 사정인지 알고 은혼삭을 놓고 뒤로 물러나려 했으나, 이미 은혼삭은 그들의 손과 팔에 복잡하게 뒤엉켜 있어서 도저히 단시간 내에 풀어낼 수가 없었다.

반대 방향으로 회전하는 진산월의 신형을 따라 그의 몸을 고치처럼 휘감고 있던 은혼삭이 급속도로 풀려났다. 그와 함께 은혼삭 사이로 용영검이 움직일 수 있는 공간이 생겨났다. 흑의인들은 사력을 다해 몸을 날렸으나, 그때는 이미 용영검이 움직이기 시작한 후였다.

파앗!

용영검 특유의 우윳빛 검광이 피어오르는 순간, 시뻘건 핏물과 함께 처절한 비명이 장내를 뒤흔들었다.

"크아악!"

"아악!"

대여섯 명의 흑의인들이 거의 동시에 피 분수를 뿜으며 사방으로 튕겨 나갔다. 무사한 사람은 단 두 명에 불과했는데, 그들조차도 채 한 걸음을 더 내딛기 전에 또다시 일렁이는 검광에 피를 뿌리며 쓰러져야 했다.

너무도 짧은 순간에 벌어진 의외의 급변에 이정문은 물론이고 혁리공 또한 일시지간 넋을 잃고 멍하니 장내를 지켜보고 있었다. 그들 중 누구도 그토록 삼엄하고 막강해 보였던 신포팔월의 은혼삭 공세가 이리도 허무하게 무너지리라고 생각한 사람은 없었다.

툭툭!

진산월은 그 자리에 우뚝 선 채로 자신의 몸에 휘감겨 있는 은혼삭을 하나씩 풀어 나갔다.

꽁꽁 묶였다면 아무리 진산월이라도 혼자의 힘으로 은혼삭을 풀 수 없겠지만, 양쪽으로 회전하면서 생긴 반발력 때문에 몸을 운신할 공간은 충분히 남아 있었다.

조금 전에 그가 펼친 것은 종남파의 비전신법인 곤지룡(滾地龍)을 즉흥적으로 변형시킨 수법이었다. 원래 곤지룡은 자신의 몸을 회전시켜 상대의 하체를 공격하는 신법이었는데, 그 곤지룡에 와선보(渦旋步)와 천단신공 중의 전륜결(轉輪訣)을 혼합하여 독창적인 수법을 만들어 낸 것이다.

그 방식의 기발함은 말할 것도 없고, 회전하는 기세의 가공함은 직접 보지 않았다면 누구도 믿지 못했을 정도로 엄청난 것이었다. 자신의 몸을 도구 삼아 상대를 끌어들이는 순간적인 기지와, 여덟 명이나 되는 신포팔월이 속절없이 끌려올 정도의 강력한 기세가 만들어 낸 놀라운 광경이었다.

진산월이 전신을 거의 감다시피 하고 있는 은혼삭에서 완전히 빠져나온 다음에야 비로소 혁리공은 퍼뜩 정신을 차렸다. 그리고 자신이 방금 아주 절호의 기회를 놓쳤다는 것을 깨달았다.

조금 전에 진산월은 비록 은혼삭에 몸이 묶인 상태는 아니었으나 분명한 행동의 제약이 있었다. 그때를 놓치지 않았다면 어쩌면 대어(大魚)를 낚을 수 있었음에도 혁리공은 순간적인 놀라움 때문에 그 기회를 그냥 흘려보내고 말았던 것이다.

그것은 진산월이 너무도 태연한 얼굴로 은혼삭을 한 가닥씩 풀었던 탓도 있었다. 만약 그가 조금이라도 다급한 표정을 보였다면 혁리공이 좀 더 빨리 상황을 파악하고 조치를 취했을지도 몰랐다.

어쨌든 진산월은 무사히 은혼삭의 공세에서 빠져나왔고, 혁리공이 믿고 있던 신포팔월은 자신들이 흘린 피바다 속에 누운 신세가 되고 말았다.

진산월은 용영검을 든 채로 혁리공을 향해 성큼 한 걸음을 내디뎠다. 이미 혁리공을 제거하기로 마음을 굳혔는지 그의 태도에는 한 치의 주저함도 보이지 않았다.

혁리공은 조금 전에 비해 확연히 굳어진 얼굴로 그를 쏘아보았다.

"과연 호락호락하지 않군. 이번에도 살아 나올 수 있다면 기꺼이 상대해 주지."

혁리공은 오른손을 번쩍 쳐들었다.

무심한 표정으로 그를 향해 걸음을 내딛던 진산월이 갑자기 몸을 멈추고 한쪽을 쳐다보았다.

짙은 어둠에 잠긴 숲 속에서 몇 개의 인영이 새롭게 모습을 드러냈다.

그들은 죽립(竹笠)을 깊게 눌러쓴 네 명의 황포인이었다. 황포인들의 체구는 제각각이었으나 하나같이 전신에서 삼엄한 기도를 흘려 내고 있어 범상치 않아 보였다.

네 명의 황포인은 순식간에 진산월의 사위(四圍)를 에워싸고는 이내 조금씩 다가오기 시작했다.

진산월은 그들을 차례로 훑어보았다. 상당한 실력을 지닌 고수들임은 한눈에 알 수 있었다. 특히 그들의 몸에서 흘러나오는 기운은 상당히 독특한 것이었다. 적어도 중원 문파의 그것은 절대로 아니었다.

너무도 이질적인 그 기운은 낯섦과 동시에 경각심을 불러일으켰다.

하나 진산월은 주의는 하고 있을지언정 걱정하거나 두려워하지는 않았다. 그들이 아무리 독특하고 신기한 무공을 익히고 있다고 할지라도 싸움의 승패는 결국 누가 더 빠르고 강하느냐로 결정되는 것이다. 변칙은 잠깐의 우세를 차지할 수는 있으나, 결국은 정통에 밀릴 수밖에 없었다. 그것이 만고불변(萬古不變)의 진리(眞理)였다.

순식간에 진산월을 사방에서 포위한 네 명의 황포인들 중 한 사람이 일언반구 말도 없이 진산월을 향해 달려들었다. 별다른 변화나 기교도 없이 일직선으로 곧장 덤벼 오는 그의 몸은 허점투성이여서 진산월이 아닌 웬만한 검객이라도 단숨에 베어 넘길 수 있을 것만 같았다.

진산월은 주저하지 않고 용영검으로 그의 가슴을 갈라 버렸다.

팟!

용영검의 서릿발 같은 검기가 그의 가슴을 가르고 지나가며 잘린 황포 자락이 허공에 나부꼈다. 그런데 이상하게도 피가 튀거나 비명 소리가 들리지 않았다.

진산월은 용영검으로 황포인의 가슴을 베는 순간, 마치 끈적끈적한 아교 덩어리를 베는 듯한 감촉을 느꼈다. 도저히 사람의 몸을 베는 것 같지 않았다.

아니나 다를까? 베어진 황포 자락 사이로 훤히 들여다보이는 황포인의 가슴에는 선명한 혈선(血線)이 그어져 있었다. 하지만 혈선의 한쪽 끝에 피 한 방울이 맺혀 있을 뿐, 피부가 갈라지거나 핏물이 뿜어 나올 기색은 전혀 보이지 않았다.

그러는 사이에도 황포인은 전력을 다해 진산월을 향해 달려들고 있었다. 죽립 아래로 살짝 드러난 황포인의 입에서 흘러나오는 거친 숨소리가 진산월의 귓전에 생생하게 들려왔다.

진산월은 용영검을 위에서 아래로 재차 내리그었다.

쫘악!

황포인이 쓰고 있던 죽립이 반으로 갈라지며 그의 얼굴이 송두리째 드러났다. 빡빡 깎은 머리에 흉광이 이글거리는 두 눈이 무척이나 거칠고 사납게 느껴졌다.

황포인의 이마에서 코를 지나 아래턱까지 붉은 선이 쭈욱 그어지며 시뻘건 핏물이 주르르 흘러내렸다. 하나 황포인은 조금도 몸을 멈추지 않았다. 놀랍게도 바위조차 단숨에 갈라 버리는 진산월의 검을 정면으로 맞고도 황포인은 단지 피부가 갈라지는 것에 그쳤던 것이다.

그때는 이미 그와 진산월의 사이가 지척에 불과해서 도저히 재차 검을 휘두를 공간이 남아 있지 않았다.

팟!

진산월의 용영검이 다시 한 차례 번뜩였다. 팔과 팔이 맞닿아 몸을 제대로 움직이기도 힘든 그 짧은 거리에서 진산월은 용영검으로 정확하게 황포인의 목덜미를 찔렀던 것이다.

이번에는 그토록 강인한 황포인의 몸도 더 이상 버텨 내지 못했다. 용영검은 단숨에 황포인의 목덜미를 관통하여 목뒤로 삐져나왔다.

황포인은 두 눈을 찢어질 듯 부릅뜨며 양손으로 자신의 목을 관통한 용영검을 움켜잡았다.

진산월은 용영검을 잡아 빼려 했으나, 어찌 된 일인지 검이 꿈쩍도 하지 않았다. 자세히 보니 검에 관통당한 황포인의 목덜미 근육이 바짝 수축되어 피 한 방울 흘러내리지 않았다. 게다가 용영검을 힘껏 움켜잡고 있는 황포인의 손에는 눈에 잘 뜨이지 않는 얇은 장갑이 씌여 있었는데, 그 장갑의 손바닥 부분에는 깨알같이 작은 빨판 모양의 흡착판이 잔뜩 달려 있었다.

그러니 아무리 진산월이라도 일시지간은 황포인의 목에서 검을 뽑을 수가 없었다.

바로 그 순간에 다시 두 명의 황포인이 양쪽에서 달려들었다.

이미 작심을 했는지 죽립마저 팽개친 채 무서운 기세로 덤벼드는 두 황포인의 머리는 목을 관통당한 황포인과 마찬가지로 머리카락 한 올 없이 파르스름하게 깎여 있었다.

계인(戒印)이 없는 민머리에 황포 사이로 언뜻 보이는 특이한 붉은빛 염주 모양의 목걸이를 보는 순간, 이정문의 입에서 짤막한 경호성이 터져 나왔다.

"소뢰음사(小雷音寺)의 혈라마(血喇嘛)들이구나!"

뇌음사는 원래 천룡사(天龍寺)와 함께 서장의 가장 대표적인 사찰이었다.

그들은 서장 밀교의 주도권을 놓고 오랜 다툼을 벌였는데, 사십여 년 전에 천룡사에서 아난대활불이라는 희대의 천재가 등장한 이후 천룡사가 뇌음사를 누르고 서장을 아우르는 최고의 세력이 되었다.

뇌음사의 승려들 중 과격한 교리로 무장한 일단의 승려들이 추방되어 자신들만의 독자적인 분파를 세웠으니 그것이 바로 소뢰음사였다. 소뢰음사가 세워진 후 그들과 구분하기 위해 원래의 뇌음사를 대뢰음사(大雷音寺)로 부르기도 했다. 소뢰음사의 승려들은 피로 세상을 정화시키는 혈불(血佛)을 믿는 자들이어서 붉은색 염주를 신물로 삼았는데, 그래서 그들을 혈라마라고 칭했다.

아난대활불의 등장 이후 대뢰음사는 은인자중하면서 좀처럼 모습을 드러내지 않았고, 소뢰음사의 고수들 또한 전혀 보이지 않았었는데 의외의 장소에서 소뢰음사의 혈라마들이 나타났으니 실로 뜻밖의 일이 아닐 수 없었다.

소뢰음사의 무공은 정통을 숭상하는 뇌음사와는 달리 괴팍하고 사이(邪異)하기 이를 데 없어서 처음 그들의 무공을 접하는 사람들을 당혹케 만들기 일쑤였다.

지금도 검에 목을 꿰뚫린 상태에서도 여전히 검을 놓지 않고 있는 혈라마의 모습은 보는 이의 모골을 송연하게 하는 기괴한 것이었다.

진산월은 혈라마의 목에 꽂혀 꼼짝도 않고 있는 용영검을 놓으며 양손을 옆으로 내뻗었다. 태진강기가 실린 대천장이 양쪽에서 덤벼드는 혈라마들의 가슴을 사정없이 가격했다.

콰쾅!

두 번의 폭음이 연거푸 울리며 그들의 신형이 허공으로 한 차례 떠올랐다가 내려앉았다. 대천장의 위세가 어찌나 강력했던지 그들의 가슴이 움푹 꺼졌고, 입과 코로 시커먼 핏물이 뿜어져 나왔다.

그럼에도 불구하고 그들은 여전히 달려드는 동작을 멈추지 않았고, 각기 진산월이 내민 두 팔을 끌어안았다.

휘리릭!

미처 내민 양팔을 회수할 사이도 없이 그들에게 잡힌 진산월은 있는 힘껏 두 팔을 휘저었다. 그가 사용한 것은 장쾌장권구식 중의 삼환투일을 좀 더 크게 변환한 것으로, 아무리 강한 고수라도 그 회전하는 위세를 감당하지 못하고 나가떨어지는 게 상리였다.

하나 두 명의 혈라마는 그의 팔이 회전하는 대로 몸이 끌려오면서도 두 팔과 두 다리를 사용하여 자신들이 부여잡은 진산월의 팔을 더욱 강력하게 끌어안았다.

쿵쿵!

그들의 몸이 몇 차례나 세차게 바닥에 부딪쳤으나 오히려 진산월의 팔에 가해지는 압력은 조금도 줄어들지 않았고, 마침내 진산월도 더 이상은 양팔을 마음먹은 대로 휘두를 수가 없게 되었다.

그리고 그 순간을 기다리기라도 했다는 듯 마지막 남은 혈라마가 어느 사이에 진산월의 뒤로 다가와 그의 목과 몸통을 사지로 조이기 시작했다.

뿌드드득!

뼈마디가 으스러지는 듯한 음향과 함께 진산월의 얼굴에 살짝 붉은 기가 감돌았다.

장검을 놓치고 두 팔과 등 뒤를 각기 한 명씩의 혈라마에게 붙잡힌 진산월은 강철 기둥이라도 구부러뜨릴 것 같은 강력한 조임에 눌려 손가락 하나 까닥할 수 없었다.

이를 본 혁리공의 눈에 순간적으로 희색이 감돌았다.

'과연 소뢰음사의 비술(祕術)은 대단하구나. 이대로라면⋯⋯.'

네 명의 혈라마들은 소뢰음사의 사대존자(四大尊子)들로, 소뢰음사가 자랑하는 신비의 기공(奇功)을 익힌 자들이었다. 그 기공은 천축 비전의 유가술(瑜伽術) 중에서도 가장 괴이한 유마환영대법(幽魔幻影大法)이라는 것인데, 이 대법을 완성하게 되면 도검으로도 쉽게 잘리지 않고 철퇴에 가격당해도 부서지지 않는 강인한 육체를 얻을 수 있다고 한다.

그들이 진산월의 팔다리를 묶는 수법 또한 혈복찬(血蝠饌)이라는 것으로, 박쥐 떼가 먹이를 잡는 모양을 본떠서 만들어 낸 기이하기 이를 데 없는 무공이었다. 일단 혈복찬에 몸의 일부분이라도 붙잡히게 되면 유마환영대법으로 이루어진 혈라마의 신체를 파훼하지 않는 한 벗어나기가 불가능했다.

진산월은 몇 차례나 공력을 가득 끌어올려 팔다리를 움직이려 했으나, 거머리처럼 달라붙은 혈라마들을 떼어 낼 수는 없었다. 오히려 그들의 몸이 서로 얽혀 들면서 몸을 움직이기는커녕 숨쉬기조차 힘들어질 정도였다.

그 모양은 영락없이 몇 겹으로 둘러싼 채 먹이에 달라붙어 피를 빨아 먹고 있는 박쥐 떼를 연상케 했다.

진산월이 세 명의 혈라마들에게 붙잡혀 꼼짝도 못하고 있는 사이에 검에 목을 관통당한 혈라마가 움켜쥐고 있던 용영검을 서서히 잡아 뽑기 시작했다.

스으으…….

자신의 목에 꽂혀 있는 검을 스스로 잡아 뽑는 광경은 괴기스럽기 이를 데 없는 것이었다. 더욱 섬뜩한 것은 뽑혀 나온 검에 단 한 방울의 피도 묻어 있지 않다는 것이었다. 검이 뽑혀 나온 자국 또한 겉으로 보아서는 알아차리기 힘들 만큼 급속도로 아물고 있었다.

마침내 검을 모두 잡아 뽑은 혈라마는 용영검을 들고 천천히 진산월에게 다가갔다. 진산월은 그때까지도 세 명의 혈라마가 펼친 혈복찬의 수법에 갇혀 꼼짝도 못하고 있었다.

혈라마의 손에 들린 용영검이 점차로 올라가며 진산월의 얼굴 쪽으로 다가왔다. 평상시에는 더할 수 없이 믿음직해 보였던 우윳빛 검광이 지금은 여느 때보다 차갑고 음산하게 느껴졌다.

진산월은 유마환영대법 같은 건 익히지 않았으니 날카롭기 그지없는 용영검의 검날을 막아 낼 수 있을 리 없었다. 아무리 그가 태을신공을 대성했다고 해도 이런 거리에서 찔러 오는 용영검에 격중되면 참혹한 꼴을 면치 못할 것이 분명했다.

막 혈라마가 징그러운 미소를 지으며 잡고 있던 용영검으로 진산월의 이마를 찌르려는 순간, 진산월이 돌연 그를 향해 세찬 입김을 내뿜었다.

훅!

진산월이 뿜어낸 입김은 혈라마의 눈에 그대로 격중되었다.

쾅!

폭음이 터졌건만 비명은 없었다. 혈라마는 눈알이 부서지는 충격에 입을 딱 벌리고 양손으로 자신의 눈 부위를 움켜잡았다. 벌어진 손가락 사이로 시뻘건 핏물이 주르르 흘러내리는 광경이 너무도 참혹해 보였다.

혈라마가 양손으로 눈을 잡는 바람에 그의 손에 들렸던 용영검이 바닥으로 떨어졌다. 막 용영검이 바닥에 닿으려는 순간, 진산월이 다시 한 차례 입김을 내뿜었다.

그러자 용영검이 마치 보이지 않는 손에 이끌린 것처럼 허공으로 솟구쳐 올랐다. 진산월은 입을 오므려 숨을 들이마셨다가 다시 세차게 앞으로 뿜어냈다.

그러자 용영검이 그의 앞으로 끌려오더니 이내 눈부신 속도로 폭사되어 갔다. 그 용영검의 검날은 진산월의 오른팔을 잡고 있던 혈라마의 반쯤 벌어진 입으로 곧장 빨려 들어갔다.

혈라마가 무언가 이상함을 알아차렸을 때는 이미 차가운 용영검의 검신이 그의 입을 뚫고 들어가 머릿속을 관통하고 있었다.

"허어!"

처음으로 그의 입에서 신음도 아니고 비명도 아닌 괴이한 음성이 흘러나왔다. 자신의 입을 지나 뒤통수를 뚫고 나간 용영검을 내려다보는 혈라마의 부릅떠진 두 눈이 탁하게 일그러지더니 이내 붉은빛으로 물들었다. 진산월의 오른팔을 그토록 철저하게 묶고 있던 혈라마는 용영검에 머리를 꿰뚫린 채 스르르 힘을 잃고 쓰러지고 말았다.

마침내 오른손이 자유롭게 된 진산월이 슬쩍 손을 휘두르자 용영검이 혈라마의 머리에서 뽑혀 나와 그의 손으로 날아들었다.

용영검을 다시 쥔 진산월의 손에 힘이 들어갔다.

파앗!

한 차례 검광이 번뜩이며 용영검은 또 다른 혈라마를 향해 빛살 같은 속도로 쏘아져 갔다. 그 혈라마는 자신의 동료가 당한 모습을 두 눈으로 똑똑히 보았기에 황급히 입을 굳게 다물었으나, 용영검이 향한 곳은 그의 입이 아니었다.

부릅떠진 그의 왼쪽 눈을 파고든 용영검은 단숨에 그의 머릿속을 휘저어 철저히 파괴해 버렸다.

진산월의 뒤에서 목을 감고 있던 혈라마의 최후는 더욱 처참했다. 그는 진산월의 등에 바짝 매달려 있느라 앞에서 벌어진 참변을 미처 알지 못했다.

그가 문득 진산월이 양쪽 팔을 마음대로 움직일 수 있게 되었다는 걸 깨달았을 때, 그는 자신의 몸이 이상한 방향으로 선회한다는 것을 알아차렸다. 자신의 몸이 진산월과 함께 허공으로 올라가 반 바퀴 회전하며 밑으로 떨어져 내리자 그는 무의식적으로 고개를 쳐들었다.

땅바닥이 보일 줄 알았건만 그를 기다리고 있는 것은 용영검의 시퍼런 검날이었다. 용영검의 검신은 그의 입을 뚫고 몸속 깊숙이 들어가 버렸다.

"끄으으……."

끔찍한 신음과 함께 그토록 강력한 위력으로 조여 오던 그의 팔과 다리가 힘을 잃고 축 늘어졌다.

두 눈이 파열된 채 몸부림치던 혈라마의 입안으로 한 줄기 검광이 뚫고 들어가는 것으로 진산월을 억압하던 소뢰음사 사대존자는 허무한 최후를 맞이하고 말았다.

이번에야말로 신검무적의 비참한 최후를 볼 수 있을 거라는 기대가 허물어지고 순식간에 전세가 역전되어 버리자 혁리공의 얼굴은 사정없이 일그러지고 말았다.

신포팔월과 소뢰음사의 사대존자는 그의 힘으로 동원할 수 있는 최고의 패들이었다. 그들이 비록 서장 무림 최고의 고수들은 아니지만, 가지고 있는 장점이 너무도 탁월하여 그들이라면 능히 신검무적을 무너뜨릴 수 있을 것이라 생각했다.

신포팔월의 은혼삭으로 펼치는 팔방마라진과 사대존자의 유마환영대법에 이은 혈복찬의 수법은 서장의 무림인들조차도 어떻게 대응해야 할지 전혀 파해법을 찾지 못했던 희대의 기공들이었다. 특히 혈복찬은 일단 걸리기만 하면 제아무리 내공이 높고 실력이 뛰어난 고수라 할지라도 절대로 벗어날 수 없는 절대적인 수법이어서, 진산월이 혈복찬에 사지를 결박당한 순간 혁리공은 승리를 확신하고 있었다.

하나 그 후에 벌어진 광경은 눈으로 보고도 도저히 믿을 수 없는 장면의 연속이었다.

자신의 목을 관통한 용영검을 뽑아 들고 진산월을 제거하려던 혈라마가 오히려 두 눈을 잃고 물러서자 쾌재를 부르고 있던 혁리공은 두 눈을 찢어질 듯 부릅떴다.

그리고 진산월이 입김으로 용영검을 조정하여 오른팔을 제어하고 있던 두 번째 혈라마를 쓰러뜨렸을 때는 몸을 세차게 떨어야 했다.

단순한 입김으로 어떻게 그런 위력을 발휘할 수 있는지 혁리공은 도저히 이해할 수가 없었다. 그것이 오랫동안 실전되었다가 경요궁의 육천기를 통해 다시 종남파로 돌아온 비전 중의 비전, 천절뢰임을 그가 어찌 알겠는가?

천절뢰는 종남오선 중의 한 사람이었던 취선 하정의가 창안한 취선호를 경요궁의 역대 궁주들이 발전시켜 오다가 전대 궁주였던 천절신사 조현이 완성한 절학으로, 단순히 주기(酒氣)를 불어내는 취선호와는 달리 체내의 기운을 입으로 내뿜어 상대를 격살함은 물론 물체를 조종할 수도 있는 묘용(妙用)을 지니고 있었다.

진산월의 손에 다시 검이 쥐어지고 세 번째 혈라마마저 쓰러졌을 때, 혁리공은 마침내 자신의 계책이 완벽하게 실패했음을 인정하지 않을 수 없었다.

그리고 그때 그의 마음속에는 한 줄기 악독한 생각이 떠올랐다. 그는 진산월의 등 뒤를 제압하고 있던 혈라마가 처참하기 이를 데 없는 모습으로 쓰러지는 광경을 보면서도 한쪽으로 슬금슬금 몸을 움직였다.

진산월이 네 명의 혈라마들을 모두 쓰러뜨렸을 때, 이정문의 다급한 외침이 들려왔다.

"혁리공! 네가 감히……!"

진산월이 돌아보니 혁리공이 숲 속의 한쪽을 향해 빠르게 달려가고 있었다. 처음에는 단순히 그가 도주하는 줄로만 알았던 진산월은 그가 향하는 곳이 악자화가 묶여 있던 곳임을 깨닫고 안색이 굳어졌다. 맹렬하게 질주하는 혁리공의 두 눈에는 진득한 살광이 어른거리고 있었고, 언제 뽑아 들었는지 그의 손에는 시퍼런 검광을 뿌리는 장검 하나가 쥐어져 있었다.

악자화는 여전히 의식을 차리지 못한 채 정신을 잃고 나무에 대롱대롱 매달려서 바람이 부는 대로 이리저리 흔들리고 있었다.

진산월이 그쪽으로 채 반도 다가가기 전에 이미 혁리공은 악자화의 옆에 도착해 있었다.

혁리공은 수중의 장검을 악자화의 가슴에 갖다 댄 채 진산월을 돌아보았다. 어둠 속에서도 훤히 알아볼 수 있을 만큼 그의 두 눈에는 괴이한 광망이 이글거리고 있었다.

"신검무적! 네가 비록 내 패를 모두 꺾었지만, 오늘의 패자(敗者)는 바로 너다! 오늘을 떠올릴 때마다 영원히 고통스럽게 해 주마!"

혁리공의 살기 가득한 외침이 밤하늘을 갈가리 찢어 놓을 듯했다.

혁리공의 손에 들린 장검이 여느 때보다 차가운 광망을 뿌리며 악자화의 심장을 찔러 갔다. 진산월은 전력을 다해 신법을 날렸으나 아직 거리가 미치지 못해 그저 눈을 뜨고 악자화의 죽음을 지켜보아야만 했다.

바로 그 순간, 난데없이 날아든 하나의 물체가 막 악자화의 가슴을 뚫고 들어가려던 장검을 강타했다.

땅!

귀청이 찢어질 듯한 음향이 장내를 뒤흔들며 혁리공의 몸이 뒤로 주춤 물러났다. 그 물체에 부딪힌 순간 손아귀가 찢기는 통증을 느꼈던 것이다.

혁리공은 산산이 비산되어 허공으로 뿌려지는 그 물체가 돌멩이인 것을 알고 흠칫 놀랐다. 단순한 돌멩이에 실린 경력이 어찌나 강력했던지 지금도 검을 든 팔 전체가 저려 오고 있었다.

힐끔 고개를 돌려 보니 멀지 않은 어둠 속에서 두 개의 인영이 빠른 속도로 자신을 향해 날아오고 있었다. 그중 앞에 선 인영의 속도는 무시무시해서 숨 몇 번 내쉴 사이에 도착할 것 같았다. 돌멩이는 아마도 저 인영이 던진 것이 틀림없어 보였다.

혁리공은 한 치의 망설임도 없이 수중의 검을 앞서서 달려오는 인영을 향해 세차게 집어 던졌다. 그 인영이 장검을 피하는 순간, 혁리공은 오른손으로 악자화의 머리를 힘껏 내리쳤다. 그의 손에 어른거리는 희미한 강기의 기운에 악자화의 머리가 박살 나 버릴 것만 같았다.

막 악자화의 머리에 닿으려던 손이 허공에서 멈춰지며 혁리공의 몸이 한 차례 부르르 떨렸다.

혁리공은 자신의 가슴을 내려다보았다. 언제 꽂혔는지 예리한 검광을 뿌리는 장검 하나가 그의 등을 뚫고 앞가슴으로 삐져나와 있었다.

혁리공의 고개가 느릿느릿 돌아갔다. 오 장 밖에 서 있는 진산월의 모습이 시야에 들어왔다. 진산월의 손은 텅 비어 있었다. 오른발을 살짝 앞으로 내딛고 우측 어깨를 앞으로 내민 다소 특이한 자세로 서 있는 진산월을 보는 순간 혁리공의 뇌리에는 오랫동안 종남파에서 장문인에게만 전해져 내려온다는 비검술 하나가 떠올랐다.

'홍단서천……'

그 생각은 채 이어지지 않았다. 혁리공은 그대로 허물어지듯 바닥에 쓰러지고 말았다.

용영검을 가슴에 꽂은 채 눕지도 못하고 반쯤 주저앉은 자세로 싸늘히 식어 가고 있는 그의 모습은 얼마 전까지만 해도 자신의 계획에 절대적인 확신을 가지고 득의에 차 있던 사람이라고는 상상도 할 수 없을 만큼 비참한 것이었다.

진산월은 천천히 혁리공의 시신으로 다가가서 등에 꽂혀 있는 용영검을 회수했다. 그러고는 막 숲 속을 지나 자신의 앞으로 떨어져 내리는 두 사람을 향해 시선을 돌렸다.

약간의 시간을 두고 차례로 도착한 사람들은 다름 아닌 성락중과 동중산이었다.

진산월은 성락중을 향해 정중하게 인사를 했다.

"사숙께서 여기까지 어인 일이십니까?"

성락중은 그의 말에는 대꾸도 없이 제일 먼저 그의 몸을 빠르게 훑어보았다. 겉으로 드러난 상처나 부상의 흔적이 없자 그제야 성락중은 약간 안도하는 모습이었다.

"자네가 아직 돌아오지 않았다는 중산의 말에 자네도 만날 겸 잠시 밤공기를 쐬던 중이었네. 이상은 없는가?"

"사숙께 심려를 끼쳐 드려 죄송합니다. 제 몸에는 아무런 문제도 없습니다."

"그럼 되었네. 나는 이만 돌아가 보겠네."

성락중은 그에게 더 이상의 질문도 던지지 않고 한 차례 고개를 끄덕인 후 주위를 둘러보더니 휑하니 몸을 돌렸다.

진산월이 왜 갑자기 형산파와의 비무라는 중대한 일을 코앞에 두고 밤늦게 밖으로 나갔는지, 이곳에서 대체 무슨 일이 벌어진 것인지, 그리고 여기저기에 비참한 모습으로 쓰러져 있는 자들은 누구인지 궁금할 법도 했으나 성락중은 어떠한 것도 묻지 않았다.

그것은 그만큼 진산월에 대한 절대적인 믿음이 있기 때문이었다.

그가 알아야 할 일이라면 진산월이 먼저 말해 줄 것이다. 그리고 그렇지 않은 일이라면 굳이 자신이 나서서 진산월에게 번거로움을 줄 필요는 없는 것이다.

진산월이 무사하다는 것을 확인한 것만으로 성락중은 마음이 놓였는지 이내 종남파의 숙소를 향해 어둠 속으로 사라져 갔다.

멀어지는 그의 뒷모습을 바라보는 진산월은 송구스러움과 미안함에 마음이 무거워졌다. 전후 사정이야 어찌 되었건 결국 자신의 불찰로 깊은 야밤에 사숙으로 하여금 산속을 헤매게 했으니 사질로서 참으로 부끄러운 일이 아닐 수 없었다.

그럼에도 꾸중은커녕 안부만 확인하고 아무것도 묻지 않고 돌아가는 성락중의 뒷모습은 더할 나위 없이 믿음직하고 거대해 보였다.

진산월은 문득 주위를 둘러보았다.

백석기와 선약연의 모습은 보이지 않았다. 상황이 불리해지자 어느새 몸을 숨긴 것이 분명했다.

진산월은 동중산에게로 시선을 돌렸다.

"나 때문에 사숙까지 모시고 온 것이냐?"

동중산은 진산월이 돌아오지 않자 혼자 애를 태우다 낙일방에게 들켜서 결국 성락중에게까지 불려 간 저간의 사정은 한마디도 하지 않고 공손하게 머리를 숙였다.

"죄송합니다. 제가 생각이 짧았습니다."

진산월은 고개를 숙인 그의 뒷머리를 잠시 내려다보았다. 여기저기에 백발이 듬성듬성 나 있는 그의 머리를 보고 있자니 동중산도 어느덧 적지 않게 나이를 먹었음을 새삼 깨닫게 되었다.

종남파를 위해서 누구 못지않게 헌신해 온 그동안의 역정이 그

무성한 백발에 고스란히 담겨 있었다.

진산월은 그의 어깨를 가만히 두드렸다.

"되었다. 그보다 용케도 이곳으로 찾아왔구나."

동중산은 공손하게 대답했다.

"장문인께서 이 공자와 함께 나가셨기에, 이 공자의 행적을 찾아 이 일대를 조사하고 있었습니다. 그러다 사숙조께서 싸움 소리를 듣고 이쪽으로 달려오게 된 것입니다."

진산월과 소뢰음사의 사대존자들과의 싸움은 육박전에 가까워서 거의 소리가 나지 않았다. 반면에 신포팔월의 은혼삭은 휘두를 때마다 제법 예리한 파공음이 발생하기에 조용한 밤이라면 제법 멀리에서도 들을 수 있었을 것이다.

게다가 그들의 비명 소리는 상당히 처절하여 더욱 멀리 퍼져 나갔을 게 분명했다. 그렇게 생각해 본다면 아무리 밤이 깊었다고 해도 성락중과 동중산 외에 아무도 이곳을 찾아오지 않았다는 건 다소 기이한 일이 아닐 수 없었다.

어느새 다가온 이정문도 그 점을 지적했다.

"그러고 보니 절벽 아래의 남암궁은 몰라도 이 위쪽의 비승각에는 충분히 소리가 들렸을 법한데 아무도 찾아오지 않은 게 이상하구려."

"비승각에는 누가 머무르고 있소?"

"점창파요. 장문인인 장거릉 대협은 오랫동안 문파를 비워 둘 수 없다며 오후에 집회가 끝난 후 바로 무당산을 떠나셨지만, 추혼신풍검 도군홍 대협과 독검취웅 백리장손 대협은 몇 명의 제자들과 함께 계속 머물러 계실 텐데…….”

진산월은 굳이 더 이상 그 점을 캐묻지 않았다. 대신 밧줄에 묶여 있는 악자화의 몸을 풀고 그의 상세(傷勢)를 살피기 시작했다.

악자화는 여전히 의식을 잃은 상태였다. 몸의 구석구석을 세세히 살펴보았으나 특별히 부상을 입은 흔적은 보이지 않았다.

그 광경을 보고 있던 이정문이 조심스런 음성으로 말했다.

“약물이나 특이한 점혈법에 당한 것 같구려.”

진산월은 약간은 창백해 보이는 악자화의 얼굴을 내려다보며 무심하게 대꾸했다.

“내기(內氣)의 흐름이 안정되어 있으니 점혈법은 아니오.”

점혈법에 당하면 혈도를 타고 흐르는 기의 흐름이 끊기거나 막히기 때문에 맥문을 짚어 보는 것만으로도 쉽게 파악할 수가 있었다. 진산월은 조금 전에 이미 악자화의 맥문을 조사했기에 점혈에 의해 정신을 잃은 것이 아님을 알았던 것이다.

“그럼 약물이겠구려. 아무래도 철면군자 노 신의께 도움을 부탁드려야겠소.”

“노 신의가 어디 계시는지 알고 있소?”

이정문은 주저하지 않고 고개를 끄덕였다.

“다행히 나와 같은 숙소에 머물러 계시오.”

“그곳이 어디요?”

“그곳은…….”

대답을 하려던 이정문이 갑자기 입을 다물었다. 마침 그때 능자하와 함께 자신에게 다가오고 있는 육난음을 발견한 것이다.

육난음을 본 이정문은 얼굴 표정을 딱딱하게 굳인 채 쉽게 입을 열지 못했다. 오히려 육난음이 먼저 다가와 그의 팔을 붙잡았다.

"왜 그런 표정으로 서 있는 거예요? 나를 다시 만난 게 반갑지도 않아요?"

이정문은 아무 말 없이 고개만 옆으로 저었다.

"반갑다는 뜻이에요, 아니란 뜻이에요?"

"……."

"아무튼 이번엔 나도 정말 아찔했어요. 당신도 가슴이 콩알만 해졌죠? 그러니 앞으로는 머리 좋은 것만 믿고 너무 남을 무시하지 말아요."

이정문은 자신의 팔에 가득 느껴지는 그녀의 피부 감촉을 한동안 가만히 음미하고 있다가 문득 정신을 차렸는지 그녀를 향해 물었다.

"그런데 어떻게 혁리공에게 사로잡히게 된 거야? 유 대협은 또 어떻게 되었고? 혁리공이 음양패를 어떻게 알고 그것으로 나를 협박한 거야?"

일단 입을 열자 쉴 새 없이 많은 말들이 흘러나왔다.

육난음은 밉지 않게 그를 흘겨보았다.

"한 가지씩 물어요. 내가 아는 대로 자세히 설명해 줄 테니."

그녀는 주위를 둘러보다가 한 차례 진저리를 쳤다.

"우선은 이곳을 빨리 떠나요. 피와 죽음이 난무하는 이런 곳에는 잠시도 머물러 있고 싶지 않으니 말이에요."

제 319 장
대전서막(大戰序幕)

제319장 대전서막(大戰序幕)

낙일방은 창문 사이로 들어오는 아침 햇살을 받으며 침대 위에 가만히 누워 있었다.

눈을 붙인 시간은 채 한 시진도 되지 않은 것 같았다. 그런데도 정신은 더할 수 없이 또렷했고, 머릿속은 명경지수처럼 맑았다.

새벽에 장문 사형을 찾으러 갔던 성락중 사숙이 돌아와서 장문 사형이 곧 올 거라는 말을 듣고 난 후에는 줄곧 지금처럼 침대에 가만히 누워 있었다. 운공조식이라도 해 볼까 하는 생각도 없지는 않았으나, 오늘 밤은 그냥 이렇게 아무것도 하지 않고 조용히 있고 싶었다.

한동안은 복잡한 생각에 머리가 어지러웠다. 처음 종남파에 입문했을 때의 기억도 떠올랐고, 장문 사형을 따라 강호에 출도했을 때의 모습도 생각이 났다. 그때의 자신은 어쩌면 그리도 철이 없고 충동적이었는지…….

그런 자신을 단 한 번도 꾸짖지 않고 늘 뒤에서 듬직하게 지켜 주던 장문 사형과 언제나 온화한 미소로 자신을 맞아 주던 친누이 같은 사저의 모습이 잊히지 않았다.

그리고 형제보다도 더욱 혈육(血肉) 같았던 사형, 사매들……. 그들 중 일부는 비록 지금 함께할 수 없지만, 마음만은 늘 자신들과 함께하고 있을 거라고 생각했다.

고통스러웠던 몇 년간의 기억과 장문 사형을 따라 두 번째로 나선 무림행에서 강호가 좁다 하고 누비며 종횡하던 기억이 교차로 떠올라 좀처럼 마음이 가라앉지 않았다.

생각해 보면 참으로 많은 땀과 많은 눈물을 흘린 고난의 세월이었다.

이제 몇 시진 후면 그동안 흘렸던 그 많은 땀과 눈물에 대한 결과를 볼 수 있게 될 것이다. 과연 수십 년간 누대(累代)에 걸친 한(恨)을 풀고 형산파에 설욕하게 될지, 아니면 또다시 치욕 속에서 비통하게 주저앉고 말지 판가름 나게 될 것이다.

두려움 따위는 없었다. 단지 낙일방은 이러한 중대한 일에 자신의 미력한 힘이나마 보탤 수 있게 되었다는 것에 감사하는 마음이었다.

문득 이제는 얼굴도 잘 기억나지 않는 어머니가 생각났다.

'어머니…….'

낙일방은 떠오를 듯 떠오를 듯하면서도 선명하게 그려지지 않는 어머니의 얼굴을 몇 번이나 되새겨 본 후에야 비로소 머릿속에 그려 낼 수 있었다.

선이 고운 얼굴에 유난히 눈물이 많았던 어머니는 낙일방의 나이 일곱 살 때 병에 걸려 세상을 떠나고 말았다. 병에 걸려 누웠을 때부터 그녀는 낙일방을 보며 계속 눈물을 흘렸는데, 막상 병세가 악화되어 숨이 끊어질 즈음에는 물끄러미 그를 쳐다보기만 했다. 그때 그녀의 텅 비어 버린 듯한 공허한 눈동자는 오랫동안 낙일방을 괴롭게 했다.

그래서 낙일방은 그동안 의식적으로라도 어머니에 대한 생각을 하지 않으려 했다. 아무런 표정도 없이 그저 멍하니 자신의 얼굴을 가만히 바라보다 소리도 없이 숨을 멈춘 어머니의 마지막 모습을 떠올리고 싶지 않았던 것이다.

그때 어머니의 눈 속에 담긴 것은 깊고 깊은 절망이었다. 어머니는 성질 급하고 참을성 없는 낙일방이 홀로 남겨진 세상에서 도저히 제대로 된 삶을 살아갈 수 없을 거라는 생각에 절망하고 말았던 것이다.

아버지와 계모 밑에서 계속 있었다면 어쩌면 낙일방은 그렇게 되었을지도 몰랐다. 하나 그는 집을 뛰쳐나왔고, 스스로의 선택으로 종남파의 제자가 되었다. 그리고 길고도 험난한 여정 끝에 비로소 한 명의 남자로서 온전히 선 존재가 될 수 있었다.

'잘 계시죠? 이제 걱정 마세요. 저는 잘 지내고 있습니다.'

어머니에 대한 생각을 하고 나서야 비로소 잠깐이라도 잠들 수 있었다.

방 밖으로 들리는 소란스런 소리에 낙일방은 천천히 자리에서 일어났다.

정신은 맑았고, 기분은 고양되어 있었다. 몇 차례 몸을 움직여 보자 어디 한 군데 막힌 곳이 없이 부드럽게 돌아갔고, 기의 흐름도 순조로웠다. 이런 상태라면 어떤 상대라도 기꺼이 감당할 수 있을 것 같았다.

문을 열고 밖으로 나가자 시릴 듯 푸른 하늘이 시야에 가득 들어왔다. 명산(名山) 특유의 가슴이 뻥 뚫리는 듯한 차갑고 신선한 공기를 들이마시던 낙일방은 자신의 앞으로 걸어오는 한 사람을 발견하고 눈을 빛냈다.

"전 사형. 편안히 주무셨습니까?"

전흠은 그를 힐끔 쳐다보더니 특유의 퉁명스런 음성으로 말했다.

"넌 잠이 오더냐?"

"사실은 생각할 게 많아서 한 시진밖에 못 잤습니다. 사형께선 어떠셨습니까?"

전흠은 무언가 못마땅한 일이 있는 사람처럼 눈살을 찌푸리고 있더니 별다른 대답도 없이 휑하니 몸을 돌렸다.

낙일방은 전흠의 표정이 그리 좋지 않은 것을 보고 그의 심정을 알 것 같아 멀어져 가는 그의 뒷모습을 가만히 바라보고 있었다.

그때 다시 한 사람이 그에게로 다가왔다.

"한 시진밖에 못 잤다고?"

낙일방은 고개를 돌렸다가 이내 밝은 웃음을 지었다.

"장문 사형. 일어나셨습니까?"

그곳에는 진산월이 당당한 자세로 서 있었다.

진산월의 뒤에서 조용히 따라오고 있던 동중산은 준수한 얼굴이 활짝 펴지도록 환하게 미소 짓고 있는 낙일방을 보고는 속으로 살짝 웃고 말았다.

'낙 사숙은 정말 여전하구나. 장문인이 저리도 좋은가?'

진산월은 낙일방의 전신을 빠르게 훑어보고는 이내 흡족한 표정을 지었다.

"한 시진을 잔 것치고는 얼굴이 좋아 보이는군. 그동안 수련을 게을리하지 않은 모양이구나."

"여부가 있겠습니까? 저는 늘 준비가 되어 있습니다."

결연한 표정을 짓고 있는 낙일방의 얼굴은 여느 때보다 진지했고, 일견 비장해 보이기도 했다.

"너무 부담을 가질 필요는 없다. 너는 네 할 일만 다하면 되는 것이다. 나머지는 두 분 사숙과 나를 믿도록 해라."

"예, 장문 사형."

진산월은 그의 어깨를 가볍게 두드렸다.

"마침 사숙들께 문안 인사를 드리려던 참이었다. 같이 가겠느냐?"

"그러지요."

두 사형제가 어깨를 나란히 하고 걸어가는 모습을 흐뭇한 표정으로 보고 있던 동중산은 그들을 따라가려다 한쪽에서 엉거주춤한 자세로 오고 있는 손풍을 발견했다.

"손 사제. 이제 일어났는가?"

손풍은 까치집같이 헝클어진 머리를 벅벅 긁으며 있는 대로 인상을 찡그렸다.

"일어나긴? 아예 한잠도 못 잤소."

"왜? 자네가 비무에 나가는 것도 아닌데 그렇게 긴장되었단 말인가?"

손풍은 무슨 말이냐는 듯 눈을 부릅뜨고 동중산을 쏘아보았다.

"긴장은 무슨. 내 옆방이 전 사숙의 방이 아니오?"

"그런데?"

"그 양반이 뭘 잘못 먹었는지 밤새 끙끙거리다가 갑자기 밖으로 뛰어나가 한바탕 검을 휘두르고 들어오는 게 아니겠소? 잠이 들만 하면 그러는 통에 도저히 잠을 잘 수가 없었단 말이오."

"전 사숙께서?"

"하도 그런 행동을 반복하기에 나중에는 몇 번이나 그러는지 세어 보기까지 했소. 여덟 번인가 헤아리다가 그 짓도 지겨워서 그만두었지만 말이오."

동중산은 약간 걱정스럽기는 했으나, 그렇다고 이제 와서 자신이 어쩔 수 있는 일이 아니었다. 이미 밤은 지나갔고, 아침 해가 훤히 떠오른 상태였다.

"전 사숙께서 결전을 앞두고 마음을 다스리는 데 고생하신 모양이군. 하지만 덕분에 검은 더욱 날카로워졌을 테니 너무 걱정 말게."

손풍은 입을 삐죽거렸다.

"내가 왜 전 사숙을 걱정한단 말이오? 괜히 방을 잘못 잡은 바람에 잠도 제대로 못 잔 나 자신을 걱정해야지. 아무튼 나는 아침 먹고 잠깐 눈이라도 붙일 테니 시간이 되면 깨워 주시오."

동중산은 어처구니가 없는 표정으로 손풍을 바라보았다.

"지금 이런 상황에서 다시 자겠단 말인가?"

"그럼 어쩌겠소? 너무 졸려서 이러다가는 막상 형산파와의 비무를 보는 도중에 잠들지도 모르겠는데."

"지금 그걸 말이라고 하나?"

"아무튼 난 주린 배 좀 채운 다음 내 방에 들어가서 잘 테니 사시가 지날 때쯤 깨워 주시오. 사형만 믿겠소."

손풍은 동중산이 무어라고 할 사이도 없이 재빨리 식당 쪽으로 달려가 버렸다.

동중산은 손풍의 뒷모습을 멍하니 보고 있다가 고개를 절레절레 흔들었다.

"좀 나아졌나 했더니 아직도 옛 버릇을 버리지 못했군. 그나저나 오늘 같은 날에도 저런 행동을 하다니 생각이 없는 건지, 배짱이 좋은 건지……."

동중산은 씁쓸하게 웃으면서도 이 정도라면 결전 당일의 아침치고는 그리 나쁘지 않은 분위기라고 생각했다.

너무 긴장되거나 딱딱하지도 않았고, 그렇다고 풀어져서 방심한 상태도 아니었다. 적당한 긴장감과 가벼운 흥분이 감돌고 있는 종남파의 아침은 그렇게 지나가고 있었다.

그리고 마침내 결전의 시간이 다가왔다.

우적지 일대는 이른 아침부터 몰려든 사람들로 인산인해를 이루고 있었다.

평소에도 절경으로 유명해서 찾는 사람들이 적지 않았지만, 지금은 그야말로 발 디딜 틈도 없이 인파로 북적이고 있었다. 그들 중에는 무당파의 도인들도 있었지만, 대부분은 각양각색의 복장을 한 무림인들이었다.

우적지는 물론이고 우적지를 가로지르는 우적교의 돌다리 위에도 사람들로 가득 뒤덮여서 혹시라도 다리가 무너지지 않을까 하는 우려가 생길 정도였다.

그럼에도 불구하고 우적지 중앙에 있는 정자와 그 앞의 공터는 비어 있었다.

해가 중천에 떠오를 무렵, 사람들 틈에서 누군가의 외침이 들려왔다.

"왔다!"

웅성거림이 더욱 커져서 소란스런 함성이 되었고, 고함과 박수소리, 웃음소리가 뒤섞여 장내는 그야말로 혼잡스러웠다.

인파의 한쪽이 갈라지며 일단의 무리들이 장내로 들어왔다.

"종남파다!"

"신검무적이다!"

주위의 함성이 더욱 커졌다.

"옥면신권과 무영검군도 있다!"

"와아!"

종남파의 고수들은 자신들을 향해 열띤 함성을 보내는 군웅들을 다소는 놀라고 다소는 어리둥절한 눈으로 돌아보았다. 자신들이 이런 환호를 받게 될 줄은 미처 예상치 못한 모습들이었다.

서장 무림과의 중요한 싸움이 코앞으로 닥친 상황에서 이미 구대문파의 한자리를 굳건히 차지하고 있는 형산파와 비무를 벌인다는 점 때문에 어쩌면 무림인들의 외면을 받을지도 모른다고 생각했던 것이다.

자다 일어난 지 얼마 되지 않았는지 눈자위가 다소 부어 있는 손풍이 동중산을 향해 소리치듯 물었다.

"이 사람들 왜 이래요? 왜 이렇게 박수와 함성을 내지르는 거죠?"

동중산 또한 엄청난 환호에 어색하기는 마찬가지였다. 하나 이미 몇 번의 유사한 경험으로 무림인들의 종남파에 대한 기대가 남다르다는 것을 알고 있기에 짐짓 대수롭지 않은 표정으로 말했다.

"그만큼 본 파를 지지하는 사람들이 많다는 뜻이지."

"그래도 이건……."

"본 파에 대한 무림인들의 성원이 얼마나 대단한지 이제 알겠지? 그러니 무릇 본 파의 제자라면 행동 하나하나에도 신중해야 하네."

"어이구. 주위가 너무 시끄러워서 무슨 소리인지 하나도 안 들리네."

동중산이 기회를 놓치지 않고 잔소리를 할 듯하자 손풍이 천연덕스럽게 귓전을 후벼 파며 앞으로 훌쩍 이동해 버렸다. 그 경망스러운 모습에 동중산은 쓴웃음을 짓고 말았다. 여기서 무어라고 해 봤자 소귀에 경 읽기임을 깨달은 것이다.

종남파의 고수들이 정자 앞으로 다가가자 정자 안에서 몇 사람이 걸어 나왔다.

그들은 바로 오늘의 비무에 공증을 서게 될 공증인들이었다.

그들의 면면은 놀라운 것이었다. 소림사의 장문인인 대방선사와 무당파의 장교인 현령진인, 그리고 무림맹의 맹주인 일장개천지 위지립이 바로 그들이었던 것이다.

그것만 보아도 무림인들이 이번 형산파와 종남파의 비무에 대해 얼마나 큰 관심을 가지고 있는지 여실히 알 수 있었다.

대방선사가 먼저 진산월을 반갑게 맞았다.

"진 장문인. 오셨구려."

"어려운 부탁을 들어주셔서 감사합니다."

"아니오. 오히려 이런 자리에 설 수 있게 된 것을 큰 영광으로 생각하고 있소."

진산월은 대방선사에게 공증인을 부탁했고, 대방선사는 선뜻 그 제안을 수락했다. 형산파에서는 현령진인을 공증인으로 내세웠고, 위지립은 중립된 입장에서 이번 비무에 대한 공증을 맡기로 했던 것이다.

진산월과 종남파의 고수들이 세 명의 공증인들과 인사를 나누고 있을 때였다.

"우와! 형산파다!"

사람들의 함성과 함께 한 떼의 인물들이 장내로 들어섰다.

그들의 용모와 나이는 서로 달랐지만, 공통적인 특징이 있었다. 청삼에 청건, 그리고 허리춤에 매달린 푸른색 수실의 장검이 바로 그것이었다.

그들을 보자 동중산은 절로 마른침을 꿀꺽 삼켰다.

드디어 형산파의 고수들이 모습을 드러낸 것이다.

비무에 대한 규칙은 단순했다.

양 파에서 각기 한 명의 고수가 나와서 모두 다섯 차례 승부를 겨루는 것이다. 승패는 어느 한쪽이 더 이상 싸울 수 없을 만큼 심각한 부상을 입었거나, 기권을 하는 경우가 아니면 공증인 세 사람이 모두 합의하에 결정하기로 했다.

출전 방식은 조금 특이했다.

첫 번째 비무는 종남파의 고수가 먼저 나오고, 이어서 두 번째의 비무는 형산파에서 먼저 출전하는 식으로 순서를 정했는데, 얼핏 보기에는 상당히 공정한 것 같아도 조금만 머리를 굴릴 줄 아는 사람이라면 이 방식이 형산파에 상당히 유리하다는 것을 알 수 있을 것이다.

상대방에서 나오는 고수를 보고 얼마든지 출전자를 바꿀 수 있기 때문에 비무에 출전할 고수의 수가 한정되어 있는 종남파보다는 형산파에서 좀 더 선택의 폭을 넓게 활용할 수가 있었다.

더구나 형산파에서는 세 번이나 종남파의 출전자를 보고 고수를 내보낼 수 있는 반면에 종남파는 두 번에 불과했다. 단 한 번의 차이였지만, 충분히 전체의 승부에 영향력을 끼칠 수도 있는 중요한 요소였다.

종남파에서도 이 점을 알고 있었으나, 그들이 형산파에 도전하는 형국이었기에 약간의 불리함은 감수할 수밖에 없는 입장이었다.

태양이 점점 중천(中天)에 가까워 올수록 주위의 소란도 잦아

들기 시작했다. 마침내 정확히 정오가 되자 그토록 시끄럽던 우적
지 일대가 적막강산처럼 조용해졌다.

그리고 한 사람이 천천히 종남파의 진영에서 걸어 나왔다.

훤칠한 키에 건장한 체구, 별빛처럼 반짝이는 두 눈에 우뚝 솟
은 콧날과 여인의 그것처럼 붉은 입술을 지닌 천하에 보기 드문
미남자였다. 눈부신 백의를 차려입고 이마에 영웅건을 두른 그 미
남자를 보자 고요함이 감돌았던 장내가 삽시간에 터져 나갈 듯한
함성에 휩싸여 버렸다.

"와아! 옥면신권이다!"

"종남파에서 처음부터 세게 나오는구나. 후기지수 중의 제일권
사(第一拳士)라는 옥면신권을 가장 먼저 내보낼 줄이야!"

모두들 환호하는 와중에도 적지 않은 놀라움을 느꼈다.

신검무적에 이은 종남파의 이인자로 인정받고 있는 옥면신권
이 비무의 첫 번째 출전자가 되리라고는 누구도 예상치 못했던 것
이다.

그것은 이번 비무에 종남파가 얼마나 결연한 마음으로 임하고
있는지를 여실히 보여 주는 증거라고 할 수 있었다. 무슨 일이 있
어도 반드시 이기고야 말겠다는 그들의 비장한 각오를 생생하게
느낄 수 있었다.

귀청이 찢어질 듯한 군웅들의 엄청난 환호를 받으면서도 낙일
방은 전혀 표정의 변화가 없는 담담한 얼굴로 우적지의 공터 중앙
으로 가서 우뚝 섰다. 때마침 불어오는 한 줄기 바람이 그의 옷자
락을 한바탕 휘감고 지나가자 '임풍옥수(臨風玉樹)!' 라는 탄성이

절로 사람들의 입에서 흘러나왔다.

주위의 시선이 점차로 형산파에 쏠리기 시작했다. 종남파에서는 처음부터 옥면신권을 내보내는 강수를 두었는데, 형산파에서는 어떻게 대응할지 귀추가 주목되지 않을 수 없었던 것이다.

마침내 형산파에서 한 사람이 모습을 드러냈다. 그를 본 순간, 중인들은 경악을 금치 못했다.

"맙소사! 용선생이라니……."

그는 다름 아닌 형산파의 수석 장로이며 최고 어른인 용선생이었던 것이다.

옥면신권의 상대로 등장한 인물이 용선생임을 확인하자 사방이 온통 끓는 주전자 뚜껑처럼 요란스러워졌다.

용선생은 형산파는 물론이고 강호 무림 전체를 놓고 보아도 가장 윗대에 속할 만큼 전설적인 인물이었다. 형산파가 자랑하는 오결검객보다도 한 배(輩)가 높았고, 환우삼성과 동년배의 고수였다.

이미 팔십이 훨씬 넘은 그가 이제 약관을 갓 넘어선 옥면신권을 상대하기 위해 나섰으니 중인들이 경악하는 것도 무리는 아니었다. 나이로 보나, 경륜으로 보나 두 사람 사이에는 어마어마한 간극이 있었다.

그제야 사람들은 종남파만큼이나 형산파도 이번 비무에 승리하기 위해 필사적임을 깨닫게 되었다. 강호에서의 예의나 염치를 따지기에는 그들도 그만큼 절박했던 것이다.

용선생은 느릿한 걸음으로 낙일방의 삼 장 앞까지 다가갔다. 낙일방 또한 자신의 상대가 용선생이리라고는 미처 예상치 못했던지 준수한 얼굴이 순간적으로 살짝 굳어져 있었다.

용선생은 눈이 부실 듯 빛나는 낙일방의 얼굴을 가만히 살펴보고는 한숨 섞인 음성을 내뱉었다.

"젊구나. 너무 젊어. 막상 말은 들었지만, 이렇게 마주 서고 보니 정말 젊은 나이로구나."

그 음성에는 무어라고 형용하기 어려운 쓸쓸함이 담겨 있었다.

낙일방은 여전히 굳은 얼굴로 그를 응시하고 있다가 문득 입을 열었다.

"강호에서 나이는 중요한 게 아닙니다."

하지만 용선생의 얼굴에는 여전히 쓸쓸한 빛이 어른거렸다.

"그렇지. 하지만 자네는……."

"저는 종남파를 대표해서 이 자리에 나왔습니다. 형산파를 대표하는 선배님과 한 수 겨룰 수 있게 되어 영광이라고 생각합니다."

어찌 보면 도발적이고 어찌 보면 패기가 물씬 나오는 그 음성에 용선생은 더 이상 아무 말도 하지 않고 묵묵히 고개를 끄덕였다.

낙일방은 천천히 양손을 들어 올려 그를 향해 정중하게 포권을 했다.

"종남파 이십일대 제자 낙일방입니다."

그리 크지 않으면서도 더할 나위 없이 낭랑하고 힘 있는 음성이었다. 주위가 제법 시끄러웠음에도 그 음성은 아주 멀리까지 퍼져 나갔다.

용선생 또한 울적했던 빛을 지우고 차분한 표정으로 답례를 했다.

"형산파의 십일대 제자인 용성음이라 하네."

두 사람이 서로를 마주 본 채 나란히 서자 장내가 금시라도 터져 나갈 듯 팽팽한 긴장감이 감돌았다.

한쪽은 오랫동안 강호 무림의 거목으로 군림해 온 무림구봉 중의 일인이며 지법(指法)에 관한 한 천하에서 가장 강하다는 전설적인 무인.

다른 한쪽은 혜성같이 나타나 뭇 고수들을 연파하여 일약 강호 후기지수 중의 제일인자로 인정받으며 강호제일권사를 꿈꾸고 있는 신성.

나이를 비롯한 모든 것이 너무도 판이한 두 사람이 첫 번째 비무에서 맞서게 되자 중인들은 세차게 뛰는 가슴을 억누르기 힘들었다.

종남파 고수들의 심정도 다르지 않았다. 오히려 낙일방의 상대로 용선생이라는 예상 밖의 거물이 나오자 크게 긴장하는 모습들이었다.

동중산은 형산파에 한 방 맞았음을 인정하지 않을 수 없었다.

용선생은 누가 무어라 해도 형산파의 최고 어른이었다. 동중산은 그의 연배나 비중으로 보아 이번 비무에 그가 나오지 않을 가능성도 제법 있다고 생각했다. 그의 아래 항렬인 오결검객만 해도 종남파의 장문인인 진산월보다 한 배가 높은 상황에서, 굳이 그가 아랫사람들의 대결에 끼어들어 일신의 영명을 어지럽힐 필요가 없었기 때문이다.

만에 하나 그가 출전한다 해도 마지막 비무에서 진산월의 상대로 나오지 않을까 예상하고 있었다.

그런데 그의 그런 예상을 비웃기라도 하듯 용선생은 손자뻘밖에 되지 않는 낙일방을 상대하기 위해 형산파의 첫 번째 출전자로 등장한 것이다.

낙일방이 비록 후기지수 중의 제일고수이며 임독양맥을 타통한 막강한 실력의 소유자라고 해도 과연 무림구봉 중의 한 사람인 용선생을 상대로 승리를 거둘 수 있을지 동중산은 도저히 자신할 수가 없었다.

동중산은 혹시나 하는 생각에 진산월을 돌아보았으나, 진산월의 표정은 여전히 변함이 없었다. 다만 장내를 응시하는 그의 두 눈이 유난히 깊게 침잠되어 있다는 것이 동중산의 마음을 더욱 무겁게 만들었다.

바로 그때였다.

쾅!

갑자기 천지를 뒤흔드는 듯한 엄청난 폭음이 터져 나왔다. 동중산은 깜짝 놀라 소리가 들려온 곳으로 고개를 돌렸다. 낙일방과 용선생이 마주 보고 서 있던 공간이 세찬 경기에 휩싸이며 뿌연 먼지와 부서진 돌가루가 사방으로 퍼져 나가고 있었다.

그 자욱한 흙먼지 사이로 두 개의 인영이 어른거리는 것이 시야에 들어왔다.

동중산이 안력을 돋우어 보니 희끗한 두 인영이 서로 맹렬하게 공방을 벌이고 있었다. 조금 전의 폭음은 그들이 처음으로 격돌하면서 일어난 것이 분명했다.

그들의 신형이 어찌나 빠르게 움직이는지 동중산의 실력으로는 도저히 누가 우세한지 짐작조차 할 수가 없었다. 점차로 먼지가 걷히고 장내의 광경이 한눈에 들어왔으나, 여전히 보이는 것이라고는 희끗한 두 개의 그림자뿐이었다.

그러다 다시 두 그림자가 정면으로 부딪치며 또 한 차례 거센 폭음이 들려왔다.

콰앙!

이번의 폭음은 처음보다 더욱 커서 제법 멀리 떨어져 있는 사람들조차 인상을 찡그리며 귀를 틀어막을 정도였다.

거센 경기가 부서진 돌가루들과 함께 자욱하게 몰아쳐 왔다.

동중산이 눈을 부릅뜨고 피하려 할 때, 진산월이 한 차례 소매를 내저었다.

그러자 그토록 세찬 기세로 닥쳐오던 경기와 돌가루들이 씻은 듯이 사라져 버렸다.

동중산은 진산월에게 고마움을 표할 겨를도 없이 미친 사람처럼 장내에 집중했다.

낙일방과 용선생은 처음의 위치에서 별로 벗어나지 않은 상태로 서로 마주 보고 서 있었다. 그러다 낙일방의 몸이 한 차례 휘청이더니 뒤로 한 걸음 물러났다. 그에 비해 용선생의 몸은 철탑처럼 그 자리에 우뚝 멈춰 있었다.

그 광경을 본 종남파 사람들의 표정이 모두 어두워졌다. 임독양맥을 타통하여 절정에 다다른 낙일방이었지만, 내공으로는 여전히 용선생에게 한 수 뒤진다는 게 입증되었기 때문이다.

용선생은 문득 자신의 왼손을 살펴보았다. 주름이 거의 없어서 젊은이의 손을 보는 듯 깨끗한 그의 손등에 시커먼 멍 자국이 나 있었다.

한동안 자신의 손등을 물끄러미 내려다보던 용선생이 담담한 음성으로 입을 열었다.

"정말 무거운 주먹이로군."

낙일방은 슬쩍 왼쪽 소맷자락을 들어 보였다. 깨알만 한 구멍 두 개가 뚫려 있었다.

"선배님의 손가락도 아주 매섭군요."

조금 전의 일전에서 두 사람은 두 번의 정면 격돌과 다섯 번의 공수를 주고받았다. 그리고 그 결과 수법의 겨룸은 막상막하였고, 내공은 낙일방이 아주 미세하게 뒤지는 것으로 나타났다.

용선생은 새삼스런 눈으로 낙일방의 준수한 얼굴을 유심히 바라보았다.

"자네 나이에 이와 같은 공력과 권법을 익히기란 정말 쉽지가 않을 텐데 대단하군. 어느 분을 사사했는지 알 수 있겠나?"

낙일방은 굳이 숨기지 않았다.

"선사는 전대 장문인이셨던 태평검객이시며, 권법은 따로 해조림 사조께 가르침을 받았습니다."

"오, 그렇군."

용선생은 고개를 끄덕였으나, 마음속으로는 약간의 의구심을 가지고 있었다.

'태평검객과 낙일검이라면 검법은 몰라도 권법에 관해서는 별다른 실력을 지니고 있지 않았을 텐데, 이상한 일이군.'

몇 수 겨루지 않았으나, 그가 겪어 본 낙일방의 무공은 결코 호락호락한 것이 아니었다. 나이답지 않은 정순하고 심후한 내공도 놀라웠지만, 권법의 강력함은 그 이상이었다.

절정고수란 결코 일조일석(一朝一夕)에 이루어지는 것이 아니었다. 오랫동안의 고련(苦練)은 물론이고, 충실한 지도와 본인 자신의 특출한 재질이 있어야 한다. 거기에 익히고 있는 무공 자체의 뛰어남도 중요하다.

그런 모든 걸 이룬다 해도 절정에 이르기 위해서는 또 다른 무엇이 필요하다.

단계를 극복한다는 것은 그만큼 지난(至難)한 일이다. 평생을 도검과 함께 살아온 무림인들이 즐비한 강호 무림에서 절정고수를 보기 힘든 이유도 바로 이 때문이다.

용선생은 평생 동안 무공을 수련해 왔지만, 절정의 경지에 이른 것은 육십이 되었을 무렵이었다. 그리고 그때 비로소 지법으로 하나의 일가(一家)를 이루었다고 자신 있게 말할 수 있게 되었다.

절정에 이르고 나서야 용선생은 '산은 끝없이 높고, 바다는 끝없이 넓다' 라는 말을 온전히 이해할 수 있었다. 그가 무림구봉의 일인으로 불리기 시작한 것은 그로부터 다시 약간의 세월이 흐른 후였으며, 누구도 그를 지봉(指峯)으로 꼽는 데 주저하지 않게 된 것은 그때부터 또 얼마의 시간이 흐른 후였다.

모두가 인정하는 당대 무림 지법의 최고봉!

용선생은 그런 명성에도 불구하고 자신의 실력을 닦는 데 노력을 게을리하지 않았다. 검법으로 유명한 형산파의 최고 어른이면서도 단 하나의 검법도 익히지 않았지만, 그만큼 지법과 수공에 관한 그의 실력은 타의 추종을 불허하는 것이었다.

형산파에는 모두 아홉 종의 검법과 일곱 종의 수예(手藝), 그리고 다섯 종의 신공이 전해져 내려오고 있었다. 그중 일곱 종의 수예를 모두 완성하고, 두 종의 신공을 완벽히 터득한 인물이 바로 용선생이었다.

지금 그는 자신이 팔십 년 가까운 세월 동안 고련한 증거를 여실히 보여 주고 있었다.

파파팍!

그의 양손이 가볍게 움직일 때마다 예리한 파공음과 함께 칼날 같은 경기가 낙일방의 몸 구석구석을 파고들었다. 그 경기 한 가닥 한 가닥에 실린 힘은 금석이라도 두부처럼 뚫어 버릴 정도로 막강한 것이었다.

낙일방은 낙뢰신권과 구반장법을 번갈아 가며 펼쳐 용선생의 공세에 정면으로 맞섰다. 용선생의 무시무시한 경기를 두 주먹과 장력만으로 파해하며 중단 없이 앞으로 돌진하는 그의 공세는 한없이 거친 듯하면서도 정교하고 치밀해서 좀처럼 틈이 보이지 않았다.

한 치도 물러서지 않고 맹렬한 공방을 주고받는 두 사람의 결전은 모든 사람들의 이목을 송두리째 집중시켰다. 온갖 절묘한 절기들이 줄지어 펼쳐졌고, 상상을 초월하는 다양한 수법이 곳곳에서 튀어나왔다.

중인들은 탄성을 내지르는 것도 잊은 채 멍하니 눈앞에서 벌어지고 있는 경천동지할 격전을 바라보고 있었다. 용선생의 손이 막강한 권풍의 소용돌이 속을 교묘하게 뚫고 들어가면 금시라도 낙일방의 몸에 핏구멍이 생겨날 것 같았고, 뇌전처럼 빠른 낙일방의 주먹이 번쩍일 때면 용선생의 주름진 얼굴이 산산이 박살 나 버릴 것만 같았다.

그야말로 전혀 승부를 예상할 수 없는 무시무시한 싸움이 계속되자 주위는 그들이 내뻗는 경기와 옷자락 펄럭이는 소리 외에는 죽음과도 같은 적막감이 감돌았다.

현격한 나이와 신분의 차이에도 불구하고 두 사람의 무공은 그야말로 백중지세(伯仲之勢)여서 누가 승리해도 전혀 이상할 것이 없어 보였다.

문득 넋을 잃고 두 노소(老少)의 싸움을 보고 있던 사람들 중 하나가 작은 목소리로 옆 사람에게 물었다.

"누가 이길 것 같은가? 난 아무리 봐도 모르겠군."

옆 사람은 눈도 깜박이지 않고 장내로 시선을 고정시킨 채 짤막하게 대꾸했다.

"자네도 모르는 걸 난들 알겠나?"

"짐작이라도 해 보게. 아무래도 무공을 보는 안목은 자네가 나보다 더 좋지 않겠나?"

"단순히 짐작만 가지고 이런 승부를 어떻게 예측한단 말인가?"

옆 사람이 계속 거절하자 그 사람은 짧은 한숨을 내쉬었다.

"제길. 말 한번 듣기 힘들군. 그래도 나이와 경력이 있는데, 용선생이 조금 더 유리하겠지?"

"나이라면 오히려 저 젊은 친구가 유리하지. 젊음이 가장 큰 재산이라는 말도 모르나?"

"그러면 자네는 옥면신권이 이길 거라고 본단 말이지?"

"누가 그가 더 유리하다고 했나? 자네가 나이 애기를 꺼내니까 한 말이지. 솔직히 젊으면 장기전으로 갈수록 체력적으로 유리하기는 하겠지."

"그럼……."

"속단하지 말게. 절정고수들 간의 싸움에서 체력은 여러 가지 요소들 중 하나에 불과할 뿐이네."

"그럼 뭐가 또 중요한가?"

"대적(對敵) 경험도 무시할 수 없지. 특히 지금저럼 비슷한 실력을 가진 절정고수들 간의 싸움을 한 번이라도 경험했느냐 하지 않았느냐는 무척 중요하네."

그 사람은 고개를 갸웃거렸다.

"그거라면 용선생이 훨씬 더 유리하지 않겠나? 그분이 강호에서 활동한 세월을 생각해 본다면 말일세."

"문제는 용선생의 명성일세."

"명성이 어때서?"

"용선생같이 수십 년간 강호 무림의 최고 고수로 군림해 오며 혁혁한 명성을 쌓은 사람이 자신과 비슷한 수준의 고수들과 다툴 일이 어디 있겠나?"

"하긴. 최근 몇 년간 용선생이 누구와 싸웠다는 말은 나도 들어본 적이 없군. 그렇다면 옥면신권은?"

"그에 비해 옥면신권은 종남혈사를 비롯해서 최근까지도 세법 치열한 싸움을 많이 겪었다고 하더군. 나이는 비록 어리지만, 대적 경험은 결코 적지 않을 거야."

"나이도 유리하고 대적 경험도 유리하단 말이지? 자네는 옥면 신권이 승리할 거라고 보는군?"

의외로 옆 사람은 고개를 흔들었다.

"아니. 그 정도로는 아무것도 장담할 수 없지. 난 오히려 승부를 건다면 용선생이 조금 더 유리하다고 생각하네."

"그건 왜 그런가?"

"절정고수들 간의 승부에서 체력이나 대적 경험보다 더욱 중요한 요소가 있네."

"그게 무엇인가?"

옆 사람의 눈빛이 여느 때보다 날카롭게 빛났다.

"무공에 대한 깊이일세."

"깊이?"

"다시 말해서 자신이 익힌 무공을 얼마나 잘 파악하고 있느냐 하는 것이지. 용선생은 수십 년간 지법과 수공에 대해서만 일로매 진해 온 사람일세. 그러니 자신의 무공에 대해서는 완벽하게 이해하고 있다고 봐야지. 그에 비해 저 젊은 친구는……."

"아무래도 무공에 대한 이해도가 완벽할 수는 없겠지. 절정무 공일수록 그것을 완벽하게 터득하는 데 오랜 시일이 소요되니 말 일세."

"바로 그렇다네. 저 젊은 친구는 비록 뛰어난 재질로 어린 나이에 높은 성취를 이루었지만, 아직 무공의 깊이 면에서는 용선생에 견줄 수 없네. 적어도 몇 년의 고련을 더 거쳤다면 몰라도 말이지."

그 사람은 용선생과 치열하게 맞서는 낙일방을 한동안 가만히 응시하고 있다가 가느다란 한숨을 내쉬었다.

"아쉽군. 정말 아쉬운 일이야. 왜 하필이면 지금 용선생을 만나서……."

"그게 운(運)이란 거겠지."

그 말을 끝으로 그들 두 사람, 귀호와 교리는 한동안 무거운 침묵을 지킨 채 장내의 격전을 바라보고 있었다.

용선생과 낙일방의 싸움은 그야말로 절정을 향해 치달려 가고 있었다.

두 사람의 몸은 이미 흐르는 땀으로 흠뻑 젖어 있었고, 의복은 몇 군데가 찢기거나 바스러져 맨살이 훤히 드러나 보였다. 항상 단정히 묶여 있던 용선생의 머리카락도 약간은 흐트러져 있었고, 준수했던 낙일방의 얼굴도 군데군데 피멍이 들어 있었다.

하나 두 사람은 눈살 하나 찌푸리지 않은 채 상대를 향해 더욱 매섭게 손을 휘두르고 있었다.

낙일방은 자신의 공력이 점차로 바닥을 드러내고 있음을 알았다. 임독양맥을 타통한 뒤로 마르지 않는 샘물처럼 끝없이 솟아올라왔던 내공의 흐름이 가끔씩 멈추거나 끊겨 곤란을 겪을 때가 있었다. 그에 비해 용선생의 손에서 흘러나오는 경기의 위력은 처음과 전혀 달라지지 않았다.

낙일방은 이제 승부를 내야 할 시간이 다가옴을 직감적으로 알아차렸다. 더 이상 이런 식으로 가다가는 내공의 부족으로 낭패를 당할 게 분명했다. 새삼 용선생의 대해(大海)와 같은 내공에 경의심이 느껴졌다.

지금 낙일방은 낙뢰신권은 거의 사용하지 않고 구반장법의 절초들로 용선생의 서설지(瑞雪指)와 유혼십이수(遊魂十二手), 용음조(龍吟爪)의 삼대 절학에 맞서고 있었다. 눈이 내리는 듯한 가벼운 손가락 짓에 가공할 경력이 담긴 서설지, 허깨비처럼 자유자재로 허공을 유영하며 날아드는 유혼수, 그리고 용의 울부짖음을 연상케 하는 파공음을 동반하는 무시무시한 용음조는 오랫동안 용선생의 명성을 강호 최고의 지법 고수로 인정받게 한 최고의 절학들이었다.

낙뢰신권이 비록 파괴적인 위력을 가지고 있지만, 낙뢰신권만으로 그 삼대 절학을 막기에는 어려움이 있었다. 낙일방은 변화무쌍한 구반장법을 펼친 후에야 용선생과 팽팽하게 맞설 수 있었으나, 점차 시간이 흐를수록 조금씩 초식이 꼬이거나 제대로 이어지지 않는 난맥상을 보이고 있었다.

용선생의 오른손이 유령의 손짓처럼 유연하게 머리 쪽으로 날아들자 낙일방은 양손을 번쩍 쳐들어 구반장법 중의 서우망월(犀牛望月)을 펼쳤다. 용선생의 손이 다가올 때처럼 소리도 없이 물러났다. 진퇴의 수발이 너무 부드러워서 마치 떠도는 혼백을 보는 듯한 것이 유혼십이수의 특징이었다.

낙일방은 양손을 쳐든 자세로 재빠르게 몸을 회전시켰다. 그러자 낙일방의 등이 용선생의 손이 물러나는 속도보다 더욱 빠르게 용선생 앞으로 다가들었다. 용선생이 자신의 코앞으로 무섭게 다가오는 낙일방의 등을 향해 손을 내뻗는 순간, 낙일방의 몸이 다시 무섭게 회전하며 쳐들었던 양손이 폭풍노도와 같은 기세로 휘둘러졌다. 양손을 쳐드는 서우망월에서 몸을 회전시키는 마면배심(馬面背深), 그리고 회전하는 탄력을 이용해 양손을 휘두르는 낭아선륜(狼牙旋輪)으로 이루어지는 이 초식이 바로 구반장법 중의 최절초인 삼전(三轉)이었다.

구반장법에는 삼수와 삼벽, 삼전의 세 가지 연환수법이 있는데, 낙일방은 그동안의 수련으로 삼수와 삼벽만을 익혀 낸 상태였다가 얼마 전에야 비로소 구반장법의 가장 무서운 수법이라는 삼전을 수박 겉핥기식으로라노 별칠 수 있게 되었던 것이다.

비록 완벽한 형태의 삼전은 아니었으나, 그 위력은 가히 놀라워서 지금까지 줄곧 평정을 유지하고 있던 용선생의 표정도 순간적으로 딱딱하게 굳어졌다. 낙일방의 양손이 휘몰아쳐 다가오는 기세가 어찌나 강력하던지 마치 거대한 톱니바퀴가 자신의 몸을 잘라 오는 듯한 느낌이 들었던 것이다.

더구나 회전하는 속도가 그대로 살아 있어 뒤로 피할 수도 없었다.

용선생은 양팔을 활짝 벌렸다. 낙일방의 손이 무방비로 드러난 그의 머리와 가슴을 그대로 강타하려는 순간, 벌려졌던 용선생의 두 팔이 빠르게 합쳐졌다. 그 속도가 어찌나 빨랐던지 두 팔이 벌려졌다 합쳐지는 동작이 동시에 일어난 것처럼 보였다.

쾅!

손과 손이 마주치는 소리라고는 믿기지 않을 정도로 엄청난 굉음이 터져 나왔다. 주위의 공기가 폭발하는 듯한 거센 경기가 사방으로 퍼져 나갔고, 부서진 돌조각과 먼지들이 허공을 자욱이 수놓았다.

낙일방은 휘청거리며 세 걸음이나 물러났다. 얼굴에 핏기 한 점 없이 창백해진 그의 입가에는 시뻘건 선혈이 주르르 흘러내리고 있었다.

용선생의 모습도 그리 좋아 보이지는 않았다. 용선생의 머리를 묶고 있던 두건이 풀려 백발성성한 머리카락이 어깨 위로 폭포수처럼 흘러내렸고, 정기로 가득했던 눈빛 또한 순간적으로 탁해져 있었다.

하나 다음 순간, 그들은 누가 먼저랄 것도 없이 서로를 향해 빠르게 몸을 날렸다.

낙일방은 입으로 피를 줄줄 흘리면서도 두 눈을 무섭게 번뜩인 채 오른손을 앞으로 쭈욱 내밀고 있었다. 그에 따라 상상도 하기 어려운 무시무시한 기운이 그의 장심을 중심으로 휘몰아치기 시작했다. 그것이 바로 종남파가 자랑하는 최고의 장공(掌功)인 태인장임을 알아본 사람은 종남파의 몇몇 고수들 외에는 아무도 없었다.

용선생 또한 산발한 머리카락을 휘날리며 오른손을 빠르게 흔들었다. 그에 따라 그의 다섯 손가락이 마치 탄주(彈奏)를 하듯 교묘하게 튕겼다.

고오오오…….

태인장의 가공할 장세가 구름처럼 용선생의 몸을 휩쓸어 버릴 듯한 기세로 몰아쳐 왔다. 압축된 공기가 사방으로 퍼져 나가며 무시무시한 경기의 소용돌이가 일어나기 시작했다.

그 엄청난 광경에 중인들은 벌린 입을 다물지 못했다. 그 장력의 소용돌이에 휩쓸리게 되면 제아무리 단단한 몸뚱이의 소유자라 할지라도 산산이 박살 나 버릴 게 분명해 보였다.

파파팍!

몇 줄기의 섬광이 그 소용돌이 속을 번뜩이고 지나간 것은 바로 그 직후였다. 그것은 마치 검은 하늘을 비추는 달빛을 연상케 했다.

쿠드드릉!

우적지 일대가 지진이라도 만난 듯 뒤흔들렸다. 그 흔들림이 모두 멈추었을 때 장내에 서 있는 사람은 오직 한 명뿐이었다.

용선생은 연신 휘청거리면서도 그 자리에 우뚝 서 있었다.

"우욱!"

한 차례 피를 토하면서도 용선생은 쓰러지지 않고 버티고 있었다. 입가로 흐르는 피를 소맷자락으로 대충 닦은 용선생은 무거운 눈빛으로 삼 장 밖을 바라보았다.

그곳에는 백의를 입은 한 사람이 길게 쓰러져 있었다. 그 백의는 그가 보고 있는 와중에도 점차 혈의(血衣)로 변해 가고 있었다. 그 사람은 다름 아닌 낙일방이었다. 낙일방의 옆구리와 어깨에는 몇 개의 피 구멍이 뚫려 있어, 그곳에서 흐르는 피로 몸이 붉게 물들어 가고 있었다.

종남파 진영에서 동중산이 빠르게 달려가 낙일방을 끌어안았다.

잠시 그의 상세를 살피던 동중산이 안도의 한숨을 내쉬었다. 비록 옆구리와 어깨에 치명적인 부상을 입기는 했으나, 다행히 목숨에는 지장이 없음을 알아차린 것이다. 동중산은 낙일방의 몸을 지혈한 후에 그의 몸을 소중하게 끌어안고 종남파의 진영으로 돌아왔다.

제 320 장
검로인로(劍路人路)

제 320 장 검로인로(劍路人路)

한참 후에야 낙일방은 간신히 정신을 차렸다.

문득 눈을 뜬 낙일방은 무거운 표정으로 자신을 내려다보고 있는 동중산을 보자 입술을 질끈 깨물었다.

"결과는……?"

"낙 사숙……."

"결과는 어떻게……?"

"사숙께선 최선을 다하셨습니다."

동중산은 그 말 외에는 아무 말도 할 수가 없었다.

낙일방은 한동안 멍하니 허공을 응시했다.

'내가…… 패했구나.'

믿기지 않는 심정이었다.

그토록 전력을 다해 자신이 가진 모든 것을 내보이고, 비장의 절기로 생각하고 있던 태인장마저 사용했음에도 결국 용선생에게 패하고 만 것이다. 단순한 비무가 아니라 종남파의 대업(大業)을 이루기 위한 가장 중요한 무대에서 패했다는 것이 낙일방으로서는 아직도 믿기지 않았다.

대체 자신의 무엇이 부족했던 것일까?

해조림 사조에게서 소선의 칠종절학을 얻은 후, 낙일방은 정말 자신의 모든 열과 성을 다해 단 한순간도 빼놓지 않고 무공 수련에 매진해 왔다. 초가보와의 살 떨리는 싸움에서 기적적으로 살아난 이후 그의 무공은 비약적으로 발전해 왔으며, 최근에 오랫동안 절전되었던 태인장의 비결을 복원하고 구반장법의 화후가 칠성을 넘어선 후로는 하루가 다르게 새로운 경지에 접어든 상태였다.

게다가 서장 무림 고수들과의 싸움을 비롯한 계속적인 혈전으로 대전 경험도 풍부해져서 그야말로 심신(心身)이 모두 최고조에 올라 있었다.

이번 비무에서 낙일방은 자신의 모든 것을 다해 싸움에 임했고, 진기가 바닥나는 상황에 몰리면서도 최선의 수를 찾기 위해 노력했다. 그럼에도 불구하고 승리를 쟁취하지 못했으니, 그것은 그만큼 용선생이 지금의 낙일방으로서는 도저히 넘을 수 없는 거대한 벽(壁)과도 같은 존재라는 의미였다.

낙일방이 패함으로써 종남파는 이번 비무에서 상당한 열세에 놓이게 되었다. 앞으로 출전할 사람들을 생각해 본다면 무슨 일이 있어도 낙일방이 일 승을 거두어야 했다. 그래야 최소한 진산월에 게까지 비무가 이어질 수 있었다.

일단 진산월한테 비무가 이어지기만 한다면 종남파는 반드시 승리할 수 있었다. 그것은 단순한 믿음 정도가 아니라 해가 동쪽에서 뜨고 서쪽으로 지는 것과 같은 당연한 진리에 가까웠다. 그만큼 진산월에 대한 종남파 고수들의 신심은 절대적인 것이었다.

그런데 낙일방이 첫 번째 비무에서 패하는 바람에 진산월에게로 가는 길이 결코 쉽지 않게 되었다. 만약 이번 형산파와의 비무에서 패하게 된다면, 그리고 그것이 자신의 패배로 인한 결과에서 비롯된 것이라면 낙일방은 도저히 자기 자신을 용서하지 못할 것 같았다.

넋이라도 나간 사람처럼 우두커니 허공을 올려다보고 있던 낙일방의 텅 빈 동공에 한 사람이 들어왔다.

그 사람을 보는 순간, 낙일방은 필사적으로 몸을 일으키려 했다.

그 사람은 가만히 낙일방의 어깨를 잡았다.

"더 누워 있어라."

잠깐 몸을 움직인 것만으로도 지혈했던 어깨와 옆구리의 구멍에서 다시 핏물이 흘러내리기 시작했다. 그 사람이 재차 지혈한 후에야 비로소 피가 멎었다.

낙일방은 그저 묵묵히 입을 굳게 다문 채 그 사람을 하염없이 바라보고 있었다. 그러다 시선이 마주치자 먼저 고개를 돌렸다.

"죄송합니다, 장문 사형……."

입속으로 중얼거리는 듯 알아듣기 힘든 음성이 흘러나왔다.

진산월은 낙일방의 부상당하지 않은 어깨 부위를 가만히 두드려 주었다.

"너는 잘 싸웠다. 나는 네가 자랑스럽구나."

"하지만……."

"천하에 용선생의 입에서 피를 토하게 만들 수 있는 사람이 몇 명이나 되겠느냐? 너는 온전히 스스로의 힘으로 자신이 어떤 존재인지를 무림인들에게 똑똑하게 보여 준 것이다."

"……."

"너는 오늘 본 파를 위해 할 수 있는 모든 일을 다 했다. 그러니 이제는 다른 사람들을 믿고 지켜보도록 해라."

낙일방은 눈을 감았다. 가늘게 떨리는 눈꺼풀 사이로 언뜻 엷은 물기가 내비치는 것도 같았다.

진산월은 낙일방의 심정을 어느 누구보다도 잘 알고 있기에 더 이상 아무 말도 하지 않고 묵묵히 그의 옆에 자리를 지켰다.

잠시 후, 마음을 가다듬은 낙일방은 여전히 눈을 감은 채로 조그만 소리로 물었다.

"제가 삼전을 완벽하게 익혔다면 결과는 달라졌을까요?"

"……."

"태인장을 좀 더 자유자재로 쓸 수 있었다면…… 그랬다면 결과는……."

진산월은 한동안 아무런 대답이 없었다. 낙일방이 참지 못하고 다시 눈을 떠서 그를 바라보았을 때야 비로소 천천히 입을 열었다.

"솔직히 그건 나도 모르겠다. 너의 구반장법이 완벽했다면 과연 용선생을 이길 수 있었을까? 태인장만으로 용선생의 그 가공할 월광지를 감당해 낼 수 있었을까? 직접 겪어 보지 않은 다음에는 누구도 장담할 수 없는 일이지."

이번에는 낙일방이 입을 굳게 다문 채 그의 말에 귀를 기울이고 있었다.

"한 가지 분명한 것은 너는 아직도 발전할 여지가 충분히 남아 있다는 것이다. 네가 구반장법을 완벽하게 터득하고 태인장을 능수능란하게 펼칠 수만 있다면 너의 무공은 지금과는 또 다른 경지에 올라서게 될 것이다. 천단신공을 대성한다면 다소 부족했던 내 공도 그만큼 상승할 수 있겠지. 그에 비해 용선생은 이미 본인이 오를 수 있는 최고의 경지에 올라 있는 상태이다. 더 이상의 발전은 불가능하다는 말이지."

"……!"

"아직 여러 가지가 미흡했음에도 용선생과 막상막하의 접전을 벌였던 네가 완벽히 개화(開花)한 상태에서 다시 용선생을 만나게 된다면 어떤 결과를 맞이하게 될지 네가 한번 생각해 보려무나."

낙일방은 마음이 복잡한 듯 눈빛이 몇 차례나 변했다. 진산월은 낙일방이 점차로 안정된 눈빛을 되찾는 것을 보고 난 후에야 비로소 고개를 들어 형산파 진영으로 시선을 돌렸다.

형산파에서 한 사람이 천천히 걸어 나오고 있었다. 반백(半白)의 머리를 하고 허리춤에 한 자루 검을 찬 노인이었다.

적어도 육순은 되어 보이는 노검객의 얼굴은 대추처럼 붉었고, 눈빛은 멀리서 보아도 한기를 느낄 정도로 차갑고 냉혹했다.

그 노검객을 보는 순간, 사람들의 웅성거림이 더욱 커졌다.

"형산파에서 정말 단단히 작심한 모양이군. 오결검객 중에서도 가장 나이가 많은 비응검 사공표가 두 번째로 나설 줄이야."

사공표는 육십 대 중반의 나이로, 이십여 년 전 기산취악에도 출전했던 정말 유명한 검객이었다. 무공 실력은 오결검객의 최고봉인 조화신검 사견심보다는 약간 뒤처진다는 평가를 받고 있으나, 성정이 냉혹하고 손속이 매서워서 사람들이 오결검객 중에서도 가장 두려워하는 인물이었다.

형산파에서 누가 나올까 하고 신경을 기울이던 귀호가 사공표를 보고는 피식 웃음을 흘렸다. 교리가 그것을 보았는지 의아한 얼굴로 물었다.

"왜 그런 웃음을 짓고 있나?"

"서 노인네가 왜 나왔는지 알 것 같아서 밀일세."

"왜 나왔는데?"

"사공표는 성정이 잔인하고 모진 면이 있어서 한 번 눈에 찍은 사람은 절대로 용서하지 않는다네. 예전에 그는 소림사에서 종남삼검의 일인인 질풍검 전풍개와 싸운 적이 있는데, 그때 비록 전풍개에게 승리를 하기는 했지만 상당히 고전(苦戰)을 했었지."

"기산취악 때의 이야기로군."

"그렇지. 그때 형산파의 다른 오결들은 비교적 쉽게 승리를 거둔 반면에 사공표는 백 초가 넘는 오랜 격전 끝에 간신히 승리했네. 그래서 사공표는 자신의 체면이 구겨졌다고 생각하고 늘 설욕할 기회를 노리고 있었네."

교리는 어처구니가 없다는 표정을 했다.

"아니, 기산취악으로 종남파를 매장시킨 장본인이 오히려 설욕할 기회를 노리다니? 뭐 그런 심보를 가진 자가 다 있나?"

"그게 바로 사공표라는 인물일세. 아무튼 사공표는 다시 전풍 개를 만나면 반드시 오십 초 내에 머리를 잘라 버리겠다고 몇 차 례 공언했는데, 아무래도 전풍개 대신 종남파의 다른 고수를 대상 으로 선택한 모양일세."

"그러니까 자네 말은 예전에 전풍개를 통쾌하게 이기지 못한 것이 분해서 그 원한을 풀 겸 출전했단 말이지?"

"그렇다네. 그렇지 않고서야 형산파에 오결이 열다섯 명이나 되는데 가장 나이가 많은 그를 내보낼 리가 있겠나? 아마도 사공 표 본인이 먼저 나가겠다고 강력하게 주장했을 게 틀림없네."

교리는 혀를 차며 사공표의 냉엄한 얼굴을 다시 한 번 유심히 바라보았다.

"자네 말을 듣고 보니 표정 구석구석에 배어 있는 독랄함과 아 집 같은 게 생생하게 느껴지는군. 저런 자를 상대로 싸우는 것은 상당히 귀찮은 일이지. 좀처럼 포기하지 않고 달려드니 말일세. 종남파에서 누가 나올지는 모르지만 애를 좀 먹겠군."

그의 말이 끝나기가 무섭게 종남파에서 한 사람이 훌쩍 모습을 드러냈다.

그를 보자 귀호는 참지 못하고 나직하게 소리 내어 웃었다.

"하하. 이거 정말 재미있게 되었군."

"뭐가 그리 재미있나?"

"종남파에서 사공표에 맞서 출전하는 사람은 다름 아닌 무영검 군 성락중일세."

"그런데?"

"성락중은 바로 질풍검 전풍개의 제자란 말일세. 그러니 사부의 원한을 갚기 위해 와신상담을 해 온 제자와 그 사부에게 이를 갈고 있는 노강호가 정면으로 맞부딪치게 되었으니 어찌 재미있지 않겠나?"

형산파 진영에서 앞으로 나오는 사공표의 모습을 보았을 때, 성락중과 전흠은 거의 동시에 몸을 움찔거렸다.

형산파와의 비무가 정해졌을 때부터 두 사람은 한편은 기대하는 마음으로, 한편은 두려운 마음으로 사공표가 꼭 출전하기를 간절히 염원해 왔다. 그리고 전풍개의 이십 년을 고통과 회한에 찬 세월로 만들었던 사공표에게 설욕하고 싶어 하는 그들의 간절한 바람은 마침내 보답을 받았다.

하나 출전할 수 있는 사람은 오직 한 명뿐이었다.

성락중은 자리에서 일어났다. 전흠이 몇 차례 안타까운 시선을 그에게 보냈으나, 성락중은 다만 진산월을 향해 짤막하게 고개를 끄덕였을 뿐이었다.

"다녀오겠네."

진산월이 머리를 조아리자 성락중은 성큼성큼 앞으로 걸어 나갔다.

상대가 사공표가 아니었어도 이때쯤에는 성락중이 나서야 할 차례였다. 낙일방이 일차전에서 패배한 상황에서 두 번째 비무마저 내주게 된다면 종남파로서는 너무도 급박한 처지에 몰릴 수밖에 없었다.

그런 상태이기에 종남파가 내밀 수 있는 가장 강력한 패인 성락중이 나서는 것이 당연했다. 다만 성락중으로서는 그 상대가 사공표라는 것에 하늘에 감사하는 마음이었을 것이다.

사공표를 향해 한 걸음 한 걸음 내딛는 성락중의 심정은 그 자신도 정확히 알지 못할 정도로 복잡한 것이었다.

이십여 년 전의 그날, 성락중도 사부와 함께 소림사에 가 있었다. 그리고 그날 이후, 성락중은 단 한시도 그때의 일을 잊은 적이 없었다.

하늘처럼 여겨졌던 사부와 사숙들이 형산파의 오결검객에게 하나둘씩 무릎을 꿇는 광경을 지켜보아야만 했던 순간은 지옥과도 같았고, 오결검객들이 보여 준 검법의 길은 너무도 높고 찬연해 보였다. 까마득한 하늘 위에 떠 있는 듯한 그들의 검법을 꺾기 위해 고심참담한 시간을 보내야만 했던 그 많은 세월의 흔적들이 고스란히 그의 손과 몸에 새겨져 있었다.

이제 그 험하고 모진 시간을 지나 비로소 당시의 주인공이었던 비응검 사공표를 앞에 두게 되었으니, 머릿속에 만감이 교차하는 것은 너무도 당연한 일이었다.

당시에는 그토록 높고 험하며 무섭고 사나워 보였던 사공표가 이제는 주름지고 고집 센 노인으로 보였다. 여전히 강퍅하고 매서운 인상이었으나, 그때처럼 심장이 오그라들 정도로 두려운 마음도 들지 않았다.

사공표의 얼굴에 그날 이후 늘 고통과 자책 속에서 불면(不眠)

의 밤을 보내고 있던 전풍개의 얼굴이 겹쳐 보이는 것은 무슨 이유에서일까? 성락중은 선연히 떠오르는 전풍개의 얼굴을 보며 언젠가는 꼭 하고 싶었던 심중(心中)의 말을 소리 없이 내뱉었다.

'사부. 이제는 더 이상 괴로워하지 마십시오. 그것은 사부의 잘못이 아니었습니다.'

사공표는 예의 독수리가 먹이를 보는 듯한 눈으로 성락중을 쏘아보고 있었다. 그 눈빛이 어찌나 날카로웠는지 멀리 떨어져 지켜보는 사람들조차 가슴 한구석이 섬뜩해질 정도였다.

사공표의 나이는 올해로 예순여섯. 열다섯의 나이에 청운의 뜻을 품고 형산파에 입문한 것이 벌써 오십일 년 전의 일이었다.

소림사에서 종남삼검의 일인인 질풍검 전풍개를 꺾고 강호 전역에 엄청난 명성을 떨친 것이 벌써 이십사 년 전. 그때 그는 마흔둘이라는 절정의 나이에 자신의 검법에 대한 자신감으로 똘똘 뭉쳐 있었다.

당시 강호상에서의 명성은 전풍개가 훨씬 더 높았지만, 그것은 사공표가 좀처럼 호남성을 벗어나지 않고 형산파의 영역에서만 활동했기 때문이었다.

형산파 내에서의 평판은 조화신검 사견심이나 칠지신검 좌군풍에 조금 미치지 못했지만, 그래도 그들 두 사람을 제외하고는 오결검객 중 누구와 붙어도 이길 자신이 있었다. 결국 종남파와의 대결에는 그들 세 사람이 나갔고, 모두 승리를 거두어 종남파를 끌어내리고 형산파를 구대문파의 지위에 올리는 데 혁혁한 공을 세우게 되었다.

전풍개와의 싸움은 사공표로서도 좀처럼 겪어 보지 못한 치열한 접전이었다. 저물어 가는 종남파의 검법 정도는 쉽게 꺾을 줄 알았는데, 전풍개의 성라검법은 예상보다도 훨씬 더 무섭고 날카로운 위력을 지니고 있었다. 게다가 전풍개라는 인간의 투지력과 근성이 대단해서 불리한 상황에서도 좀처럼 물러서지 않고 사력을 다해 맞서는 바람에 비무치고는 상당히 유혈이 낭자한 격전이 되었다.

그에 비해 사견심과 좌군풍은 훨씬 더 수월하게 상대를 격파했다. 가뜩이나 그들 두 사람에게 은근히 열등감을 느끼고 있던 사공표로서는 이기고도 기쁜 마음보다는 분하고 억울한 감정이 더욱 강했다.

소림사를 떠날 때 자신을 노려보던 전풍개의 매서운 얼굴을 떠올릴 때마다 그를 좀 더 철저히 짓밟지 못한 것 때문에 분기가 치밀었고, 한편으로는 자신에게 설욕의 칼날을 갈고 있을 그가 꺼림칙한 마음도 있었다.

나중에 전풍개가 복수를 위해 종남파를 뛰쳐나와 천하를 떠돌고 있다는 말을 들었을 때는 언제고 반드시 그가 자신의 앞에 다시 나타나리라는 생각에 더욱 검을 가다듬는 데 전력을 기울여 왔다.

이번에 무당산에서 이십여 년 만에 다시 종남파와의 비무가 결정되었을 때, 사공표는 제일 먼저 나서서 자신이 출전할 것임을 천명했다. 비록 전풍개는 나오지 않았지만 재기를 위해 몸부림치는 종남파를 철저히 짓밟아 버림으로써 과거에 대한 미련이나 아쉬움을 깨끗이 떨쳐 버릴 생각이었던 것이다.

오결검객 중에서도 가장 연장자인 그의 발언을 무시할 사람은 적어도 형산파에는 존재하지 않았다.

사공표는 종남파에서 누가 나오든 자신이 있었다. 심지어 남들이 그토록 두려워하는 신검무적이 나선다 해도 한번 상대해 볼 만하다고 생각하고 있었다.

그래서 자신을 향해 서슴없이 걸어오는 성락중을 보았을 때도 두려움이나 거리낌보다는 어서 빨리 쓰러뜨리고 싶은 생각뿐이었다. 자연히 그의 몸에서는 서릿발 같은 살기를 담은 예리한 기운이 무럭무럭 흘러나왔다.

성락중은 자신을 향해 진득한 살기를 내뿜는 사공표를 바라보다 먼저 그를 향해 포권을 했다.

"종남파의 이십대 제자 성락중입니다."

"이십대라. 십구대에 내가 알고 있던 자가 하나 있었지."

사공표의 눈이 가늘어지며 실낱같은 광망이 흘러나왔다.

"전풍개라는 자인데, 어떤 관계인가?"

성락중은 조금도 화를 내거나 인상을 찌푸리지 않고 담담한 표정으로 대답했다.

"저의 스승님이십니다."

"그렇군. 전풍개의 제자였군."

사공표는 돌연 어깨를 들썩이며 웃었다.

"흐흐. 전풍개의 모습이 보이지 않아 이상하다 했는데, 제자를 대신 보냈군. 내가 두려워 꽁무니를 뺄 자는 아니니, 그만큼 자신 있다는 말이겠지? 정말 기대가 되는군. 기대가 돼……!"

성락중은 의미 모를 미소를 짓고 있는 사공표의 얼굴을 가만히 보고만 있을 뿐 아무런 말도 하지 않았다.

점차 사공표의 얼굴에 떠올라 있던 미소가 거두어지며 차갑고 냉랭한 얼굴이 나타났다.

"나는 형산파의 십이대 제자 사공표다. 종남파와의 숙원(宿怨)을 이번에 깨끗이 정리할 것이다."

어떤 식으로든.

더 이상 종남파와의 싸움으로 인해 남들에게 비교당하거나 수십 년간 자신을 향해 칼을 가는 걸 뻔히 알면서도 두 손 놓고 있는 일은 없을 것이다.

사공표의 음성 속에는 미처 내뱉지 못한 이러한 의미들이 포함되어 있었다.

창!

검이 뽑혀 나오는 음향이 더할 수 없이 청량했다.

뛰어난 검객은 검을 뽑는 동작만 보아도 상대의 실력을 알 수 있다고 했다. 그런 점에서 사공표의 발검은 거의 완벽했다. 빠르고 날카로우면서도 절제되어 있어서 한 폭의 그림을 보는 것 같았다.

그에 비해 성락중의 발검은 기이할 정도로 느렸다. 천천히 검을 뽑아 들고 중단의 자세를 취해 가는 그 모습은 대적(大敵)을 앞둔 결전이 아니라 친한 사이에 벌이는 비무를 준비하는 자세 같았다.

두 사람은 단지 검을 뽑아 들고 마주 보고 서 있기만 했지만, 장내의 분위기는 삽시간에 살벌한 격전장처럼 변해 버렸다. 보이지 않는 무형의 검기들이 그들 주위를 뒤덮은 채 맹렬하게 서로를 베어 가는 것 같았다.

주변의 공기가 요동을 치고 바닥에 깔려 있던 부서진 돌조각과 먼지들이 저절로 허공에 떠올라 이리저리 휩쓸려 가는 광경은 보는 이를 전율케 할 정도로 압도적인 것이었다.

교리가 나직하게 휘파람을 불었다.

"휘이! 정말 멋지군. 모처럼 제대로 된 검투(劍鬪)를 볼 수 있겠는데."

"저렇게 서로의 검기가 충돌하여 눈에 선명하게 보이는 검풍면적(劍風面跡)의 장면은 정말 오랜만에 보는군."

귀호가 감탄성을 토해 내자 교리가 이를 드러내며 웃었다. 사납고 거칠면서도 어딘지 모르게 흥겨워하는 듯한 웃음이었다.

"확실히 제대로 된 검객들이라 다르긴 하군. 용선생과 그 젊은 친구의 대결도 괜찮긴 했는데, 역시 강호에서의 싸움이란 검과 검이 마주치는 것이 진짜지."

"자네, 너무 흥을 내는 것 같군."

"저런 수준의 검객들이 벌이는 진검 승부는 나도 좀처럼 보지 못해서 말이지. 자네는 설레지 않나?"

"설레긴 하지. 그나저나 사공표의 기운은 몇 년 전보다 훨씬 더 강렬해진 것 같군. 날카로움이 너무 강해서 보기만 해도 가슴 한 구석이 서늘해지는 것 같으니 말일세."

귀호의 말마따나 사공표의 검에서는 시퍼런 빛의 검기가 멀리서도 확연히 알 수 있을 정도로 진하게 흘러나와 성락중의 전신을 위협하고 있었다. 더욱 놀라운 것은 그 시퍼런 검기가 성락중의 몸 가까이 접근하다 일그러지거나 방향이 틀어지고 있다는 것이었다. 겉으로 보이지는 않았으나 성락중의 검에서도 무형의 검기가 강력하게 뿜어져 나오고 있음이 분명했다.

검을 휘두르지는 않았지만, 두 사람 사이의 싸움은 이미 시작된 것이나 마찬가지인 상황이었다.

한동안 두 사람 주위를 일렁거리던 검기의 소용돌이가 갑자기 씻은 듯이 사라져 버렸다. 그리고 본격적인 검투가 시작되었다.

파파파파팍!

장내는 삽시간에 눈부신 검광에 휩싸였다. 두 사람의 모습 또한 그 검광에 완전히 가려져 버렸다. 수십 수백의 검광들이 종횡으로 난무하는 가운데 희끗한 두 개의 인영이 검광 속에서 이리저리 움직이는 모습만이 어렴풋하게 보일 뿐이었다.

그들의 싸움이 어찌나 치열하던지 수많은 군웅들이 둘러싸고 있는 우적지 전체가 거친 칼바람과 싸늘한 검광에 뒤덮여 버린 것만 같았다. 사람들 중에는 단순히 지켜보는 것만으로도 소름이 돋는지 연신 자신의 팔을 문지르는 자들도 적지 않았다.

교리는 한동안 눈도 깜박이지 않은 채 장내의 치열한 격전을 보고 있다가 문득 물었다.

"사공표가 사용하는 검법이 무엇인가?"

귀호는 주저하지 않고 대답했다.

"형산파의 구종 검법 중 하나인 칠살검법일 걸세. 사공표는 형산파에서도 칠살검법의 최고수로 알려져 있는 인물이니 말일세."

교리는 고개를 갸웃거렸다.

"저렇게 흉폭하고 거친 게 형산파의 정통 검법이라고?"

"칠살검법 자체가 원래 살기가 짙은 데다 사공표의 손을 거치니 내가 보기에도 명문정파의 검법답지 않게 살벌하긴 하군. 그래도 저 시퍼런 검기와 빠르고 급박한 검초의 변화를 보니 확실히 칠살검법이 맞는 것 같네."

교리는 다시 물었다.

"성락중이란 자의 검법은?"

"잘 짐작이 가지 않는군. 전풍개를 사사했으니 전풍개의 성명절기인 성라검법을 익힌 건 분명할 텐데, 생각만큼 빠르거나 날카로워 보이지 않으니 지금은 성라검법이 아닌 다른 검법을 펼치고 있는 것 같네."

귀호는 안력을 돋우어 한동안 장내의 격전을 유심히 지켜보다가 다시 입을 열었다.

"상당히 부드럽고 유연한 동작임에도 사공표의 칠살검법에 조금도 물러서지 않고 팽팽하게 맞서고 있는 걸 보니 겉으로 보기보다는 빠르고 역동적인 힘이 담겨 있는 것 같군. 언뜻 해남검파의 무공 냄새도 나는 것 같긴 한데, 정확한 것은 나도 모르겠네."

"흠."

교리의 얼굴에 한 줄기 흥미로운 빛이 떠올랐다. 귀호는 시선을 격전장에 주고 있으면서도 계속 교리의 행동 하나하나를 놓치지 않고 관심을 기울이고 있었기에 즉시 그를 향해 물었다.

"이상한 점이라도 있나?"

"자네는 느끼지 못했나?"

"무얼 말인가?"

교리는 턱으로 격전장을 가리켰다.

"저 두 사람의 검은 아직 단 한 차례도 서로 부딪힌 적이 없다는 걸 말일세."

귀호의 눈이 크게 뜨였다.

'그러고 보니……'

귀호는 교리의 말을 듣고 나서야 단 한 번도 검과 검이 마주치는 음향을 듣지 못했음을 깨달았다. 워낙 검광이 매섭게 번뜩이고 검풍이 사납게 휘몰아쳐서 미처 그 사실을 인지하지 못했던 것이다.

검이 바람을 가르며 지나가는 소리만으로도 듣는 이의 모골을 송연하게 하는 섬뜩함이 느껴질 정도로 살벌한 검투에서 서로의 검이 격돌하는 일이 한 번도 없다는 것은 실로 이해하기 힘든 일이 아닐 수 없었다.

귀호는 강호 무림의 전반적인 지식에 해박하고 무공에 대한 경륜도 풍부했지만, 아직 이런 경우를 본 적이 없어서 당혹감을 느껴야 했다.

"확실히 그렇군. 어떻게 저렇게 맹렬하게 싸우면서도 검 한번 부딪치지 않을 수가 있지?"

귀호의 물음에 교리는 유난히 번쩍이는 눈으로 치열한 공방을 벌이는 두 사람을 주시하며 나직한 음성을 내뱉었다.

"내가 알기로 저런 경우는 두 가지뿐일세."

"그게 무엇인가?"

"첫째는 두 사람의 무공이 완전히 상극(相剋)인 경우이지. 검초의 변화가 서로 너무 달라서 검과 검이 움직이는 영역이 겹치지 않기에 검끼리 부딪칠 일이 별로 없지."

"그래도 아주 없지는 않을 게 아닌가?"

"그렇긴 하지. 그래도 예전에 백 초 가까이 되도록 서로의 검이 한 번도 마주치지 않은 싸움을 본 적이 있었네."

"두 번째는?"

"둘 중 한 사람이 상대의 검과 마주치지 않으려고 의식적으로 충돌을 피하는 경우일세."

귀호는 쉽게 이해가 되지 않는지 약간 의아한 표정이 되었다.

"저 정도 고수들 간의 싸움에서 일부러 충돌을 피한다는 건 스스로 약세를 짊어지고 싸우는 격이 아닌가?"

"그렇지."

"왜 그런 일을 한단 말인가?"

"여러 가지 이유가 있겠지. 상대의 검이 천하의 보기 드문 보검이어서 검이 충돌하는 순간 내 검이 훼손되거나 부러질 것을 염려할 수도 있고, 상대보다 내공이 현격하게 뒤져서 약세를 보일 것을 우려했을 수도 있지."

"……."

"그리고 상대의 검이 어떻게 움직일지를 소상하게 파악하고 그 허점을 철저히 파고들려고 노리는 것일 수도 있겠지."

사공표가 무언가 이상함을 느낀 것은 칠살검법의 세 번째 초식인 무상두색(無常斗索)을 펼쳤을 때였다.

칠살검법은 빠르고 날카로운 만큼 초식과 초식의 이어짐이 무척이나 정교했다. 그래서 칠살검법을 처음 겪어 보는 사람들 중에는 상대의 초식이 언제 바뀌었는지를 미처 알지 못해 제대로 된 대응을 하지 못하고 낭패를 당하는 경우가 종종 있었다.

사공표는 그런 칠살검법을 대성한 인물이었으니, 초식의 연계는 그야말로 완벽에 가까웠다. 그런데 두 번째 초식인 낙락한소(落落漢瀟)에 이어 무상두색을 펼쳤을 때 초식의 이어짐이 평소와 달리 그다지 매끄럽지 않음을 알아차린 것이다.

매서운 기세로 상대방의 전신을 강력하게 휘몰아치는 낙락한소의 초식과 상반신 급소요혈을 예리하게 노리는 무상두색은 서로 잘 어우러져서 사공표가 즐겨 사용하는 연환식 중 하나였다. 그런데 당연히 성락중의 요혈 일곱 군데를 순차적으로 찔러 가야 할 무상두색에 노출된 요혈은 다섯 군데에 불과했다.

사공표는 칠살검법에 통달한 인물답게 즉시 그 이유를 알아차렸다. 원래는 상대의 왼쪽 어깨의 한 뼘 위에서 오른쪽 아랫배 부위로 비스듬히 움직이며 차례로 상반신의 요혈들을 노려야 할 무상두색의 초식이 두 치쯤 낮게 움직이며 요혈 두 개를 놓쳐 버린 것이다.

왜 원래의 위치보다 두 치나 낮은 위치에서 초식의 변화가 시작되었을까?

사공표의 칠살검법에 대한 조예로 보아 단순한 실수일 가능성은 전혀 없었다.

그렇다면 원인은 오직 한 가지뿐이다.

낙락한소의 마무리 변화가 원래 예정된 곳보다 두 치 낮은 곳에서 종결되었던 것이다. 그 때문에 자연스레 다음 초식으로 이어지는 사공표의 검이 원래의 위치를 놓쳐 버린 것이 확실했다.

사공표는 낙락한소의 시작이 완벽했음을 분명하게 기억하고 있었다. 그렇다면 완벽했던 낙락한소가 왜 마지막 순간에 두 치나 낮아진 것일까?

사공표의 가슴이 덜컥 내려앉았다.

'나도 모르는 사이에 초식의 변화가 금제당하고 있었구나.'

사공표의 눈이 가늘어지며 예리한 신광이 흘러나왔다.

사공표의 손에 들린 검은 지금 네 번째 초식인 병단천남(屛斷天南)으로 넘어가고 있었다. 병단천남은 칠살검법 중에서도 특히 위력이 뛰어난 절초로, 상체의 요혈을 노렸던 검이 수평으로 움직이며 상대의 가슴을 갈라 버리는 무시무시한 수법이었다. 점(點)으로 찔러 갔던 검의 움직임이 순식간에 선(線)으로 변하며 보다 폭넓은 부위를 노리기 때문에 상대는 제대로 피하지 못하고 가슴을 베이기 일쑤였다.

그런데 오른쪽에서 왼쪽으로 이동하며 상대의 가슴을 갈라놓아야 할 병단천남이 약간 밑으로 향하며 복부 주위를 스쳐 지나가 버렸다. 사공표는 병단천남을 전개하면서 주의를 잔뜩 기울였기 때문에 이번에는 자신의 검초가 왜 방향이 틀어졌는지를 확실하게 파악할 수 있었다.

자신의 검에 바짝 붙어 움직이던 성락중의 검이 막 변화를 일으키던 시점에서 위에서 아래로 아주 미묘하게 흔들거렸다. 그 흔들림은 주의를 집중시키지 않았다면 알아차리기 힘들 정도로 아주 미세한 것이었으나, 그 검에서 흘러나오는 기이한 기운에 자신의 검봉이 살짝 눌리며 검초의 방향이 뒤틀어지는 것을 알아보기에는 충분한 것이었다.

사공표는 평생을 검과 함께 살아온 인물답게 단번에 성락중의 검에서 흘러나오는 그 괴이한 기운의 정체를 파악했다.

'검경(劍勁)? 아니, 단순한 검경은 아니다. 그렇구나. 검경불혈진맥(劍勁拂穴震脈)이로구나……!'

검경불혈진맥은 검경의 최고 경지로, 검에서 흘러나오는 진기만으로 사람의 맥을 뒤흔들어 격상시킬 수 있는 상승의 수법이었다. 절정에 이르도록 연마하면 단순히 사람을 살상하는 데서 그치지 않고 지금처럼 검에서 내뿜는 기운을 자기 마음대로 조절할 수가 있게 되는 것이다.

하나 아무리 그렇더라도 초식이 변하는 그 촌음(寸陰)의 순간에 무시무시한 기세로 움직이는 검 끝에 그처럼 미세하고 정교한 기운을 흘려보내 상대의 검초를 임의로 변화시킨다는 것은 실로 놀라운 일이 아닐 수 없었다.

지금까지 계속 자신의 검초가 자신도 모르는 새 성락중의 검에 의해 조금씩 변질되어 왔음을 깨닫게 된 사공표는 커다란 충격을 받을 수밖에 없었다. 자신의 검법에 절대적인 자신감을 가지고 있는 사공표로서는 직접 당하고도 쉽게 믿기 힘든, 너무도 어이없는 상황이었다.

그래서인지 그 뒤로 성락중이 펼치는 모든 검초가 위협적이고 대단하게 느껴졌다. 자연히 처음의 맹렬하고 사나웠던 기세가 한 풀 꺾일 수밖에 없었다.

사공표의 기세가 떨어지자 교리가 즉시 그 사실을 간파하고 나직하게 혀를 찼다.

"쯧. 의심암귀(疑心暗鬼)라더니……. 사공표가 자신의 검에 불신(不信)을 가지기 시작했군."

귀호는 움찔 놀라 급히 물었다.

"아니, 내가 보기에는 사공표의 검초가 조금 더 강력해 보이는데?"

"그건 칠살검법인가 하는 것의 특징 때문이고, 기세가 달라졌으니 잘 살펴보게. 자네 정도라면 충분히 느낄 수 있을 테니 말일세."

귀호는 교리의 말을 듣고 유심히 사공표를 주시하다가 무심결에 고개를 끄덕였다.

"그러고 보니 검법 자체는 여전히 날카롭고 매서운데, 어딘지 모르게 조금은 얌전해진 것 같군. 사나운 예봉이 부드러워졌다고 해야 하나?"

"그게 바로 기세가 꺾였기 때문일세."

"기세가 꺾이다니? 왜 갑자기 사공표의 기세가 꺾인단 말인가?"

귀호는 사공표의 성정이 얼마나 대단한지 알고 있기에 싸운 지 얼마 되지 않았는데 그의 기세가 벌써 꺾였다는 교리의 말이 쉽게 이해가 되지 않았다.

"내가 조금 전에 둘 중 한 사람이 의도적으로 검끼리 마주치는 걸 피하고 있는 것 같다고 했지?"

"그게 사공표란 말인가?"

"아니, 성락중이란 자일세. 그리고 아무래도 그의 의도는 단순히 사공표의 예봉을 꺾는 것만이 아니었던 것 같네."

"그게 무슨 말인가? 좀 더 자세히 말해 보게."

"성락중은 아주 교묘한 수법으로 사공표의 검초에 혼선을 주었네. 검경의 일종인 불혈진맥을 저런 식으로 사용하는 자는 정말 드문데, 저런 건 당하기 전에는 알기도 힘들뿐더러 알아도 막기 힘든 아주 고난도의 수법이지. 그래서 사공표는 자신의 검초를 뜻대로 펼칠 수 없게 되었네."

"그래서?"

"사공표 같은 수준의 검객이 자신이 펼친 검초가 뜻대로 전개되지 않으면 대체로 두 가지 반응을 보이지. 하나는 굳이 검초의 변화를 원래대로 고집하지 않고 자연스레 흘러가는 대로 내버려두는 것이고, 다른 하나는……."

"원래의 검초를 고집하다가 스스로의 검에 제약을 걸게 된다는 거로군."

"그렇다네. 처음의 반응이라면 크게 문제 될 것이 없고, 오히려 그걸 기회로 자신의 검초를 발전시키는 전화위복의 경우도 생길 수가 있지. 하지만 두 번째의 반응이라면 문제가 심각해지네. 검객이 자기가 펼치는 검에 자신감을 잃게 되는 순간 기세가 꺾이고, 기세가 꺾이는 순간 자신의 검 또한 잃게 되는 것일세."

귀호는 고개를 갸웃거렸다.

"사공표는 평생을 검과 더불어 살아온 사람인데 그런 어이없는 실수를 할까?”

“검과 살아온 세월이 얼마인지는 중요한 게 아니네. 중요한 건 그자의 성정일세.”

“성정?”

“침착하고 냉정을 잃지 않는 자라면 대부분 처음의 반응대로 달라진 검초의 변화에 적응하려 할 걸세. 하지만 열화와 같은 성정을 가지고 있거나 거칠고 난폭한 사람이라면 조금 달라지지. 그런 자들일수록 자신의 검에 절대적인 믿음을 가지고 있고, 그 믿음이 흔들리거나 깨어졌을 때 곧잘 나락으로 빠지는 수가 있지. 저런 식으로 말일세.”

교리는 턱으로 잎을 가리켰다. 그곳으로 고개를 돌린 귀호의 눈에는 전혀 예상치 못했던 광경이 펼쳐지고 있었다.

조금 전만 해도 무서운 기세로 성락중을 공격했던 사공표가 지금은 반대로 완연한 수세에 몰려 있었다. 그토록 완벽해 보였던 그의 검초 곳곳에 파탄이 드러나서 변화가 제대로 이어지지 못하고 있었다.

그럼에도 불구하고 사공표가 끝까지 칠살검법의 초식들을 원래의 방식대로 펼치는 것을 보고 귀호는 자신도 모르게 탄식을 토해 내고 말았다.

“저런 고집불통 같으니라고.”

반대로 교리는 무언가를 느낀 듯 흡족한 표정을 짓고 있었다.

“그렇군. 이제 사공표라는 자가 어떤 인간인지 알 것 같군.”

귀호는 퉁명스레 그의 말을 받았다.

"내가 말했지 않나? 잔인하고 오만하며 사소한 일에도 절대 물러서지 않는 아집과 독선에 가득 찬 인간이라고."

"단순히 그런 성격만 가지고 있었으면 절대로 저런 수준의 검법을 익힐 수는 없지."

"그렇다면?"

"검법을 보면 그 사람의 인간성을 알 수 있네. 높은 경지에 오를수록 그 사람의 살아온 인생관이나 경험, 사고방식이 검에 그대로 드러나기 마련이지. 그래서 '검의 길이 곧 사람의 길[劍路人路]'이라고 하는 걸세."

"검로인로라……."

"사공표의 검은 거칠고 날카로우면서도 끊임없이 이어져 있네. 이건 아주 오랜 고련의 결과로만 만들어 낼 수 있는 것일세. 사공표의 성정이 비록 잔인하고 오만할지 모르지만, 그건 그의 일단일 뿐일세. 사공표라는 인간은 무척이나 끈질기고 집요한 성격일 걸세. 그의 검초가 계속적인 파탄을 드러내면서도 끊어지지 않고 이어지고 있다는 게 그걸 증명하고 있네."

노구를 온통 땀으로 흠뻑 적시면서도 미친 듯이 검을 휘두르고 있는 사공표를 응시하는 교리의 두 눈에는 희미한 미소가 감돌고 있었다.

"저런 인간은 결코 쉽게 물러서거나 포기하지 않네. 그리고 그런 인간은 왕왕 뜻밖의 결과를 만들어 내고는 하지. 지금처럼 말일세."

귀호의 눈이 다시 크게 뜨였다. 교리의 말대로 장내의 판도는 어느새 조금 전과 달라져 있었다.

초식의 변화에 파탄을 드러내면서 초식의 연계에 어려움을 겪었던 사공표의 검이 확연히 드러날 정도로 짙은 검기를 쏟아 내면서 장내를 조금씩 장악해 가고 있었다. 변화의 구멍을 강력한 검기로 메우고 있는 것이다.

아울러 검을 휘두르는 속도도 한층 더 빨라져 있었다. 그 바람에 초식과 초식이 제대로 이어지지 않아 생기는 허점들이 빠르게 메워지며 그 빈자리를 강맹하기 그지없는 검기가 대신하고 있었다. 그것은 마치 시퍼런 검기로 거대한 벽을 쌓는 듯한 광경이었다.

종내에는 사공표의 전신이 온통 검기로 휩싸여 버리자 귀호는 자신도 모르게 놀란 단성을 토해 냈다.

"검기성벽(劍氣成壁)!"

"초식의 파탄을 메우기 위해 검기에 치중하다 보니 오히려 경지가 한 단계 더 상승한 걸세. 고집이 빚어낸 기적이라고나 할까."

교리는 간단한 듯 말했지만, 검기성벽은 결코 단순한 경지가 아니었다. 그것은 검강으로 가는 길목인 동시에, 검기로 펼칠 수 있는 최고 수준의 검학(劍學) 중 하나였다.

그것은 단순히 운이 좋다고 해서 오를 수 있는 것이 아니었다. 검에 대한 깊은 이해와 오랫동안의 고련, 끈질긴 집념, 그리고 순간적인 영감과 필사의 각오 등이 모두 결합되었을 때 비로소 나타나는 경지였다.

사공표는 패색이 짙은 가운데 이대로 허무하게 전풍개의 제자에게 질 수 없다는 독심(毒心)에 가까운 오기와 자신의 무공에 대한 가혹하리만치 끈질긴 집착 끝에 검기성벽을 만들어 냈지만, 그 것은 그만큼 그가 평소에도 꾸준히 검을 익히는 데 매진해 왔기에 가능한 것이었다.

사공표의 전신이 검기로 만들어진 벽에 둘러싸이자 성락중의 검은 더 이상 그의 곁에 도달하지 못했다. 자연히 검경으로 그의 검초에 영향을 주는 수법도 통하지 않았다. 그러자 사공표의 검은 다시금 칠살검법 본연의 날카로움을 나타내기 시작하며 성락중이 완연한 수세에 몰리게 되었다.

그것을 본 교리의 얼굴에 예의 야릇한 미소가 떠올랐다.

"이번에는 성락중이 어떤 인간인지 볼 수 있겠군. 인간의 본성이란 아무래도 위기에 처했을 때 더 적나라하게 나타나는 법이니 말이야."

사공표의 검기가 강력해지며 검경불혈진맥이 제 위력을 발휘하지 못하게 되었어도 성락중은 크게 놀라거나 당황하지 않았다.

검경불혈진맥으로 사공표의 초식 변화를 억제하는 것은 비록 절묘한 수이기는 했어도 그 정도로 사공표를 꺾을 수 있다고는 당초부터 생각하지 않았기 때문이다.

사공표는 이십 년 전에 이미 성락중이 거대한 벽처럼 느꼈던 높은 경지에 도달해 있던 검객이었다. 지난 세월 동안 성락중은 그 벽을 넘기 위해 최선을 다해 왔지만, 사공표 또한 허송세월을 보낸 것은 아니었다. 성락중은 그 벽을 훌쩍 넘을 수 있을 정도로 성장했지만, 사공표의 벽 또한 그동안 한층 더 높고 견고해져 있었다.

그래서 성락중은 사공표의 검초를 조금씩 무력화시키며 그에게 바짝 접근해 가면서도 경계심을 늦추지 않았다.

검초를 전개하는 데 혼선을 겪으며 수세에 몰렸던 사공표의 검기가 갑자기 무섭도록 강력해지며 그의 전신이 시퍼런 검기에 휩싸이는 순간, 성락중은 재빨리 대응 방법을 바꾸었다.

그동안 그는 검경불혈진맥의 유결(柔訣)과 흡결(吸訣)을 번갈아 사용하여 사공표를 혼란스럽게 해 왔는데, 그것을 강결(强訣)과 탄결(彈訣)로 바꾼 것이다. 그의 검에서 미약하게 흐르던 검경의 기운이 폭발적으로 상승하며 사방에서 휘몰아쳐 오는 검기의 폭풍과 정면으로 마주쳤다.

팡!

검과 검의 격돌이라고는 믿을 수 없는 폭음이 터져 나오며 세찬 경기가 거세게 일어났다. 그 반탄력을 이용하여 성락중은 사공표와의 간격을 일 장 이상으로 벌렸다. 사공표의 검기가 너무 강력해서 그대로 계속 접근했으면 필시 위험한 상황에 처하게 되었을 것이다.

검기와 격돌하는 순간 성락중은 가슴에 적지 않은 충격을 느껴야 했다. 속에서 울컥 핏물이 솟구쳐 올랐으나 억지로 눌러 삼킨 성락중은 물러서던 몸을 옆으로 회전시키며 사공표의 좌측 후방으로 돌아갔다.

사공표의 칠살검법은 빠르고 강맹한 위력을 살리기 위해 주력으로 사용하는 손의 순(順) 방향으로 움직이는 경우가 많았다. 사공표는 오른손잡이이니 자연스레 좌측 후방이 비게 되었다. 사공표는 그 허점을 보완하기 위해 나름대로 오랫동안 심혈을 기울여 왔으나, 여전히 그쪽 방향의 수비나 공격은 다른 곳에 비해 허술한 편이었다.

가까이 다가갈수록 서릿발 같은 검기가 주위를 찢어발길 듯한 기세로 질주하는 광경이 시야에 선명하게 들어왔다. 다른 곳에 비해 다소 허술한 부위임에도 뚫고 들어갈 틈이 보이지 않았다. 저 가공할 검기의 소용돌이를 돌파해야만 사공표의 몸에 접근할 수 있으며, 그때 비로소 승부를 걸어 볼 수 있는 것이다.

확실히 사공표의 검기는 조금 전과는 비교도 할 수 없을 만큼 사납고 위협적이었다. 조금 전만 해도 충분히 감당할 수 있을 정도였는데, 왜 갑자기 이토록 강해졌는지 이해할 수 없는 일이었다.

사공표는 두 눈을 반개한 채 무언가에 홀린 사람처럼 미친 듯이 검을 휘두르고 있는데, 조금 전과는 달리 그리 힘들어 보이지도 않았고 당황하거나 분기에 찬 표정도 아니었다.

달관(達觀)한 듯한 그 모습에 성락중은 가슴 한구석이 납덩이를 달아맨 듯 무거워졌다. 추월할 수 있을 만큼 가까워졌다고 생각했는데, 그는 다시 또 저만큼 앞으로 훌쩍 달아나 버린 것만 같았다. 영원히 그 간격을 좁힐 수 없을 것 같은 느낌에 순간적으로 절망스런 생각도 스치고 지나갔다.

하나 성락중은 이내 지그시 입술을 깨물었다. 자신은 아직 가지고 있는 것을 다 꺼내지 않았다. 자신의 모든 것을 다해 승부에 임해 본 다음에야 비로소 희망이든, 절망이든 선택할 자격이 주어지는 것이다.

성락중은 검기에 휩싸인 사공표의 좌측으로 빠르게 접근하며 수중의 장검을 곧장 앞으로 찔러 갔다. 별다른 빛도 보이지 않는 평범한 일검(一劍)이었으나, 그 검이 찔러 가는 방향의 검기가 급속히 사그라지며 사공표의 왼쪽 옆구리 부위가 훤히 드러났다.

단순한 것 같아도 성락중의 일검에는 그가 그동안 고련한 검법의 정수가 고스란히 담겨 있었다. 검기의 소용돌이를 무풍지대처럼 뚫고 들어가는 그 일검의 기세는 가히 대해(大海)를 가르는 산악(山嶽)과도 같았다.

쭈아악!

마치 비단 폭이 찢어지는 듯한 음향과 함께 검기의 일단이 갈라지며 성락중의 검이 빛살처럼 뚫고 들어오자 사공표의 낯빛이 굳어지며 눈가에 흉흉한 빛이 감돌았다. 사공표는 싸우는 도중에 지금까지 경험하지 못했던 새로운 경지에 눈을 뜨며 감정이 최고조로 고양되어 있었다. 그런데 갑자기 검기의 한쪽이 파해되며 완벽해 보였던 검기의 벽이 깨어지자 자신이 평생을 들여 쌓아 놓은 성(城)이 무너지는 듯한 느낌에 분기가 치밀어 오른 것이다.

사공표의 검이 성락중의 검을 사정없이 후려쳐 갔다. 매서움을 넘어 난폭해 보이기까지 하는 거친 검격(劍擊)이었으나, 그만큼 그 안에 담긴 위력은 가공스러운 것이었다.

깡!

천지 사방이 온통 뒤흔들리는 듯한 요란한 소리와 함께 성락중의 몸이 휘청거리며 뒤로 한 걸음 물러났다. 성락중의 낯빛은 시체의 그것처럼 창백했고, 수중의 검은 쉴 새 없이 떨리고 있어 금시라도 손에서 뛰쳐나가 버릴 것만 같았다.

그에 비해 사공표는 왼쪽 옆구리가 조금 찢어지기는 했으나 그 외에는 전혀 별다른 변화가 없었다. 오히려 잠시도 쉬지 않고 재차 성락중에게 달려들며 검초를 날리는 그의 모습은 한 마리의 성난 표범을 연상케 했다.

까까깡!

순식간에 그들의 검이 대여섯 번이나 격돌했다. 조금 전과는 달리 성락중의 검은 사공표의 검을 피하지 못하고 계속 부딪혔으며, 그때마다 그의 몸은 조금씩 흔들리며 뒤로 물러서고 있었다.

사공표의 칠살검법은 그야말로 절정에 달해 있어 우적지의 중앙이 온통 그의 검이 뿌리는 변화에 휩싸인 듯했다. 그 퍼붓는 듯한 검기의 폭풍 속에서 연신 휘청거리는 성락중의 모습은 파도치는 바다 위에 떠 있는 작은 조각배처럼 위태로워 보였다. 검과 검이 부딪힐 때마다 커다란 충격이 그의 전신을 뒤흔들어서인지 그의 입가로는 검붉은 선혈이 조금씩 흘러내리고 있었다.

하나 그의 표정은 한 치의 흔들림도 없었다. 강력하기 짝이 없는 사공표의 검기를 고스란히 검으로 받아 내면서도 그의 얼굴은 여전히 침착했고, 눈빛은 아직도 형형함을 잃지 않고 있었다.

사공표의 공세는 끝도 없이 이어졌다. 수십 초가 폭포수처럼 퍼부어지는 와중에도 성락중은 끝끝내 쓰러지지 않고 그 자리에 선 채 그 많은 검초의 다발들을 모두 받아 내고 있었다.

그것은 눈으로 보고도 믿어지지 않는 일이었다. 일초 일초가 금강동인이라도 부숴 버릴 듯 무시무시한 위력을 지니고 있음에도 그 엄청난 공격을 한 점의 흐트러짐 없이 완벽하게 막아 내고 있는 것이다. 조금 전만 해도 격랑 속의 조각배처럼 금시라도 가라앉을 듯하던 그의 모습이 언제부터인지 사람들의 눈에는 어떠한 폭풍우가 퍼부어도 끄덕하지 않고 버티고 서 있는 천년거목(千年巨木)으로 보였다.

그리고 마침내 사공표의 공세가 힘을 잃기 시작했다. 이미 육십이 훨씬 넘은 그의 나이를 생각해 볼 때 지금까지 엄청난 검기의 세례를 퍼부은 것만으로도 그로서는 자신의 능력을 초월하는 일이었다.

하나 그 거센 공격으로도 성락중의 철벽같은 수비를 뚫을 수는 없었고, 마를 줄 몰랐던 사공표의 내공도 이느새 비닥을 드러내고 있었다.

온통 시퍼런 검기로 둘러싸여 있던 사공표의 몸이 점차 드러나며 검기의 푸른빛이 조금씩 가셔지는 순간, 지금까지 줄곧 수비만을 하고 있던 성락중이 앞으로 성큼 큰 걸음을 내디디며 수중의 검을 곧장 찔러 갔다.

허공의 한 점을 쏘아 가는 검의 움직임은 한없이 단순한 듯하면서도 한편으로는 더할 수 없이 표홀해 보였다. 그 검의 움직임을 따라 주위의 공기가 송두리째 빨려 들어가는 듯한 착각이 들었다.

그 일검이야말로 지금까지 가혹하리만치 무서운 사공표의 공격을 묵묵히 받아 내면서도 성락중이 노리고 있던 회심의 한 수였다. 그 검초에는 사부인 전풍개의 피와 땀이 서려 있는 성라검법의 여러 절초들과 절친한 친우인 전관평이 보여 준 해남검파의 절묘한 무학들, 그리고 그동안 겪었던, 수많은 무인들과의 비무에서 얻은 다양한 무리(武理)들이 모두 포함되어 있었다.

고오오오……

사공표는 사력을 다해 마지막 남은 진력까지 끌어올려 가며 칠살검법의 검초를 펼쳤으나 허공을 압도하며 다가오는 성락중의 검을 막을 수는 없었다.

파앗!

마지막 순간, 눈부시도록 찬연한 검광이 번뜩이는 것을 끝으로 장내를 뒤덮었던 검기의 소용돌이와 검 그림자들이 씻은 듯이 사라져 버렸다.

군웅들은 숨도 제대로 쉬지 못하고 앞을 바라보았다.

성락중은 검을 펼친 자세 그대로 오른발을 앞으로 내딛고 손을 앞으로 쭈욱 뻗고 있었다. 그에 비해 사공표는 양손을 늘어뜨린 채 그 자리에 우두커니 서 있었는데, 어딘지 모르게 공허하고 허탈한 표정이었다.

사공표의 고개가 천천히 떨구어지며 자신의 오른쪽 가슴을 향했다.

그의 가슴 부위가 조금씩 붉게 물들더니 이내 시뻘건 핏물이 흘러내렸다. 사공표의 노구가 한 차례 휘청거렸으나, 검으로 몸을 지탱하여 간신히 쓰러지지 않을 수 있었다.

사공표는 오른 가슴을 피로 물들인 채 지혈할 생각도 하지 않고 이를 악물고 성락중을 바라보았다.

"내 심장은 왼쪽에 있는데, 왜 오른쪽 가슴을 노린 거냐?"

성락중은 내밀었던 검을 거두고 그를 향해 포권을 했다.

"이것은 결투가 아니라 비무였습니다."

사공표의 주름살 가득한 얼굴이 한 차례 부르르 떨리더니 거센 노성이 터져 나왔다.

"노부를 봐준 것이냐? 전풍개가 그렇게 시키더냐? 나를 꺾게 되면 구차한 목숨을 살려서 씻을 수 없는 모욕감을 주라고?"

"사부님과는 상관없는 일입니다. 저는 그저 검을 익힌 사람으로서 제게 검의 길을 열어 준 문파를 위해 최선을 다했을 뿐입니다."

사공표는 성난 눈으로 성락중을 쏘아보았으나, 성락중의 표정은 처음과 조금도 달라지지 않았다. 입가로는 검붉은 피를 흘리고 얼굴색은 창백하기 그지없었어도 그는 여전히 담담하고 부드러운 표정을 유지하고 있었다.

사공표는 한참이나 그를 노려보더니 이내 땅이 꺼져라 한숨을 토해 냈다.

"아! 작은 성취를 얻고 세상을 다 가진 듯 오만을 떨었으니 이런 신세가 된 것도 당연한 일이지. 언덕 위에 더 큰 산이 있음을 어찌 몰랐을꼬. 이제 두 번 다시 노부가 강호에 나와 검을 휘두르는 일은 없을 것이다."

사공표는 무거운 탄식을 연거푸 토해 내더니 이내 쓸쓸히 몸을 돌려 장내를 벗어났다. 멀어지는 그의 뒷모습은 유난히 초라하고 고독해 보였다.

노강호의 허무한 퇴장에 장내가 숙연해진 가운데, 귀호가 문득 생각난 듯 교리를 돌아보았다.

"정말 모처럼 보는 멋진 검투였는데, 결말은 무척이나 씁쓸하군. 자네 소감은 어떤가?"

교리는 별반 표정 없는 얼굴로 대꾸했다.

"똑같이 봐 놓고 무슨 소감을 묻는가?"

"검을 보면 그 사람의 성격을 알 수 있다고 하지 않았나? 이제 그의 검을 실컷 보았으니 성락중이라는 인간이 어떤지 말해 보지 않겠나?"

"흠."

교리의 얼굴에 문득 기이한 빛이 떠올랐다.

"흥미로운 인간이지. 전형적인 무인(武人)의 상(像)이야."

"그렇게 포괄적인 이야기 말고 좀 더 자세히 말해 보게. 자네가 본 성락중은 어떤 인간인가?"

교리는 잠시 생각에 잠겨 있다가 천천히 입을 열었다.

"끈기와 집념의 화신(化神)이라고 할 수 있겠지. 그는 분명 내공과 검의 속도, 검기의 발출에서 사공표에 뒤졌네. 사공표가 검기성벽을 이루는 순간부터는 일방적으로 몰렸지. 그럼에도 그는 사공표의 가공할 공격을 견디어 냈네. 사공표의 진력이 바닥날 때까지 악착같이 버티고 버텨 낸 거지."

귀호가 연신 머리를 끄덕거렸다.

"그건 정말 대단하긴 했지. 보는 나도 손에 식은땀이 잔뜩 났을 정도였으니 말일세."

"그러고는 최후까지 노리고 있던 일초로 단숨에 승부를 뒤집어 버렸지. 그 일초는 나도 깜짝 놀랄 정도로 상당히 비범한 초식이었네."

"어떤 초식인지 알겠나?"

교리는 고개를 저었다.

"그건 일정한 형식이 없이 즉흥적으로 창안해 낸 초식일 걸세. 참고 참았다가 기회가 오자 자신의 모든 걸 담은 일초를 마음이 가는 대로 펼쳐 낸 거지. 그런 초식은 절대로 일부러 만들거나 머리로 짜낼 수 없는 걸세. 당시의 상황과 심정, 그 외의 여러 가지가 결합하여 자연스레 뿜어져 나온 것이지."

"그렇다면 다시 또 그런 초식을 펼치지는 못한단 말인가?"

"길이란 처음에 가는 게 어렵지 한 번 갔던 길은 쉽게 찾을 수 있는 법일세. 그가 일단 그 초식을 펼친 이상 언젠가는 다시 그 초식을 마음대로 펼쳐 보일 수 있을 걸세. 그리고 그때 종남파는 새로운 절초 하나를 얻게 되겠지."

귀호는 입을 쩝쩝 다셨다.

"부러운 일이군."

교리는 수중의 검을 거두고 단정한 걸음으로 돌아가는 성락중의 고아한 얼굴을 한동안 가만히 주시하고 있다가 혼잣말처럼 조용한 음성으로 말했다.

"생긴 건 점잖고 유약해 보이는데, 정말 대단한 근성을 지니고 있군. 이래서 인간이란 직접 겪어 보기 전에는 알 수가 없는 법이란 말이지."

제 321 장
우적배영(友的背影)

제321장 우적배영(友的背影)

성락중이 사공표를 꺾고 일승일패가 되자 장내의 분위기는 한층 더 팽팽하게 긴장되었다. 두 번의 비무는 모두 중인들의 상상을 뛰어넘는 놀라운 대결이었고, 그 결과 또한 전혀 예상할 수 없는 것이었다.

중인들 중 상당수는 막연한 호기심에서 이번 비무를 참관했으나, 막상 비무가 시작되자 종남파와 형산파가 얼마나 절실한 심정으로 이 자리에 임했는지를 여실히 느낄 수 있었다.

'이건 단순한 비무가 아니다. 거대한 싸움[大戰]이다!'

사람들은 모두 마음속으로 이렇게 소리쳤다.

단순히 문파의 우열을 가리기 위한 비무가 아니라 문파의 미래와 사활을 걸고 자신의 모든 걸 내던지는, 그야말로 처절하고 살벌한 싸움이었던 것이다.

그리고 무엇보다 화려했다.

젊은 나이에도 불구하고 권법의 또 다른 경지를 보여 준 옥면신권, 자신이 왜 천하무림 지법의 최고봉인지를 여실히 증명한 용선생, 그리고 검기의 최고경지인 검기성벽을 이룬 사공표와 그런 사공표를 일검에 패배시킨 무영검군까지.

단 두 번의 격전이었으나 그들이 보여 준 절묘한 초식의 운용과 지고(至高)한 무공의 경지, 용맹정진하는 진지한 자세는 많은 무림인들의 눈과 귀를 사로잡는 것이었다.

그래서 자연히 사람들의 시신은 세 번째로 나서게 될 인물이 누가 될 것인가로 쏠리지 않을 수 없었다.

세 번째 출전자는 종남파에서 먼저 나서게 되었다. 종남파에서 걸어 나오는 인물을 본 중인들 중 상당수는 어리둥절한 빛을 감추지 못했다.

알록달록한 화의에 우람한 체구를 지닌 중년인이 보무당당하게 나서고 있는데, 아무리 보아도 그동안 소문으로 들었던 종남파의 고수들 중 비슷한 인물이 떠오르지 않았던 것이다.

"종남파에 저런 사람이 있었나? 보아하니 검도 차지 않은 것 같은데, 옥면신권 말고 수공의 고수가 종남파에 누가 있던가?"

주위가 웅성거리는 가운데 화의 중년인은 고리 같은 눈을 부릅뜨고 형산파 진영을 바라보고 있었다.

그의 전신에서는 패기무쌍한 빛이 가득했고, 두 눈에는 신광이 이글거리고 있어서 마음 약한 사람은 쳐다보기만 해도 오금이 저릴 정도였다.

그때 중인들 중 누군가가 놀란 외침을 토해 냈다.

"저 사람은 경요궁의 궁주인 화의신수 육천기다."

"육천기? 그가 왜 종남파의 제자로 나선단 말인가?"

사람들 사이의 소란이 더욱 커졌다. 누군가가 전후 사정을 짐작한 듯 열심히 주위 사람들에게 설명했다.

"그러고 보니 일전에 경요궁이 종남파의 속문으로 들어갔다는 소문이 있었네. 그 뒤로 별다른 소식이 들리지 않기에 헛소문인 줄 알았는데, 사실이었던 모양이네."

"그럼 육천기가 정말 종남파의 제자란 말인가?"

"그러니까 종남파에서 속문 입파를 허락한 거겠지."

"그럼 경요궁의 무공이 종남파에서 파생된 것이란 말이로군."

"아마 그럴 걸세. 그러지 않고서는 이런 일이 일어날 수 없겠지."

사람들이 서로 수군거리는 가운데 형산파에서도 한 사람이 천천히 모습을 드러냈다.

그를 본 사람들은 더욱 놀라지 않을 수 없었다. 그는 청삼을 입고 검은 수염을 기른 수려한 용모의 중년인이었다. 그의 검에 매달린 푸른 수실이 유난히 시선을 끌었다.

"칠지신검 좌군풍이다!"

"오늘 정말 제대로 된 대결을 보게 되는구나. 화의신수와 칠지신검이라니. 정말 누가 이길지 승부를 전혀 예측하지 못하겠군."

"그런데 저 두 사람이 서로 친분이 있다고 하지 않았나?"

"글쎄. 정말 그렇다면 좌군풍은 왜 굳이 지금 나오는 거지? 이런 자리에서 친구를 상대하는 게 아무렇지도 않다는 건가?"

자신을 향해 걸어오는 좌군풍을 보는 육천기의 얼굴에는 쓰디쓴 표정이 떠올라 있었다. 그에 비해 좌군풍은 침착하고 평온한 모습이었다.

육천기는 좌군풍을 한참이나 가만히 보고 있다가 무거운 한숨을 내쉬었다.

"자네가 나올 줄은 몰랐군."

좌군풍은 살짝 고개를 끄덕였다.

"나도 자네를 이런 자리에서 만나게 될 줄은 몰랐네."

"나는 뿌리를 찾은 걸세. 아주 오래전에 잊어버렸던 뿌리를 말일세."

"그건 의당 축하해야 할 일이지만, 사정이 이렇게 되다 보니 마냥 축하할 수만은 없게 됐군."

두 사람은 서로를 바라본 채 쓴웃음을 머금었다.

육천기와 좌군풍은 오래전부터 교우 관계를 유지해 오던 사이였다.

당시에는 육천기도 자신이 종남파의 후예라는 자각이 없었고, 좌군풍 또한 경요궁이 종남파에서 파생된 문파라는 걸 전혀 몰랐기에 두 사람이 친분을 나누는 데는 특별한 어려움이 없었다. 육천기는 좌군풍의 침착하고 사리가 분명한 성격이 마음에 들었고, 좌군풍은 육천기의 솔직함과 사내다움에 호감을 느꼈다.

두 사람의 외양이나 성격은 판이하게 달랐으나, 자신이 가지지 못한 것을 가진 것 때문인지 두 사람은 쉽게 친해져서 이내 절친한 친분 관계를 가지게 되었던 것이다.

그런 두 사람이 문파의 미래를 건 중대한 결전의 한복판에 마주치게 되었으니 가슴이 답답하고 입맛이 씁쓸한 것은 너무도 당연한 일일 것이다.

육천기는 자신의 상대로 형산파에서 누가 나오든 자신이 있었으나, 좌군풍만큼은 피하고 싶었다. 친한 사이이기도 했거니와 자신의 무공에 대한 장단점을 가장 잘 파악하고 있는 인물이기 때문이었다.

반대로 말하면 육천기도 좌군풍의 무공에 대해서는 상당 부분 알고 있었다.

하나 좌군풍이 자신을 상대로 나선 것을 보고는 마음 한구석에 불안한 생각이 들지 않을 수 없었다. 좌군풍은 과묵하고 차분한 인물이었으나, 의외로 냉정하고 이기적인 구석이 있어서 자신이 얻고자 하는 것을 위해서는 때때로 무척이나 용의주도하고 계산적인 행동을 보인다는 것을 잘 알고 있었던 것이다.

그가 자신과의 비무에 나섰다는 것은 자신을 상대로 이길 자신이 있기 때문일 것이다.

그렇다면 과연 자신은 그를 이길 수 있을까? 육천기는 그 점에 대해 아무것도 확신할 수 없었다.

다만 한 가지, 좌군풍이 과거의 자신을 보고 승산이 있다고 판단했다면 그것이 철저히 잘못된 계산이었음을 깨우쳐 줄 자신은 있었다.

종남파에 속문 입파하면서 취선삼학을 비롯한 경요궁의 절기들을 전해 주기만 한 것은 아니었다. 오히려 새로 얻게 된 종남파의 비전들이 더 많았다.

그중 대부분은 오랫동안의 고려를 필요로 하는 것들이었지만, 몇 가지는 당장 써먹어도 좋을 만한 뛰어난 절학들이었다. 그중에서도 특히 약류장은 육천기의 눈을 번쩍 뜨게 할 만한 놀라운 무공이었다.

바람에 흔들리는 버드나무처럼 유연한 동작 속에 금석이라도 모래처럼 부숴 버리는 가공할 위력을 담은 이 무공을 접한 순간, 육천기는 속으로 쾌재를 부르지 않을 수 없었다.

화의신수라는 별호답게 사종 수공과 권장지각(拳掌指脚)에 능한 육천기였지만, 결정적인 한 방을 가진 강력한 수법이 없어서 늘 아쉬움을 느끼고 있었다. 그런데 약류장이 절정의 경지에 도달하면 일장만으로도 절정고수를 격살할 수 있는 무시무시한 무영탈혼장으로 바뀐다고 하니 어찌 반갑지 않을 수 있겠는가? 그래서 진산월에게 약류장의 구결을 전해 받은 다음부터 육천기는 침식을 거르다시피 하며 약류장의 연마에 매진해 왔다.

그 결과가 어떠한지는 육천기 본인만이 알고 있을 것이다.

육천기가 이런저런 생각을 하는 동안 좌군풍은 그를 향해 정식으로 예를 취했다.

"형산파의 십이대 제자 좌군풍이오. 삼가 한 수 가르침을 청하오."

그가 무림에서 통용하는 비무의 예를 취하는 것은 친구 사이가 아닌 보다 공적인 지위로 육천기를 대하겠다는 의미였다.

육천기는 막상 그와의 일전을 각오했으면서도 그의 이런 모습을 보자 씁쓸한 생각이 들지 않을 수 없었다. 어쩌면 저런 냉정하고 딱 부러지는 모습이야말로 좌군풍의 본령이라고 할 수 있을지도 몰랐다.

육천기는 한동안 묵묵히 좌군풍을 바라보고 있다가 자신도 간단하게 답례했다.

"종남파의 이십대 제자 육천기요."

스스로의 입으로 종남파의 제자라는 말을 꺼냈을 때, 육천기의 가슴은 자신도 모르게 세차게 울렁거렸다. 종남파의 속문으로 들어가고 장문인에게 이십대 제자로 공인도 받았지만, 막상 자신이 종남파의 제자라는 절실한 생각은 그다지 없었던 육천기였다.

그런데 믿었던 친우의 냉정한 모습을 보고 난 후 자신의 입으로 종남파의 이십대 제자라는 말을 내뱉고 나니 이제 비로소 진정으로 종남파에 몸을 담게 되었다는 느낌이 전신으로 퍼져 나갔다. 그 기분은 말로 형용할 수 없는 강렬한 것이었다.

'그래, 나는 종남파의 제자다. 오늘 기필코 형산파를 꺾고 본파를 구대문파의 자리에 복귀시킬 것이다.'

전에 없던 각오가 새삼스럽게 봇물처럼 가슴속에서 솟구쳐 올랐다.

스릉!

좌군풍의 허리춤에 묶여 있던 장검이 한 마리 생물처럼 뽑혀 나와 그의 손에 쥐어졌다. 그 유연한 발검 동작만 보아도 좌군풍의 검이 어떠한 경지에 접어들었는지를 여실히 느낄 수 있었다.

하나 두려움은 없었다.

좌군풍이 그를 알고 있는 만큼 육천기 또한 좌군풍의 검법에 대해서 자세하게 알고 있었다.

'군풍의 검은 유(柔)와 변(變)으로는 능히 최고의 경지에 올라 있지만, 강(剛)과 쾌(快)는 아직 절정에 이르지 못했다. 이 정도라면 충분히 상대해 볼 만하다.'

좌군풍의 완벽한 발검 자세를 보면서도 육천기는 겁을 먹기는커녕 오히려 더욱 강한 승부욕을 불태웠다. 그러고 보니 처음 좌군풍을 만났을 때 그의 고강한 검술을 보고 언젠가 꼭 진검 승부를 해 보고 싶다는 충동을 느꼈던 것이 기억이 났다. 뜻하지는 않았지만 이제 비로소 제대로 된 진검 승부의 기회가 찾아온 것이다.

육천기는 검으로 형산파의 예전 초식인 포권수일의 자세를 취하고 있는 좌군풍을 보며 천천히 자신의 양손을 들어 올렸다. 그리고 좀처럼 보기 힘든 친우들 간의 격전이 벌어졌다.

선공을 한 사람은 육천기였다.

맨손과 병기의 싸움은 얼마나 간격을 잘 유지하느냐에 승패가 달려 있다. 일정 간격 이상은 병기를 든 사람이 유리하지만, 그 이하로 간격이 좁혀지면 아무래도 맨손 무공을 쓰는 사람이 유리하기 마련이다.

그래서 간격을 주지 않기 위해 검을 든 사람이 먼저 공격하는 경우가 대부분이었다.

그런데 육천기는 스스로 먼저 쌍장(雙掌)을 날렸고, 좌군풍 또한 육천기가 공격하기 전에 검을 움직이는 모습을 보이지 않았다.

그것은 좌군풍의 성격에 기인하는 바가 컸다. 냉정하고 용의주도하면서도 신중한 좌군풍은 상대의 반응에 따라 검초의 변화를 달리하는 습관을 가졌는데, 두 사람 모두 이점을 잘 알고 있기에 약속이나 한 것처럼 육천기가 선공을 취한 것이다.

　꽈릉!

　단순히 두 개의 손으로 번갈아 가며 장력을 날렸을 뿐인데, 뇌성 같은 굉음이 장내를 뒤흔들며 무시무시한 기운이 좌군풍의 좌우측을 휘몰아쳐 갔다. 천룡팔장(天龍八掌) 중의 쌍룡개천(雙龍開天)이라는 초식인데, 강맹한 위력에 비해 투로는 조금 단순한 편이었다. 그래서 상대의 반응을 파악하기에는 더할 수 없이 좋은 수법이기도 했다.

　왼쪽과 오른쪽을 동시에 노리기 때문에 상대는 정면으로 맞서든지 앞이나 뒤로 피할 수밖에 없는데, 어떤 행동을 하든 다음에 펼쳐지는 창룡박호(蒼龍搏虎)를 피하기 힘들었다. 그리고 일단 창룡박호에 맞서게 되면 이어지는 맹룡과강(猛龍過江), 노룡양파(怒龍揚波), 박룡분하(博龍分河)의 연환삼룡식(連環三龍式)에 당하게 된다.

　연환삼룡식은 그 자체의 위력도 뛰어났지만, 설사 그 연환식을 파해한다고 해도 그 과정에서 상대방은 필연적으로 육천기의 접근을 허용할 수밖에 없기 때문에 그때부터는 육천기가 절대적인 우세를 점하게 되는 것이다.

　특히 육천기의 성명절학인 천룡십팔산수는 박투에 능한 취선의 취공대산수를 변형 발전시킨 무공이어서, 가까운 거리에서 그와 육박전을 벌이게 되면 제아무리 뛰어난 고수라 해도 당해 내기 어려웠다.

하나 좌군풍의 반응은 그중 어느 것에도 해당되지 않았다. 좌군풍은 그 자리에 우뚝 선 채 수중의 장검으로 크게 원을 그렸다.

그에 따라 그의 검에서 묘한 기운이 흘러나왔다. 그 기운은 곧 그의 전신을 압박해 오던 두 개의 장력과 마주쳤다. 그런데 장력에 부딪힌 기운은 흩어지거나 튕기지 않고 오히려 장력을 조금씩 흡수하는 듯하더니 이내 그의 검이 움직이는 경로를 따라 이동하는 것이었다.

좌군풍이 원을 그린 검을 허공에 털 듯이 슬쩍 가볍게 쳐 내자 육천기의 장력들이 그 모양을 따라 그대로 허공으로 흩어져 버렸다.

마치 검으로 상대의 장력을 흡수했다가 발출해 버리는 듯한 동작을 본 귀호가 감탄성을 발했다.

"정말 대단하군. 평범한 이화접목(梨花接木) 같지는 않은데, 어떤 수법인지 알겠는가?"

교리는 짤막하게 대답했다.

"접인지기(接引之氣)로 이화접목을 보강했군."

귀호가 흠칫 놀란 표정으로 물었다.

"접인지기? 검으로 접인지기를 발출해 냈단 말인가?"

"그래. 아무래도 수공의 고수를 상대하기 위해 상당한 연구를 한 것 같군."

원래 검의 고수가 수공의 고수와 싸울 때 가장 당혹스러운 것은 상대가 날리는 장공이나 권경 같은 경기의 처리였다. 피하기만 해서는 수세에 몰리게 되고, 그렇다고 막자니 검으로 막는 것에는 분명한 한계가 존재한다.

그런데 좌군풍은 검으로 상대가 발출한 장력을 끌어들여 다른 곳으로 움직이게 함으로써 그에 대한 준비가 되어 있음을 드러냈다. 적어도 좌군풍이 육천기에 대한 철저한 대비를 한 것은 분명해 보였다.

좌군풍이 제자리에서 육천기의 장력을 파해하자 곧바로 육천기의 커다란 손이 날카로운 기세로 다가들었다. 창룡박호의 초식이었다.

옆이나 뒤로 물러나는 상태였으면 맹렬하기 그지없는 창룡박호를 상대하는 데 적지 않은 애를 먹었을 것이다. 하나 좌군풍은 그 자리에 선 채 검을 앞으로 곧장 내찌르는 것만으로 간단하게 창룡박호를 막아 버렸다. 좌군풍의 검이 코앞으로 뻗어 오자 육천기는 초식을 거두고 뒤로 훌쩍 물러나 버렸던 것이다. 육천기가 계속 초식을 전개했다면 좌군풍의 검에 그대로 손바닥을 꿰뚫리고 말았을 것이다.

강력한 위력이 있을 뿐 아니라 날카로운 연계 변화가 숨어 있는 자신의 초반 공격을 너무도 수월히 막아 내는 좌군풍을 보고 육천기는 한층 더 마음이 무거워졌다.

'쉽지 않겠군. 정말 쉽지 않겠어.'

육천기의 짐작대로 좌군풍과의 싸움은 고전의 연속이었다.

좌군풍은 육천기의 무공 노수(路手) 하나하나를 상세하게 파악하고 있는지 그가 어떤 무공을 펼쳐도 단순하고 절묘한 동작으로 파해해 냈다. 특히 노림수가 담겨 있는 무공은 아예 그 원천을 제거하여 어떤 노림수도 통하지 않게 되었다.

그렇다고 좌군풍이 일방적으로 유리한 상황도 아니었다.

육천기 또한 좌군풍의 검에 대해서는 아는 바가 적지 않았다.

좌군풍이 주로 사용하는 검법은 청풍검결(淸風劍訣)이었다. 청풍검결은 형산파의 구종 검법 중 칠 위에 올라 있는 검법으로, 원공검법 같은 기묘함이나 칠살검법 같은 날카로움, 유룡십이검 같은 자유분방함은 없었다. 대신 어떤 검법과도 상생이 잘 맞아서 다른 검법과 혼합하여 사용할 경우 최고의 위력을 발휘할 수 있었다.

좌군풍은 원공검법과 칠살검법뿐 아니라 대부분의 검법에 두루 능했기 때문에 청풍검결을 바탕으로 하여 여타 검법의 절초들을 고루 섞어 사용하곤 했다. 그럼에도 그는 한 가지 검법에 정통한 다른 오결검객들보다 훨씬 더 강하다는 평가를 받고 있었다.

오랫동안 폐관수련을 하고 있는 냉홍검 고진과 오결의 제일인자라는 조화신검 사견심을 제외하고는 다른 누구도 감히 그의 검에 견줄 생각을 하지 못했다. 그의 별호에 '신검'이라는 두 글자가 붙어 있는 것만 보아도 그의 검이 얼마나 높게 평가받고 있는지를 여실히 알 수 있었다.

'칠지'는 그의 검법이 다방면에 능통하여 마치 사방으로 일곱 개의 가지를 뻗은 것 같다는 의미에서 붙여진 이름이었다.

좌군풍의 검은 물 흐르듯 유연한 움직임으로 육천기의 전신을 노렸으나, 육천기는 장난처럼 가볍게 장력을 날려 번번이 검기의 흐름을 끊어 버렸다. 단순해 보였지만 장력을 날려 검기의 흐름을 제어하는 것은 흐름의 맥(脈)을 정확하게 파악하고 있지 않으면 불가능한 일이었다.

십여 초가 지나도록 두 사람은 제대로 된 공격을 펼치지 못하고 서로의 수법을 파해하는 것에 더 주력하고 있었다. 그래서인지 지켜보는 중인들 중에는 기대에 미치지 못하는 그들의 싸움에 실망감을 감추지 못하는 자들도 적지 않았다.

하나 교리의 생각은 전혀 달랐다.

"생각보다 살벌한 싸움이 되겠군."

그의 혼잣말을 들었는지 귀호가 눈을 번쩍 뜨고 그를 돌아보았다.

"왜 그런가? 그냥 보아서는 이대로 지지부진하게 시간을 끌다가 대충 마무리될 것 같은 모습인데…….."

"단순한 비무였다면 그렇게 되었겠지. 서로 상대의 무공을 칭찬해 주면서 말이지. 하지만 이건 그런 친선을 위한 비무가 아니지 않나?"

"그렇지. 어떻게든 승부를 내야 하는 싸움이지."

"서로의 무공에 대해 잘 알고 있는 두 사람이 승부를 가리기 위해 집중하다 보면 예상외로 치열해지는 수가 있네. 더구나 반드시 상대를 꺾어야만 하는 상황이라면 그 치열함은 우리가 생각하는 것보다 더욱 험악해질 수도 있지."

형산파와 종남파는 현재 일승일패인 상황이었다. 종남파의 남은 출전자 중 한 사람이 신검무적임이 거의 확실하다고 본다면 이번 비무의 결과에 따라 어쩌면 의외로 빨리 승패가 결정될지도 몰랐다. 다시 말해서 종남파가 이기게 되면 결정적인 승기를 잡을 수 있는 상황이었다.

반면에 형산파로서는 그 점을 막기 위해서라도 반드시 이번 비무의 승리가 필요했다. 만약 형산파가 승리하여 이승일패가 된다면 아무리 신검무적이 남아 있다고 해도 승부의 저울추는 형산파 쪽으로 급격하게 기울어질 것이 분명했다.

그렇게 본다면 좌군풍과 육천기의 싸움에서 누가 승리할지가 이번 비무 전체의 판도를 좌우하는 가장 중요한 요소라고 할 수 있었다.

교리의 말을 듣기라도 한 것처럼 다소 밋밋해 보였던 좌군풍과 육천기의 싸움이 어느 순간부터 조금씩 거칠어지기 시작했다.

그 발단은 좌군풍의 검법이 특유의 부드러움에서 벗어나 강하고 빠른 초식들로 바뀌면서부터였다. 지금까지 청풍검결을 바탕으로 하던 좌군풍이 칠살검법과 원공검법의 초식들을 본격적으로 혼용하기 시작하면서 조금 전과는 확연히 다른 성질의 공격이 펼쳐지기 시작했다.

청풍검결에 대해서는 어느 정도 파악하고 있다고 생각하는 육천기조차도 순간적으로 당혹감을 느낄 정도로 좌군풍의 검은 무섭도록 빠르고 날카로운 변화들을 뿌려 냈다.

그래서 육천기가 지금까지 해 왔던 검기의 흐름을 찾아 그 맥을 끊는 방식의 대응은 더 이상 사용할 수가 없었다. 워낙 검기의 변화가 심하고 속도 또한 확연히 빨라져서 피하는 것조차 쉽지 않아 보였다.

파파팍!

순식간에 육천기의 상반신이 검세에 노출되면서 삼엄한 검기에 옷자락이 군데군데 잘려 나갔다. 육천기는 입술을 굳게 다물고 연거푸 뒤로 세 걸음이나 물러서며 좌군풍의 날카로운 공격을 피하더니 이내 오른발로 바닥을 가볍게 찼다.

파악!

공기가 찢어지는 듯한 파공음과 함께 그의 다리가 무시무시한 기세로 좌군풍의 아래턱을 노리고 솟구쳐 올랐다. 보기만 해도 소름이 오싹 돋을 정도로 가공스러운 이 발차기 공격은 창룡선풍각 중의 일섬각(一閃脚)이었다.

창룡선풍각은 천룡십팔산수와 함께 육천기가 가장 자신하는 상승 절학이었다. 다만 그 위력이 너무나 파괴적이고 살기가 짙어서 반드시 죽어야 할 상대가 아니라면 극도로 사용을 자제했기에 강호 무림에서는 그 진면목을 제대로 아는 사람이 드물었다.

좌군풍 또한 창룡선풍각에 대해서는 이름만 알고 있을 뿐, 자세한 변화나 묘용은 알지 못했다. 육천기가 그의 앞에서도 제대로 펼쳐 보인 적이 없었기 때문이다. 그 바람에 좌군풍은 하마터면 치명적인 상황에 빠질 뻔했다.

뒤로 물러나는 육천기를 따라 무심코 앞으로 움직이던 좌군풍은 순간적으로 무언가 이상함을 느끼고 걸음을 멈추었다. 그리고 그 순간 육천기의 앞발이 상상을 불허하는 각도에서 튀어나온 것이다.

좌군풍이 그 무시무시한 일섬각을 피할 수 있었던 것은 힐끗 본 육천기의 표정에서 그가 무언가 회심의 한 수를 준비했음을 알아차렸기 때문이었다. 좌군풍은 사력을 다해 몸을 뒤로 젖혔고, 육천기의 앞발은 그의 턱을 아슬아슬하게 스치고 지나가 버렸다.

좌군풍은 턱이 갈라지는 듯한 통증에 눈을 살짝 찌푸리면서도 뒤로 젖힌 몸을 옆으로 비틀며 날카로운 이검(二劍)을 날렸다. 막 발차기로 좌군풍을 공격했던 육천기가 채 신형을 안정시키기도 전에 섬뜩한 검날이 그의 콧등으로 날아들었다. 그 속도와 날아드는 기세가 어찌나 빨랐던지 무언가 번쩍하는 섬광만이 느껴질 뿐이었다.

"헛!"

육천기는 다급한 헛바람 소리를 내며 고개를 옆으로 움직여 간신히 일검을 피해 냈다. 하나 좌군풍이 동시에 날린 두 번째 검격은 미처 피할 수 없었다.

팟!

옆구리가 검광에 스치며 피가 흘러나왔다. 두 사람 사이의 격전에서 처음으로 피가 뿌려진 것이다.

하나 그것은 시작에 불과했다. 피를 본 육천기는 사람이 변한 것처럼 딱딱하게 굳은 얼굴로 미친 듯이 창룡선풍각을 펼쳤는데, 마치 하늘을 나는 한 마리 천룡처럼 허공을 이리저리 휘돌며 날아드는 그의 발차기에 좌군풍은 몇 차례나 정통으로 격중당할 뻔한 아슬아슬한 상황이 벌어졌다.

그중 한 번은 어깨 부위를 가격당해 어깨를 제대로 움직이지도 못할 정도로 심각한 통증을 느껴야 했다. 검을 쥐지 않은 왼쪽 어깨라는 것이 그나마 다행스러운 일이었다.

좌군풍의 반격 또한 만만치 않았다.

그는 육천기의 발이 지나갈 때마다 몸을 최대한 따라붙으며 벼락같은 검초를 날렸는데, 그때마다 육천기의 몸에는 크고 작은 상처가 하나둘씩 늘어나고 있었다.

두 사람이 조금 전과는 달리 피를 마다하지 않는 혈전(血戰)을 벌이자 그 치열함에 중인들은 그저 아연할 수밖에 없었다.

육천기가 창룡선풍각의 절초들을 펼칠 때마다 좌군풍의 몸은 금시라도 그 강철 같은 발차기에 그대로 허물어질 것만 같았다. 하늘조차 갈라놓을 듯한 그 가공할 발차기에 한 번이라도 제대로 격중되면 아무리 좌군풍이라 할지라도 다시 일어서지는 못할 것이 분명해 보였다.

게다가 틈틈이 펼치는 천룡십팔산수는 더욱 위력적이어서 그의 쌍장이 움직일 때마다 형산파의 진영에서는 놀람에 찬 외침이 흘러나오고는 했다. 창룡선풍각과 함께 펼쳐지는 천룡십팔산수는 가히 경세(驚世)적이어서 그가 왜 천하에서 다섯 손가락 안에 꼽히는 수공의 고수인지를 여실히 보여 주고 있었다.

그에 비해 좌군풍의 검은 더욱 빠르고 날카롭고 유연해졌다.

갈수록 속도가 빨라지고 변화가 날카로워지는 그 검이야말로 청풍검결의 진수(眞髓)라고 할 수 있었다. 다른 어떤 검법을 섞든 그 검법 본연의 위력을 증폭시켜 더욱 무서운 검초로 만드는 것이 청풍검결의 가장 큰 장점이었다.

지금 육천기는 자기가 마주하고 있는 검법이 원공검법인지 칠살검법인지, 아니면 또 다른 형산파의 어느 이름난 검법인지 전혀 파악할 수가 없었다. 자신이 알고 있던 청풍검결의 어떠한 초식도 보이지 않고, 더욱 매섭고 날카로운 검초들이 자신의 사방을 무섭게 조여 오고 있었다.

그제야 육천기는 자신이 파악하고 있다고 생각했던 청풍검결이 빙산의 일각이었음을 알 수 있었다. 청풍검결이 최고조에 이르게 되면 지금처럼 자신은 어디론가 숨어 버리고 다른 검법들이 최고의 위력을 발휘하며 나타나는 것이다.

형산파의 구종 검법 중 하나를 통달한 오결검객들이 적지 않음에도 그들 중 누구도 좌군풍에 미치지 못한다는 평가를 받는 것은 좌군풍이 청풍검결로 보완하는 검법들이 그들이 펼치는 것보다 더욱 위력석이라고 판단되기 때문이었다.

지금 좌군풍은 청풍검결의 진정한 위력을 여실히 보여 주고 있었다.

육천기의 전신은 크고 작은 부상으로 온통 피로 물들어 있었다. 좌군풍 또한 왼쪽 어깨가 탈골(脫骨)되고 몇 군데가 창룡선풍각의 발차기에 스치면서 청수하고 고고했던 모습은 거의 보이지 않았다.

두 절대고수의 사력을 다한 싸움에 장내의 긴장감은 점점 높아져 갔다.

어느새 그들의 격투는 백 초에 가까워 가고 있었다.

무림 고수들 간의 격투에서 백 초란 상당히 의미 있는 숫자였다. 절정의 실력을 지닌 고수가 전력을 기울였음에도 백 초 동안 상대를 쓰러뜨리지 못했다는 것은 두 사람의 무공이 백중지세란 뜻이었다. 그래서 비무 중에 백 초가 넘으면 서로의 실력을 인정하고 무승부로 결정하는 경우도 종종 있었다.

물론 육천기와 좌군풍, 둘 중 어느 누구도 백 초가 넘었다고 싸움을 중지할 생각은 추호도 없어 보였다. 오히려 백 초가 되는 순간, 서로 상대를 향해 치명적인 일격을 날리고 있었다.

육천기의 양발이 무섭게 선회하며 좌군풍의 머리를 향해 풍차처럼 날아들었다. 그러는 와중에도 그의 양손에서는 날카로운 두 개의 경기가 뿜어 나와 좌군풍의 양쪽 옆구리를 노리고 있었는데, 두 손과 두 발을 동시에 이용하는 이런 공격은 보기에도 기묘했지만 상대하는 사람은 어떻게 대응해야 할지 그저 막막할 수밖에 없었다.

이 수법은 창룡선풍각 중의 쌍륜각(雙輪脚)과 천룡십팔산수 중의 절초인 천룡파미(天龍擺尾)를 동시에 전개한 것으로, 가히 육천기 무학의 절정이라고 할 수 있었다.

좌군풍은 한눈에 그 이수이각(二手二脚)의 공격을 모두 완벽하게 틀어막는 것은 거의 불가능에 가깝다는 것을 깨달았다. 그만큼 허점이 없고 속도와 방위의 배합이 절묘하게 어우러진, 놀라운 공격이었다.

"훌륭하구나!"

그의 입에서 자신도 모르게 짧은 찬사가 흘러나왔다. 그와 동시에 그의 검이 뿌연 검기를 사방으로 흩뿌리며 무서운 속도로 움직이기 시작했다. 이번에 좌군풍이 펼친 것은 원공검법의 백원적과에 칠살검법의 절초인 병단천남, 유룡십이검의 용유대해에 있는 변화가 포함된 것으로, 형산파 검법의 정수가 고스란히 담겨 있었다.

육천기는 주위의 공기가 돌연 차가워진 듯한 느낌에 가슴 한구석이 섬뜩해졌다. 갑자기 기온이 떨어졌을 리는 없으니, 이것은 필시 좌군풍이 발출한 뿌연 검기 때문일 것이다.

육천기의 뇌리에 형산파만의 독특한 진기 운용으로 만들어진 독보적인 검기가 떠올랐다. 강호 무림에는 단순한 유살검기의 변형으로만 알려져 있지만, 육천기는 그 검기의 진실한 명칭을 정확하게 알고 있었다.

'대유혼성검기(大幽魂醒劍氣)구나.'

대유혼성검기는 음유하고 살기 짙은 유살검기보다 훨씬 더 음유할 뿐 아니라 특유의 괴이한 기운이 담겨 있어 검을 막는다 해도 그 기운이 내부로 침투하여 심맥(心脈)을 공격하는 무서운 위력을 지니고 있었다. '혼(魂)을 깨운다(醒)'는 다소 낭만적인 이름과는 달리 치명적일 정도로 은밀하고 잔인한 수법이어서 형산파에서도 공개적으로 내세우지 않고 아주 비밀리에만 전수하기에 그에 대한 자세한 내용을 아는 사람이 별로 없는 실정이었다.

육천기도 좌군풍에게 지나가는 말로 몇 마디 듣지 않았다면 그 이름조차 제대로 알지 못했을 것이다.

가뜩이나 변화무쌍한 검초에 대유혼성검기가 가세하자 무서운 위세로 펼쳐지던 육천기의 공세가 순간적으로 주춤거렸다. 이대로 계속 초식을 끝까지 전개한다면 최소한 하나의 공격은 격중시킬 수 있겠지만, 대신에 대유혼성검기의 침투를 막을 수 없을 게 분명했다.

어느 것이 더 이익인지 판단할 겨를은 없었다. 다만 이 상태에서 공격을 거두고 물러난다면 수세에 몰릴 수밖에 없다는 것을 너무도 잘 알고 있는 육천기로서는 다른 선택의 여지가 없었다.

팡!

좌군풍은 머리를 향해 날아드는 육천기의 살인적인 쌍륜각은 간신히 피했으나, 왼쪽 옆구리를 정통으로 가격당했다.

우두둑!

단숨에 갈비뼈가 부러지며 그의 허리가 자신도 모르게 앞으로 숙여졌다.

육천기 또한 상황은 그리 좋지 않았다. 비록 우수로 좌군풍의 옆구리를 부수었으나, 좌군풍이 날린 검초를 모두 피하지 못하고 어깨와 우측 허벅지에 이검을 맞고 말았다. 검에 격중된 부위가 쩌억 갈라지며 핏물이 솟구칠 줄 알았는데, 특이하게도 핏물만 살짝 내비칠 뿐이었다. 특히 우측 허벅지는 뼈가 드러날 정도로 상처가 심했음에도 옷자락에만 겨우 붉은 피가 묻었을 정도였다.

대신 육천기는 상처 부위에서 뼛골을 시리게 하는 기운이 급속도로 퍼져 나가는 것을 느꼈다. 육천기는 황급히 상처 주위의 혈도 몇 군데를 지압해서 기운이 다른 곳으로 퍼지는 것을 막았다. 그 바람에 좌군풍이 숙였던 허리를 일으켜 세우고 다시 검을 쳐드는 것을 그대로 보고 있어야만 했다. 결정적인 우세를 점할 수 있는 절호의 기회가 사라져 버린 것이다.

좌군풍 또한 부러진 갈비뼈 때문에 숨을 쉬기가 어려운 듯했으나, 전혀 표정의 변화 없이 수중의 장검을 기이하게 흔들기 시작했다.

파아아…….

그에 따라 마치 바람 한 줄기가 대나무 숲을 스치고 지나가는 듯한 음향이 흘러나오며 수십 개의 검영이 자욱한 안개처럼 육천기의 전신을 뒤덮어 갔다.

두 사람이 모두 타격을 입은 상태에서 좌군풍이 먼저 선공을 취했다는 것은 육천기에게는 상당히 불운한 일이었다. 간신히 좁혔던 거리가 무의미해지며 수세적인 입장이 될 수밖에 없었기 때문이다.

검의 고수를 상대로 수공의 고수가 수세에 몰리게 되면 판세를 뒤집기가 무척이나 힘들어진다. 삼엄한 검기를 뚫고 반격을 가한다는 것이 결코 쉽지 않기 때문이다. 더구나 지금 좌군풍의 검에서 흘러나오는 대유혼성검기는 스치는 것만으로도 치명적인 상태를 불러올 수 있는 무시무시한 위력을 지니고 있었다.

육천기가 황급히 지압해서 억눌렀음에도 여전히 차갑고 음유한 기운이 막힌 혈도를 뚫으려고 요동치고 있었다. 만일 한 군데라도 더 대유혼성검기의 침입을 허용하게 되면 간신히 막고 있는 다른 기운들도 폭주하게 될지도 몰랐다.

육천기는 이제 승부를 걸어야 할 시기임을 깨달았다.

육천기는 양쪽 어깨를 흔들며 과감히 자신을 향해 몰아쳐 오는 검영의 바닷속으로 뛰어들었다. 그 모습은 마치 거센 격랑에 휩쓸리는 작은 나뭇잎 같았다.

파아아!

그의 양쪽 어깨 부위 옷자락들이 터져 나갔으나 기적적으로 단한 군데도 베인 곳이 없었다. 경요궁의 전대 궁주이며 한때 강호제일기사라 불리었던 천절신사 조현이 창안해 낸 표묘일보(??一步)가 실로 오랜만에 다시 모습을 드러낸 것이다.

검기의 벽을 뚫고 들어가자 좌군풍의 얼굴이 바짝 다가왔다. 가까이서 본 좌군풍의 얼굴은 평상시와는 달리 무겁도록 창백하게 굳어 있었고, 두 눈에서는 주위를 얼릴 듯한 싸늘한 신광이 줄기줄기 흘러나오고 있었다.

친우의 그런 낯선 모습을 음미할 겨를도 없이 육천기는 그의 앞가슴으로 바짝 다가섰다.

육천기가 자신이 펼쳐 낸 검영을 뚫고 접근하자 좌군풍은 입술을 깨물며 돌연 왼손으로 내뻗었던 오른팔의 오금 부위를 가격했다. 그러자 앞으로 내밀었던 검이 기이한 각도로 꺾이며 눈 깜박할 사이에 육천기의 목덜미를 찔러 왔다. 그 기괴한 변화는 실로 상상을 불허하는 것이어서 육천기가 알았을 때는 도저히 피할 수 없는 상황이었다.

육천기의 눈에 순간적인 갈등의 빛이 떠올랐다.

육천기는 지금 약류장을 펼칠 완벽한 기회를 잡은 상태였다. 이런 위치에서 약류장을 발출한다면 좌군풍으로서는 절대로 피할 수 없었다. 그리고 그의 손을 떠난 약류장은 무영탈혼장이라는 또 다른 이름답게 단숨에 좌군풍의 심장을 부수어 놓을 것이다.

친우의 비장하리만치 굳어진 얼굴과 너무도 악다물어 피가 철

철 흘러내리는 입술을 본 육천기의 얼굴 또한 그처럼 창백하게 굳어 있었다.

마침내 육천기는 오른손을 부드럽게 앞으로 내밀었다. 솜털처럼 가벼운 장력이 너무도 유연하게 좌군풍의 가슴에 와 닿았다.

그리고 그 순간 좌군풍의 검은 그의 목을 가르고 지나갔다.

파앗!

비명은 없었다.

조금 전과는 달리 시뻘건 핏물이 하늘 높이 솟구치는 가운데, 한 사람이 비틀거리며 뒤로 물러서고, 또 다른 한 사람은 힘없이 바닥에 쓰러지고 있었다.

물러선 사람은 좌군풍이다.

좌군풍은 두 걸음 뒤로 물러나서 한 차례 몸을 떨더니 피를 한 움큼 토해 냈다.

"우욱!"

시커멓게 죽은피를 토해 낸 그의 안색은 핏기 한 점 없이 창백해 보였으나, 조금씩 혈색이 돌아오고 있었다. 그는 자신의 가슴팍 부근을 내려다보더니 천천히 시선을 돌렸다.

그에게서 일 장 떨어진 곳에 한 사람이 쓰러져 있었다. 목에서 흘러나오는 피로 상반신이 온통 시뻘겋게 물들어 가고 있는 그 사람은 다름 아닌 육천기였다.

종남파 진영에서 동중산이 재빨리 달려와 육천기의 상세를 살폈다.

황급히 육천기의 상처를 본 동중산의 입에서 절로 안도의 한숨이 흘러나왔다.

"휴우!"

비록 목덜미가 두 치쯤 갈라지긴 했으나, 동맥을 아슬아슬하게 비껴가서 숨이 끊어지지 않은 것이다. 동중산은 급히 육천기의 상처를 지혈하고는 좌군풍을 힐끔 돌아보았다.

좌군풍은 그때까지도 그 자리에 우두커니 선 채로 육천기를 보고 있었는데, 그 얼굴에는 무어라고 형용하기 어려울 정도로 복잡한 빛이 떠올라 있었다.

동중산이 육천기의 몸을 안고 종남파 진영으로 돌아갈 때까지도 좌군풍은 그 자리에 미동도 않고 서 있었다. 그러다 의미를 알 수 없는 한숨을 내쉬고는 천천히 몸을 돌렸다.

"후우……."

그의 뒷모습은 살벌하도록 치열한 싸움의 승자답지 않게 한없이 무거워 보였다.

귀호가 급히 교리를 향해 물었다.

"대체 마지막에 어떤 일이 벌어진 건가? 육천기가 좌군풍의 검을 뚫고 접근하기에 그의 승리가 유력한 줄 알았는데, 왜 좌군풍은 멀쩡히 서 있고 그가 쓰러진 건가?"

"확실히 육천기가 결정적인 위치를 잡긴 했지. 하지만 좌군풍의 반격이 놀라웠네. 아마 각 파마다 비밀리에 가지고 있는 비전 중 하나겠지. 가까이 접근하는 자를 상대하기 위한 최고의 수법이라고 보여지는군."

"내 말은 그게 아닐세. 육천기는 분명 좌군풍의 가슴을 향해 일장을 날렸네. 상황이 상황인 만큼 가장 강력하고 무서운 무공이었을 게 분명하네. 그런데도 단지 좌군풍을 두 걸음 물러나게 하는 것에 그치고 말았네. 적어도 양패구상(兩敗俱傷)은 할 줄 알았거늘."

"제대로 내질렀다면 양패구상이 아니라 양패동사(兩敗同死)가 되었겠지. 그만큼 마지막 순간은 서로에게 흉험했으니까."

"그런데 왜 육천기만 쓰러지고 좌군풍은 멀쩡했느냐는 말일세."

귀호가 열을 내어 질문을 해도 교리의 반응은 시큰둥했다.

"굳이 말하자면 심성의 차이랄까?"

"심성이라고?"

"육천기는 마지막 순간에 차마 친우의 목숨을 끊을 수 없어서 전력을 기울이지 못했네. 반면에 좌군풍은 친우의 생사를 도외시하고 자신이 펼칠 수 있는 가장 강력한 반격을 날렸지. 그게 승부를 가른 걸세."

귀호는 잠시 생각에 잠긴 듯 입을 다물고 있다가 다시 말했다.

"자네의 말대로라면 확실히 두 사람의 심성이 승부를 가른 것이로군. 아니, 심성이라기보다는 우정의 깊이가 달랐던 것일까?"

교리는 희미하게 웃었다.

"단지 심성일 뿐이라니까. 우정의 깊이는 대동소이할 걸세."

"그런데 왜?"

"왜 그렇게 현격한 차이가 났느냐고? 육천기는 자신의 일격에 좌군풍이 절대로 살아나지 못한다는 걸 알았지. 그래서 마지막 순간에 손에서 힘을 뺀 걸세. 하지만 좌군풍은 육천기의 목이 잘릴

위험을 감수하면서도 최대한 사선(死線)은 피하려고 했네. 그래도 잘린다면 그건 어쩔 수 없다는 각오를 했겠지. 그만큼 그에게는 승리가 절실했네."

"……."

"똑같은 상황에서 한 사람은 친우의 목숨을 걱정했고, 다른 한 사람은 문파의 승리를 염원했네. 우정의 깊이? 좌군풍이라고 육천기의 죽음을 바랐을까? 왜 쓰러진 육천기의 목에서 피가 나왔을 것 같나? 좌군풍이 진정으로 육천기의 죽음을 바랐다면 그 특이한 검기를 썼을 거야. 하지만 좌군풍은 그 절체절명의 상황에서도 그 검기를 쓰지 않았지. 최후의 최후까지도 친우의 목숨만큼은 살리고 싶었던 거야."

제 322 장
장구원망(長久願望)

제322장 장구원망(長久願望)

육천기가 패했다!

육천기의 패배는 단순한 일패(一敗)가 아니었다. 그것은 종남파가 일승이패로 막판에 몰렸으며, 자칫하면 지금까지 쌓아 온 모든 성을 허물어뜨리고 구대문파로 복귀하지 못할 수도 있음을 의미하는 것이었다.

목이 갈라진 처참한 모습으로 돌아온 육천기를 바라보는 종남파 고수들의 얼굴은 한결같이 어두웠으며, 경요궁 출신 고수들의 표정은 더욱 침통했다.

육천기의 부상은 심각했으나 다행히 응급처치를 한 후로는 당장 목숨이 위협받을 만한 치명적인 상황은 벗어나 있었다. 비록 육천기의 패배로 벼랑 끝에 몰리게 되었지만, 종남파의 누구도 그를 탓하거나 원망하는 사람은 없었다.

육천기는 나름대로 최선을 다한 것이다. 다만 좌군풍의 검이 조금 더 날카로웠을 뿐이었다. 아니면 그의 마음이 조금 더 단단했든지.

어쨌든 승부는 결정되었고, 종남파는 다음 출전자를 내보내야만 했다.

마침 형산파에서 네 번째 비무자가 모습을 드러내고 있었다.

키가 큰 남삼 중년인이었다. 건장한 체구에 유난히 어깨가 넓었는데, 그래서인지 두 팔도 유독 길어 보였다. 헝클어진 머리에 거칠고 투박한 용모였는데, 내딛는 걸음 또한 외모만큼이나 패기 무쌍함이 물씬 느껴졌다.

그를 보자 중인들 틈에서 탄성이 흘러나왔다.

"아! 절영검 비성흔이다!"

"원공검법의 최고수가 나왔구나. 형산파에서 이번에 승부를 결정지으려고 단단히 작정을 한 모양이구나."

절영검 비성흔!

그도 또한 기산취악 당시에 출전했던 인물이었다. 그때 그는 사결에 위치에 있었는데, 당시 종남파의 장문인이었던 천치검 하원지를 불과 십여 초 만에 격파하여 세상을 깜짝 놀라게 했다.

그 공으로 그는 오결에 올랐으며, 그 후로 각고의 노력을 거듭하여 원공검법에 관한 한은 누구나가 인정하는 형산파 최고의 실력자가 되었다.

오결 내에서 그는 가장 나이가 어린 축에 속했으나, 무공 실력만큼은 다섯 손가락 안에 꼽히고 있었다. 더구나 그는 지금도 적지 않은 고수들과 실전에 가까운 비무를 벌이곤 해서, 실제로 싸운다면 조화신검 사견심과도 맞설 수 있을 거라는 평가를 받고 있었다. 그래서 적지 않은 사람들이 그를 훗날 오결검객 중의 일인자가 될 거라고 굳게 믿고 있었다.

형산파에서 비성흔이 나오자, 종남파 사람들의 시선은 모두 한 사람에게 쏠렸다.

그 시선을 한 몸에 받은 사람은 다름 아닌 전흠이었다.

전흠은 사차전의 비무자로 이미 내정(內定)되어 있었으며, 진산월은 오랜 숙고 끝에 그런 결정을 내렸던 것이다.

전흠의 실력이 아직 형산파의 오결검객을 감당할 수준이 아님을 알고 있는 진산월로서는 어떤 식으로든 그에게 무거운 부담을 주지 않으려고 고민했으며, 사차전이라면 승부의 추가 종남파 쪽으로 기울어 있을 거라고 예상했다. 낙일방과 성락중, 그리고 육천기의 세 사람 중 적어도 두 사람은 승리할 거라고 믿었던 것이다.

그 때문에 그는 사전에 성락중에게 그 점에 대한 양해를 구하기도 했다. 사숙인 그가 사질인 전흠보다 먼저 비무에 나서게 된 것도 그런 연유에서였다.

진산월의 의도대로 이승일패로 종남파가 앞서는 상황이었다면 전흠이 지고 이기는 것은 전체적인 승부에 별다른 영향을 미치지 않았을 것이고, 전흠 또한 커다란 중압감을 느끼지 않고 비무에 임할 수 있었을 것이다. 오히려 자신의 뒤에 진산월이 버티고 있다는 것에 용기를 얻어 아무런 부담 없이 자신의 실력을 십분 발휘하여 의외의 성과를 거둘 수 있었을지도 몰랐다.

그런데 상황은 진산월의 기대와는 달리 오히려 종남파가 일승 이패로 막다른 골목에 몰리고 말았다. 전흠의 부담감을 덜어 주려고 일부러 네 번째 비무자로 선정했는데, 그에게 상상도 할 수 없을 만큼 무거운 중책이 맡겨지게 된 것이다.

만약 전흠이 패하게 된다면 종남파는 가장 강력한 패인 진산월을 써 보지도 못하고 일승삼패로 형산파와의 비무에서 패배하게 될 것이다.

그렇다고 진산월이 전흠 대신 사차전에 나서게 된다면 마지막 승부가 벌어질 오차전의 승패를 전혀 장담할 수가 없게 된다.

전흠의 얼굴은 다른 사람들이 보기에도 민망할 정도로 핼쑥하게 굳이 있었고, 눈빛은 불안하게 흔들리고 있었다.

조금 전 육천기의 패배가 결정되었을 때만 해도 전흠은 흔들리는 마음을 억지로나마 굳게 다지고 있었다. 오결검객의 누가 나오든 반드시 승리하여 승부를 장문인인 진산월에게 넘기겠다는 비장한 각오를 몇 번이고 되새기고 있었다.

그런데 형산파에서 출전하는 남삼 중년인을 보는 순간, 그런 그의 결심은 너무도 허무하게 무너지고 말았다.

그 남삼 중년인은 어제 보았던 원영만기의 주인이었던 것이다. 자신이 상대해야 할 자가 지금의 자신으로서는 도저히 넘볼 수 없는 가공할 검기의 흔적을 남긴 인물임을 알게 되자 전흠은 눈앞이 캄캄해지며 전신이 나락으로 떨어지는 것만 같았다.

단순히 그자의 검이 무섭기 때문만은 아니었다. 패배가 겁이 나는 것도 아니었다. 다만 자신이 패하게 되면 그 오랫동안의 노력에도 불구하고 결국 종남파는 형산파에 무릎을 꿇게 된다는 것이 두려웠을 뿐이었다.

종남파가 이 자리에 오기까지 얼마나 험한 길을 겪어 왔는지 누구보다도 잘 알고 있는 전흠으로서는 자신의 패배로 종남파의 그 모든 여정이 무위로 돌아가고 패배가 확정되는 상황을 감히 감당할 자신이 없었다.

장문인을 비롯한 종남파의 모든 사람들이 자신만을 바라보고 있는 이때, 전흠은 믿어 달라는 말과 함께 자리를 박차고 일어나야 마땅했다. 하나 무릎은 돌이 된 듯 전혀 움직이지 않았고, 입에서는 쇳물을 부은 듯 어떠한 소리도 흘러나오지 않았다.

전흠의 뇌리에 종남파의 본산에서 형산파에 승리했다는 소식만을 초조하게 기다리고 있을 늙은 조부의 얼굴이 떠올랐다. 자신과 함께 무서운 혈전을 치르며 사선을 넘나들었던 여러 사형제들의 모습도 하나둘씩 떠오르고 있었다.

그들 모두는 간절한 염원의 눈으로 그를 바라보고 있었다. 그 염원이 무엇인지 너무도 잘 알고 있는 그로서는 도저히 그들의 눈빛을 뿌리칠 수 없었다.

차라리 전혀 모르는 자가 상대로 나왔다면 최후의 역전을 꿈꾸면서 자신의 모든 것을 내던질 수 있었을 것이다. 하나 운명의 장난인지 형산파의 네 번째 비무자는 하필이면 지금의 자신으로서는 도저히 넘을 수 없는 거대한 벽과도 같은 인물이었다.

바로 어제만 해도 그가 남긴 무공의 흔적을 보고 전율에 몸을 떨었는데, 과연 그와 검을 겨루고 문파의 미래를 건 승부를 할 수 있겠는가? 자신의 검으로 그 가공할 원영만기를 꺾을 수 있겠는가?

만약 자신이 패한다면…… 패한다면…….

마침내 전흠은 얼굴을 일그러뜨리며 씹어뱉는 듯한 음성을 토해 냈다.

"빌어먹을……. 나는 저자를 이길 자신이 없단 말입니다."

아마 전흠으로서는 죽기보다도 하기 힘든 말이었을 것이다.

진산월은 참담한 얼굴로 고개를 떨구는 전흠을 굳이 탓하지 않았지만, 마음속으로 한 가닥 탄식이 흘러나오는 것은 어쩔 수가 없었다.

'역시 내가 나서야 하는가?'

당장 눈앞에 다가온 네 번째 비무를 이기지 잃고서는 다음을 기약조차 할 수 없었다. 하나 그렇게 된다면 마지막의 비무는 누가 감당한단 말인가?

진산월은 문득 종남파의 본산을 지키고 있을 소지산이 그리워졌다.

부질없는 짓인 줄 알면서도 이곳에 없는 한 사람의 얼굴을 잠시 떠올렸던 진산월은 패자처럼 고개를 숙인 채 떨고 있는 전흠의 어깨를 가볍게 두드렸다.

"됐다. 이번에는……."

그의 말이 채 끝나기도 전에 누군가의 속삭이는 듯한 조용한 음성이 귓전에 들려왔다.

"걱정 말고 이번에는 나에게 맡기세요, 전 사제."

그와 함께 한 줄기 바람이 일렁이며 한 사람이 장내로 날아올랐다.

중인들이 놀라 보니 종남파의 뒤쪽에 앉아 있던 누군가가 허공을 날아 비성흔의 앞으로 떨어져 내리고 있었다. 순식간에 십여 장의 거리를 훌훌 날아가는 그 모습에 여기저기서 탄성이 터져 나왔다.

"와아, 대단하다!"

"정말 놀라운 신법이다. 저게 대체 무슨 신법이지?"

그것이 월녀보의 최고 경지인 월녀유람산영(越女遊覽散影)임을 알아본 사람은 거의 없었다.

종남파 고수들의 놀라움은 더욱더 큰 것이었다. 단숨에 비성흔 앞에 내려선 사람은 다름 아닌 임영옥이었던 것이다.

그녀의 출현은 누구도 예상치 못한 것이었다.

한수의 강변에서 잠깐 신위를 발휘하고는 내내 몸이 성치 않아서 바깥출입조차 거의 하지 않았던 임영옥이었지만, 이번 형산파와의 비무만큼은 무슨 일이 있어도 자신의 두 눈으로 꼭 지켜봐야겠다는 그녀의 의사를 진산월조차도 꺾을 수 없었다. 그래서 그녀는 비무 내내 말 한마디 하지 않고 종남파 고수들의 뒤편에 그린 듯 조용하게 앉아 있었다.

낙일방이 예상치 못했던 용선생에게 분패를 했을 때도, 성락중이 악전고투 끝에 어려운 승리를 거두었을 때도, 그리고 육천기가 처참한 모습으로 피를 뿌리며 쓰러졌을 때도 그녀는 그저 말없이 장내의 광경을 지켜보고 있을 뿐이었다.

그런 그녀가 결정적인 순간에 홀연히 몸을 일으켜 비무에 나선 것이다.

동중산은 자신도 모르게 진산월을 돌아보았다.

임영옥의 상태가 어떠한지 누구보다 잘 알고 있을 진산월이 그녀의 출전을 고려조차 하지 않았다는 것은 그녀의 상세가 중인들의 예상보다 훨씬 더 심각함을 의미하는 것이었다. 그럼에도 그녀는 진산월의 허락을 얻지도 않고 출전을 강행했다.

동중산은 혹시나 그녀가 사전에 진산월과 어떤 식으로든 교감을 나누지 않았을까 하는 기대감에 진산월의 표정을 살폈으나, 이내 실망을 금할 수 없었다. 평상시와는 달리 딱딱하게 굳어 있는 진산월의 얼굴만 보아도 그녀가 진산월과는 전혀 사전 상의를 하지 않았다는 것을 알 수 있었던 것이다.

'대체 사고께서는 무슨 생각으로…… 아니, 그 전에 장문인께서 과연 사고의 출전을 허락하실지…….'

동중산은 진산월의 굳은 표정으로 보아 그가 임영옥을 다시 불러들일지도 모른다고 생각했다. 하나 진산월은 그 자리에 석상처럼 우뚝 선 채 그녀를 바라볼 뿐 어떠한 말도, 어떠한 행동도 취하지 않았다.

그때 진산월의 두 눈에 스쳐 가는 복잡한 감정의 빛은 눈치 빠른 동중산조차도 미처 알아보지 못했다.

지금 진산월의 심정을 무어라고 표현해야 할까?

진산월도 처음부터 그녀의 출전을 염두에 두지 않았던 것은 아니었다.

그녀는 사 년 전에도 이미 종남파의 제일고수였으며, 지금에 와서는 장강십팔채의 총채주를 단숨에 쓰러뜨릴 만큼 절정의 실력을 지닌 고수가 되었다. 그녀라면 아마도 형산파의 오결검객 한 사람은 감당할 수 있지 않을까 하는 기대를 갖지 않을 수 없었다.

하나 그녀의 체내에 도사린 음기는 여전히 강력했고, 언제든 활화산처럼 솟구쳐 오를 기회를 노리고 있었다. 그녀가 무공을 쓸수록 그 음기는 더욱 매섭게 그녀의 몸을 갉아먹을 것이 뻔했고, 자칫 심각한 내상이라도 입게 되면 아무리 뛰어난 명의가 와도 폭발하듯 솟구치는 음기를 다스리지 못할 게 너무도 분명했다.

그래서 그는 이번 비무에 대한 임영옥의 갈망을 누구보다 잘 알고 있으면서도 그녀의 출전은 전혀 고려하지 않았다.

그런 그녀가 지금 종남파의 운명을 건 너무도 중대한 자리에 서 있는 것이다.

그녀의 키는 여인답지 않게 훤칠했고 뒷모습은 늘씬했으나, 그에게는 한없이 여리고 가냘프게만 느껴졌다.

그는 당장이라도 뛰어나가 그녀를 제지하고 싶었다. 그녀에게 더 이상 걱정하지 말라고, 나를 믿고 자리로 돌아가라고 말하고 싶었다.

하나 그럴 수가 없었다. 뒷자리를 뛰쳐나가기 직전, 기척을 알아차리고 고개를 돌렸다가 마주친 그를 향한 그녀의 눈빛에 담긴 감정을 가슴 절절히 느꼈기 때문이다.

그녀의 염원. 선사의 염원. 이십 년 전의 그날부터 그들 모두가 너무도 간절하게 바라왔던 그 염원…….

그녀의 눈에 담긴 그 애틋하고 결연한 염원의 빛을 그가 어찌 모른 척 외면할 수 있겠는가? 그 아닌 누가 그녀의 그 오랜 염원을 이해해 줄 수 있겠는가?

진산월은 문득 고개를 들었다.

유난히 시리도록 파란 하늘이 눈을 찔렀다. 진산월은 그 하늘을 하염없이 바라보다 하늘 너머의 누군가를 향해 소리 없는 외침을 토해 냈다.

'사부님! 제자는 어찌해야 합니까?'

진산월은 묻고 또 물었다.

그런 그의 마음을 아는지, 모르는지 하늘은 그저 한없이 창연(蒼然)할 뿐이었다.

비성흔은 칼날같이 예리한 시선으로 자신의 앞에 서 있는 여인을 바라보았다.

막판에 몰린 종남파의 처지를 고려해 볼 때 신검무적이 나올 가능성도 있다고 생각했는데, 그의 상대로 출전한 사람은 뜻밖에도 여인이었다. 자신의 상대로 종남파에서 여자를 내보냈다는 것에 대해 비성흔은 별다른 감정의 동요를 나타내지 않았다.

비무의 마지막이 될지도 모르는 상황에서 신검무적 대신 출전한 여인이 평범한 사람일 리는 없었다.

그래서 비성흔은 좀 더 안력을 돋우어 눈앞의 여인을 자세히 살펴보았다.

좀처럼 보기 힘든 뛰어난 미모의 여인이었다. 약간은 창백한 피부로도 그녀의 고아한 아름다움을 감출 수는 없었다. 아니, 오히려 그 때문에 그녀의 아름다움이 더욱 돋보이는 것인지도 몰랐다.

십여 장의 거리를 단숨에 날아왔음에도 그녀의 얼굴은 평온해 보였다. 차분한 표정에 깊게 가라앉은 눈빛은 그녀의 성정이 얼마나 침착하고 냉정한지를 여실히 보여 주는 것 같았다.

그래서 비성흔은 그녀가 마음에 들었다. 또한 그녀가 결코 호락호락한 상대가 아님을 알게 되었다. 무엇보다 자신이 은연중에 발출한 무형검기를 정면으로 받고도 표정 하나 흔들리지 않고 그것을 감당해 낸다는 것은 그녀가 자신과 비슷한 수준의 검도 고수임을 증명하는 것이었다.

'대체 종남파에서 어떻게 이런 고수들이 계속 나올 수 있는 거지? 그동안 종남파에는 무슨 일이 일어난 것일까?'

비성흔은 형산파의 오결에 대한 확고한 자신감이 있었다. 그들 모두가 당대 무림의 어디에 내놓아도 손색이 없는 절정의 검객들임을 장담할 수 있었다.

그런 오결들 중에서도 최고 수준의 검객들이 출전했음에도 종남파는 그들에 필적하는 고수들을 줄지어 내보내고 있는 것이다.

그런 점에서 비성흔은 종남파의 저력에 대해 새삼 감탄하지 않을 수 없었다. 초가보의 공격으로 본산마저 잃고 멸문에 가까운 참변을 당했다는 소문을 들은 것이 불과 일 년도 되지 않았는데, 종남파는 어느새 강호의 그 어떤 세력도 두려움을 느끼지 않을 수 없을 정도로 거대한 힘을 가진 문파가 되어 있었다.

형산파의 늙은 장로들이 왜 그렇게 변변치 않은 종남파에 늘 신경을 곤두세우고 있었는지 알 것 같은 심정이었다. 또한 이번에 종남파를 꺾지 않으면 어쩌면 형산파는 영원히 종남파의 그늘에 가려 뒤처질지도 모른다는 불안감이 마음 한구석에 피어올랐다.

비성흔은 한동안 뚫어지게 그녀의 얼굴을 바라보고 있다가 거칠고 험상궂은 외모답지 않게 그녀를 향해 정중하게 포권을 했다.

"형산파의 십이대 제자인 비성흔이오. 비원검객(飛猿劍客) 오자명(吳紫明)을 사사했소."

비원검객 오자명은 전대의 형산파 오결검객 중 한 사람으로, 원공검법의 대가로 알려져 있는 인물이었다.

비성흔이 자신의 사승(師承)을 밝힌 이유는 너무도 분명했다. 그녀의 신분을 통해 무공 내력을 조금이라도 더 파악하기 위함이었다.

그녀는 담담한 표정으로 그에게 답례했다.

"종남파 이십일대 제자 임영옥이에요. 선부께서는 태평검객 임장홍이십니다."

비성흔의 눈에서 번쩍하는 신광이 흘러나왔다.

"이제 보니 전대의 장문인이셨던 임 대협의 따님이셨구려. 몰라 뵈어 죄송하오."

말을 하면서도 비성흔의 머릿속에는 어지러운 생각들이 스치고 지나갔다.

태평검객 임장홍은 자신이 꺾은 천치검 하원지의 제자로, 하원지의 뒤를 이어 종남파의 장문인이 된 인물이었다. 사람 좋은 하원지만큼이나 성품은 좋은 편이었으나, 무공 실력은 대단치 않아서 종남파의 몰락을 제대로 막지 못했다고 알려져 있었다.

그런 임장홍의 딸이 비무의 상대로 자신 앞에 나선 것은 단순한 우연일까, 아니면……?

변변치 않은 무공을 지닌 임장홍에게서 그녀와 같은 뛰어난 고수가 배출되었다는 것도 의문스러운 일이 아닐 수 없었다.

스릉!

그녀의 손에 들려 있던 장검이 유연한 검광을 뿌리며 뽑혀 나왔다.

검을 쥔 그녀의 모습만 보아도 비성흔은 자신의 짐작이 틀리지 않았음을 알 수 있었다. 뼛골이 시릴 듯한 차가운 기운이 코끝을 지나 온몸의 피부를 따갑게 했다. 정말 대단한 무형검기가 아닐 수 없었다.

비성흔은 그녀에게서 흘러나오는 무형검기를 맞으면서도 인상을 찌푸리기는커녕 오히려 입가에 가느다란 미소를 머금었다.

우연이든 아니든 상관없다.

그녀가 하원지의 복수를 위해 나섰든, 그러지 않든 그건 중요한 게 아니다. 중요한 건 그녀가 자신에 필적할 만한 검도의 고수라는 것이며, 비슷한 수준의 검객과의 싸움에서 자신은 단 한 번도 뒤로 물러서거나 패하지 않았다는 것이다.

'이 싸움은 내가 이긴다. 종남파가 본 파를 넘어서는 일은 결코 일어나지 않을 것이다.'

비성흔은 마음속으로 중얼거리며 출검을 했다.

차앙!

그녀와는 다른 날카롭고 예리한 검명이 주위에 울려 퍼졌다.

　　　　　*　　*　　*

　임영옥은 차분한 눈으로 비성흔을 주시했다.

　비성흔의 외모는 거칠고 투박해 보였으며, 풍기는 기세는 더할
수 없이 날카롭고 예리했다. 큰 키와 유난히 긴 두 팔을 보고 있자
면 그 팔에서 휘둘러지는 검격의 위력이 어떠할지 충분히 짐작이
가고도 남음이 있었다.

　얼마나 그의 검이 빠르고 매서웠으면 '그림자를 자르는 검'이
라는 별호가 붙었겠는가?

　그는 사부인 오자명도 완성하지 못한 원공검법을 내성한 정출
어람(靑出於藍)의 인물이며, 피를 마다하지 않는 연무로 실전에서
도 최고의 실력을 발휘할 수 있는 절정의 검객으로 알려져 있었다.

　그와 마주 서고 보니 절정 검객을 상대한다는 것이 어떤 것인
지를 이제야 비로소 알 수 있었다.

　전신의 모공이 모두 일어서고 혈관 속에 흐르는 피가 싸늘히
식어 가는 듯했다. 호흡조차 멈춰 버릴 것 같은 압박감이 전신을
무겁게 짓누르고 신경 세포 하나하나가 곤두서는 듯한 그 느낌은
좀처럼 경험하지 못한 것이었다.

　마치 수백, 수천 개의 날카로운 칼날 위에 서 있는 것 같다고나
할까?

　'사형은 항상 이런 상대들과 싸워 온 것이구나.'

　임영옥은 이런 고수들과 수없는 싸움을 펼쳐 왔을 진산월을 떠

올리자 마음 한편이 무거워지지 않을 수 없었다. 그의 어깨에 지워진 무거운 책임을 조금이라도 나누어 갖고 싶었는데, 그러지 못한 세월이 너무도 아쉬웠다.

이제 비로소 그녀는 작게나마 진산월을 위해, 그리고 종남파를 위해 헌신할 기회를 갖게 되었다.

자리를 박차고 나왔을 때 자신을 돌아보던 진산월의 표정이 잊히지 않았다. 스치듯 지나친 일별(一瞥)이었으나, 그녀는 그의 마음과 머릿속 생각을 훤히 알 수 있었다. 그 또한 그러했을 것이다.

'사형은 이해해 줄 것이다.'

자신이 이런 날이 오기를 얼마나 기다려 왔는지…… 몰락했던 종남파가 다시 일어서는 모습을 멀리서 지켜보아야만 했던 자신이 얼마나 고통스러웠는지…… 자신이 왜 이런 선택을 해야만 했는지…….

사형이라면 이해해 줄 것이다.

그래서 그녀는 자신 있게 검을 뽑을 수 있었다.

스릉!

손에 검이 쥐어지고 차가운 검광이 피어오르자, 문득 그녀의 뇌리에 오래전의 어느 날이 떠올랐다.

종남산에 모처럼 따뜻한 햇살이 내리쬐던 그날, 고사리 같은 자신의 손에 처음으로 날카로운 빛을 뿌리는 검이 쥐어졌다.

그리고 그 손을 꼬옥 잡아 준 한 사람이 있었다.

"검을 무섭다고 여기지 마라. 네가 검에 마음을 여는 순간, 검은 더 이상 날카로운 흉기가 아니게 된다."

그때 그녀는 조그만 음성으로 물었다.

"그러면요?"

남루한 행색의 그 사람은 그녀를 향해 빙긋 미소 지었다.

"검은 네 평생의 동반자가 되어 줄 것이다."

그때 그 사람의 미소가 어쩌면 그리도 밝게 빛났던지.

임영옥은 한참이나 그를 올려다보고 있다가 수중의 검을 힘껏 움켜잡았다.

그러고는 마음속으로 소리 높여 외쳤다.

'검을 동반자 삼아 본 파를 꼭 일으켜 세우고 말 거야!'

그때의 외침이 아직노 귓선에 메아리지는 듯했다.

그리고 그때 그 사람의 미소가 지금도 눈앞에 선연히 떠오르는 것 같았다.

임영옥은 그 사람의 미소 띤 얼굴을 하염없이 바라보았다.

'아버님. 보고 계시나요?'

그 사람은 서슴없이 고개를 끄덕였다.

'물론이지. 늘 지켜보고 있단다.'

'저는 두려워요.'

'누구나 검을 앞에 두면 두려울 수밖에 없단다.'

'……'

'그럴 때는 네 동반자를 믿거라. 그동안 그 동반자와 함께 어려운 길을 걸어오지 않았느냐?'

'내 동반자……'

'그래. 그 녀석은 거짓을 모르거든. 네가 그와 함께 흘린 땀만큼 그는 너를 지켜 줄 것이다.'

차앙!

모골이 송연해지도록 날카로운 검명과 함께 비성흔의 허리춤에서 검이 뽑혀 나왔다.

단순히 검을 쥔 것만으로 비성흔은 조금 전과는 전혀 다른 존재가 되어 있었다. 그리고 그가 발출하는 무형검기 또한 훨씬 더 강력하고 살벌한 기세를 뿌리고 있었다.

임영옥은 피부가 따갑도록 맹렬한 기세를 뿜어내며 자신을 향해 다가오는 비성흔을 바라보았다.

이상하게도 마음이 전혀 흔들리거나 격동되지 않았다. 그저 한없이 평온하고 담담한 심정이었다.

멀리서 누군가의 음성이 들려오는 것 같았다.

'너를 믿고, 네 동반자를 믿어라. 그리고 네 뒤에는 산월이 있지 않느냐?'

임영옥은 빙긋 미소 지었다.

그녀를 향해 다가오던 비성흔이 뜻밖의 미소에 몸을 움찔하는 순간, 그녀는 그를 향해 먼저 달려들며 수중의 검을 휘둘렀다.

그리고 악산대전 중 가장 치열하면서도 놀라운 싸움이 시작되었다.

(군림천하 32권에서 계속)

탤런트 스토어

산천 판타지 장편소설

무서운 신예! 『일곱 개의 꿈』의 작가 산천
그가 새롭게 써나가는 명품 판타지!

『탤런트 스토어』

세기의 천재라 불리는 형과는 달리
오러를 발현시킬 수 없었던 에반

클라우드의 둔재라 조롱받던 그에게
어느 날 찾아온 인생역전의 기회

"탤런트 스토어에 온 것을 환영하네."

세상을 놀라게 만들 재능의 주인
에반 클라우드의 신화를 목도하라!

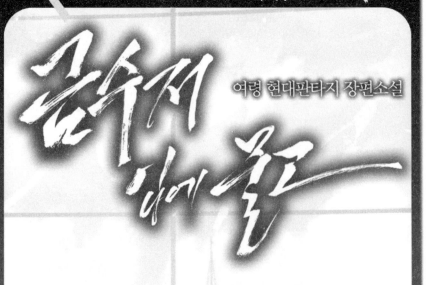

여령 현대판타지 장편소설

『돌아가기 싫어』 여령 작가의 야심작
각박한 세상, 이제 한번 제대로 살아 보련다!

『금수저 입에 물고』

아들을 가슴에 묻은 초라한 아버지, 이승윤.
하루하루 먼저 떠난 아들을 그리며 시들어 가던
그에게 새로운 운명이 찾아왔다

"그래, 모조리 씹어 먹어 버리자."

흙수저의 인생 역전 **금수저 프로젝트**
갑질에 당한 설움, 갑질로 되갚아 준다!

지금, 세상 그 누구보다 행복해져야만 하는 남자의
파란만장한 두 번째 인생이 펼쳐진다!